아이스크림에서
대통령까지

아이스크림에서 대통령까지

이근호의 리얼다큐

광고와 함께 했던 지난날

이 책의 내용은 부제에서 밝힌 대로, 한 광고회사에서 AE로 근무했던 필자의 비망록에서 발췌한 것이다.

AE를 '광고회사의 꽃'이라고 흔히들 말하지만, 실제 AE생활은 험로(險路)의 연속이다.

소속 광고회사를 대표해서 클라이언트 회사를 출입하지만, 회사에 들어오면 클라이언트 회사를 대표해서 모든 업무를 수행해야 하는 이중구조 속에서 생활하는 전문직종이다.

1975년, 국내 최초의 광고회사 공채시험을 통해 AE로 입사한 이래 23년간 한 회사에서 직접 온몸으로 부딪히며 보고, 듣고, 겪은 체험담이다. 다만 '사랑의 편지 캠페인'만은 2000년에 있었던 내용이다. 어쨌든 큰 맥락으로 본다면, 광고인으로 살아온 지난날의 거짓 없는 기록이라 해도 과언이 아닐 것 같다.

돌이켜보면 지난 세월, 참 많은 일을 겪었고, 많은 사람들과 함께 있었고, 많은 곳을 다녔다. 중소기업에서 대기업까지, 말단 사원에서 총수까지, 그리고 4대 매체로 불리는 신문, 잡지, TV, 라디오의 최고 경영자에서부터 신입사원까지, 그야말로 수많은 사람들을 만났다.

경제계와 기업인들, 매체사 종사자들은 어차피 광고업을 구성하고 있는 광고삼륜(廣告三輪)의 각 바퀴에 속한 사람들이라, 내가 함께 일한 핵심 집단으로 이 글의 주요 구성원들이라고 할 수 있다.

그 외에도 정치인, 배우, 탤런트, 가수, 성우, 기자, 작가, PD, 스포츠 스타 등 문화 체육계의 참 많은 사람들을 만났다. 만남의 빈도나 깊이의 차이는 있겠지만 가히 모든 분야의 사람들과 어울렸다고 해도 과언이 아닐 것 같다.

우리나라의 광고 산업과 광고를 둘러싼 제반 환경들도 엄청난 성장과 변모를 거듭해 왔다. 신입사원 시절만 해도 광고에 대한 인식이나 여건이 여러 가지로 미흡했지만, 이제는 광고회사들도 어엿한 상장회사로 높은 주가를 자랑할 만큼 양적성장과 함께 질적 성장도 이룩했다.

우수한 인재들에게 광고회사가 선망의 직장이 된 지도 이미 오래되었다. 그러나 그들 중 70%는 구체적 지식과 이해도 없이 그저 막연한 동경과 선입견만으로 몰려온 허상의 지원자들이었다. 그래서 면접장에서나 개인적으로 그들을 만나면 나는 광고의 허상이 아닌 솔직한 실상을 알려주려고 노력했다.

광고가 얼마나 힘든 일인지, 더구나 말 그대로 남의 일을 대신해서 상대방이 만족하도록 서비스를 제공해야 하는 광고회사, 그것도 AE의 길은 얼마나 고행인지를 알려주고 싶었기 때문이다.

이 책은 바로 그 이야기들이다. 모두 5장으로 나누었는데, 1장의 '잊히지 않는 일들'에서는 'H를 감춰라'와 '예감, 그리고 떠남' 등 서너 가지의 스토리를 제외하면 모두 내가 기획하고 집행했던 광고 캠페인의 내용들이다. 여기서는 구체적인 수치나 분석 자료는 제외하고 가려져 있던 뒷얘기나 개괄적인 사실의 전달에 비중을 두었다. 그러기 위해서 어떤 부분은 과감히 생략한 대신 어떤 부분은 지나치다 싶을 만큼 자세하게 기술했다. 광고전문지에 이미 실렸던 '캠페인 사례'처럼 구체적이고 전문적인 분석과 언급은 가급적 삼가면서, 그런 공식적인 글에서는 쓸 수 없었던 이야기들은 찬찬히 들춰내기도 했다.

여기에 나오는 하나하나의 광고 캠페인은 이미 여러 경로로 검증되고 확인된 성공사례들이다. '고향의 맛, 다시다' 광고 시리즈나 '쓸기담 부부 해외여행'시리즈 등은 그 성공이 광고계에서는 널리 알려진 작품들로 수많은 광고상을 수상한 기록도 갖고 있다. 또 연극무대에 올린 실연(實演)광고나 냉장고 광고 경쟁프레젠테이션 같은 이야기는 신문지상으로도 널리 알려졌을 만큼 화제 속의 일들이라 당시로는 그만큼 유명세도 톡톡히 치른 내용들이다.

여기에 쓴 기록들이 자칫 실패는 없고 성공만 있는 자화자찬뿐이라는 질책을 받을지도 모르지만, 광고대행이란 프로의 세계에서는 엄밀히 말해 실패라는 것은 있을 수 없는 일이다. 일류 광고회사에서 실패의 변수는 애당초 모든 검토단계에서 차단되기 때문이다. 더 성공하거나 덜 성공했을 수는 있지만.

여기에 소개한 S사의 냉장고 경쟁프레젠테이션 편에서는 대그룹 내에서도 엄연히 존재하는 '갑'과 '을'의 관계를 비롯해, '신광고선언'의 이면과 언론 등 외부적으로는 가려져 있던 실상을 객관적 자료를 근거로 남기고자 했다. 유일하게 실패 사례가 될 이야기를 위해 다소 장황하게 당시의 컨텍트 리포트까지 그대로 옮겨 적은 이유도 거기에 있다. 지난날에 대한 호도나 부족함에 대한 스스로의 변명, 자위도 아니며 상대에 대한 폄하의 의도는 더더욱 없었음을 밝혀두고 싶다.

책 제목의 한 부분이 된 '대통령'에 관한 두 가지 실화들도 기록으로 남길 만한 가치가 있다고 판단했다.

2장의 '광고 모델과 에피소드'에서는 한 가지만 빼고는 모두 내가 직접 캐스팅하거나 섭외를 하면서 만들었던 광고제작물들—CF, 라디오 CM, CM송, 신문 · 잡지광고 등—의 광고모델과의 이야기들이다. 김혜자, 주현, 김상희, 송골매, 고우영, 미당 서정주, 프로권투 세계 챔피언 9명 등, 어떤 곳은 이니셜로, 어떤 곳은 실명으로 밝히면서 당시 출연료 등의 구체적인 부분까지도 기록으로 남겨보고자 했다. 단순한 흥미 위주보다는 그들의 또 다른 인간적인 한 단면을 스케치로 보여주는 것도 의미 있는 일이 아닐까 생각했기 때문이다.

3장의 '어느 날의 토모그래피'는 내 기준으로는 '이건 아닌데' 하는 거부감 앞에 놓여 있었던 크고 작은 장애물에 대한 적나라한 고백이며 인내하기 힘든 날의 삿대질쯤으로 쓴 내용들이다. 여기에는 부끄러운 일도 있고, 내부적인 일과 외부적인 일이 함께 담겨 있다. 자칫 혼자만의 순결과 옳음을 강변하는 목소리로 보일까 봐 우려되지만, '비겁한 자는 죽어서도 또 죽는다'는 신조 하나로 버틴 지난날의 풍경이자 거짓 없는 내 모습이다.

4장의 '병아리 광고인, 아이스크림에 빠지다'는 1975년에서 1978년 사이의 경험담으로, '어시스턴트 AE'에서 이제 막 '독립 AE'가 되어 겪었던 일들이다. 낯선 환경에 적응하기 위해 나름대로아등바등 날갯짓을 했던 사회 초년병의 가감 없는 자화상인 셈이다.

5장의 '스스로에게 보내는 커튼콜'은 '국방일보'와 내가 공동으로 펼친 다소 이색적인 캠페인 기록이다. 앞의 4개의 장이 한 직장에서의 23년간의 기록들이라면, 5장의 기록은 그로부터 한참 뒤인 2000년에 있었던 기록이다. 또 앞의 기록들이 특정 기업이나 특정 개인을 위한 것이었다면 이 기록은 공익적 프로젝트였다고 할 수 있다. '스스로에게 보내는 커튼콜'이라고 표현한 것은, 이 캠페인은 혼자서 북 치고 장구 친 진행이었지만 지금까지의 온갖 노하우를 동원해 만든, 마치 조형물 같은 이벤트였기 때문이다. 즉 스스로에게 큰 박수를 보내며, 저만큼 뒤돌아서 있던 나를 다시 불러세운 뜻깊은 이벤트였다.

프롤로그나 에필로그에서도 얼핏 언급을 했지만, 스스로 얼마큼 AE로서의 자격과 능력을 갖추었는지는 모르겠다. 36년 전으로 거슬러 올라가 또다시 광고인이 되고, AE가 되겠느냐고 물으면 자신 있는 대답은 안 나오지만, 문제해결능력이라는 핵심역량 하나로 종횡무진 일과 일 사이를 누비는 AE의 패기와 자신감만은 어디서나 그리워하며 살 것 같다.

이제 세상은 마케팅과 이벤트, 프레젠테이션이 모든 것을 결정짓는 시대가 되었다.

먹는 것, 만나는 것, 말하는 것이 모두 이벤트이고, 프레젠테이션이며 마케팅이다. 기획능력, 영업능력, 조정능력으로 대변되는 AE의 행동지침은 이제 기업에서 뛰는 모든 이들의 행동 지침이 된 오늘이다.

광고는 설득커뮤니케이션의 대표적 수단이고 상대를 설득하느냐, 하지 못하느냐에 따라 실패와 성공으로 갈라지게 된다. 그런 의미에서 우리 모두는 또 다른 AE가 아닐까?

이 책에 피사체로 등장하는 많은 분들께는 제 부족한 카메라 워크와 인연의 앵글을 너그럽게 웃으며 묻어주시리라 여기며 변함없이 건승하시기를 빈다. 오랜 길을 함께 했던 당시의 선배, 동료, 그리고 팀원들에도 그리운 안부를 드린다.

2012년 새해 첫날

寓居 石耕書齋에서

차 례

AE로 뛰었던 내 인생의 황금기

"만약 내가 인생을 처음부터 다시 시작한다면 어떤 직업보다 광고인이 되고 싶다. 그것은 광고가 인간이 필요로 하는 모든 것을 망라하게 되어 있으며, 또한 광고가 참된 상상력과 인간심리의 깊은 연구를 결합하기 때문이다."

프랭클린 D. 루스벨트(Franklin D. Roosevelt 1882~1945, 미국 제32대 대통령)의 말이다.

또 "가만히 둔다면 꿈에도 가지고 싶어 하지 않은 상품을 사려고 발버둥을 치며 능력과 정력과 시간을 낭비하고 있는데, 이는 오로지 매디슨 애비뉴(Madison Avenue, 뉴욕시 맨해튼 동부 약 10km에 걸친 도로로 미국 광고업계의 별칭으로 불리는 이 거리는 맨해튼 200번지에서 650번지에 이르며 J.W.톰슨, BBDO 등의 일류 광고회사들이 모여 있다)가 만들어내는 광고라는 마술 때문이다."라는 역사학자 토인비의 너무도 유명한 말도 있다.

그렇다. 광고는 이제 이들 두 선각자의 예지나 경외심을 오히려 뛰어넘어 무서운 속도로 진화되고 발전된 형식으로 우리를 둘러싸고 있다. '세상은 광고와 산소 두 가지로 만들어져 있다'는 누군가의 날카로운 과장 속에는 이 거대한 공룡산업에 대한 일말의 두려움이 내포되어 있지나 않을까.

2011년 우리나라 총광고비가 전년보다 12.6% 성장한 8조 4501억 원으로 사상 최초로 8조 원을 넘어섰다[2010년 총광고비. 제일월드와이드 발표자료(2011년 3월호)]. 양적 성장 면에서도 세계 10위권에 드는 엄청난 규모이다. 여기에는 압축 성장으로 불리는 우리 경제의 비약적 발전에 따른 동조화현상이 가장 큰 요인으로 손꼽힌다. 흔히 '자본주의의 꽃'으로 불리는 광고가 하나의 거대산업으로 몸집이 커오는 과정에는 광고의 주체인 기업과 매체회사-4대 매체로 불리는 TV, 라디오, 신문, 잡지에다 인터넷 · 케이블 TV · 뉴미디어 등-와 광고회사, 이 광고삼륜(廣告三輪)이 함께 열심히 달려온 결과라는 것 또한 분명한 사실이다.

나는 그 3개의 수레바퀴 중에서도 광고회사라는 바퀴 속에서 지금까지 36년을 살아왔다. 그중 23년은 대기업에 속한 소위 인하우스 에이전시(In-house agency, 그룹회사나 기업에 소속된 광고회사를 뜻하며, 특정매체나 기업의 간섭을 받지 않는 독립광고회사의 대칭개념이다)에서 AE[Account Executive, AE로 줄여서 부르며, 거래회사(client)]의 모든 업무를 수행하는 일선 창구이며 전반적인 컨트롤 타워 역할을 맡고 있는 직책이다)와 임원으로 근무했으며, 나머지 13년은 독립해서 자유로운 조직을 스스로 운영해오고 있다.

이제 증권시장에 상장한 광고회사가 몇몇 있을 정도이므로 일반인들도 광고회사 AE에 대해서 많은 이해를 하고 있는 것 같으나, 실제로는 드라마 속에서 등장했던 광고회사의 풍경 정도가 고작인 것으로 보인다. 더구나 AE라는 전문직종에 대해서는 구체적인 이해가 미흡한 것으로 보인다.

광고회사란 어떤 곳이고, 어떤 일을 하는 곳일까?

광고회사는 광고주의 위탁으로 광고 업무를 대행하는 것을 업으로 하는 곳이다. 광고주와 광고회사, 또는 광고회사와 매체사간의 계약은 독립계약 형태를 취하고 있기 때문에 대행을 뺀 '광고회사'라는 명칭을 대부분 쓰고 있으며, 광고가 전문업종이라는 특성을 갖고 있기 때문에 '광고업'으로 불리기도 한다.

해방 후부터 1960년대(이하 1960년대, 1970년대, 1980년대, 1990년대를 각각 '60년대', '70년대', '80년대', '90년대' 로 약함)까지는 '광고대리점'이라는 일본식 명칭을 썼고 70년대 들어서 '대행사'라는 표현을 쓰다가 80년대 후반부터는 '광고회사'라는 명칭을 쓰기 시작했다. 산업의 형태로 보면 대행이지만 독립된 기업의 측면에서는 회사이며, 업종으로는 광고업이라고 할 수 있다. 그러나 광고업의 종류는 다양하기 때문에 종합광고 대행업을 담당하는 회사를 '종합 광고대행사'라고 부르는 것이 정확한 표현이라 하겠다.

'AE'라는 직책명도 우리말로 그에 맞는 정확한 표현을 찾지 못해서 그냥 Account Executive의 머리글자를 따서 AE로 부르고 있다. 이는 광고회사의 여러 전문 직종—카피라이터, PD, 그래픽 디자이너, 마케터, 프로모터, 매체담당 플래너 등—중의 하나이다.

그러나 AE는 어떻게 보면 전문 주특기가 없는 직종인 것처럼 보이기도 하고, 또 다른 각도에서 보면 가장 전문성이 있는 직종으로 보이기도 한다. 뜻 그대로 '구좌담당 관리자' 또는 '광고주 담당 책임자'로서 역할이 본연의 임무이다. 밖에서는 소속회사를 대표해서 모든 업무를 수행하고 회사 내에서는 거래 고객회사인 광고주, 즉 클라이언트(client)를 대표해서 업무를 수행하는 역할을 맡고 있다.

실제로 우리보다 광고회사가 훨씬 일찍 도입된 일본에서 'AE'라는 제도가 처음 등장한 시기는 1927년 8월로 보고 있다. 일본의 가장 오래된 광고회사 만년사(萬年社)에서 일본 제너럴 모터스의 시보레 자동차 광고를 전담하면서부터이다.

일본 최초의 공식 AE로는 시보레 자동차 광고를 담당한 도시무라(吉村喜三郎)였다. 그러나 일본에서 AE라는 시스템이 제대로 도입된 것은 그보다 뒤인 1956년으로 보는 것이 정설이다. 일본 최대의 광고회사 덴츠(電通)의 요시다(吉田秀雄) 사장이 미국 광고계를 시찰한 뒤 1956년 6월 AE시스템 도입을 사내에 천명했던 것이다. 지면(紙面) 브로커라는 단순영역에서 벗어나 AE시스템을 표방함으로써 당시로서는 '일본 광고계의 혁명'으로까지 불릴 만큼 획기적 변신이었던 것이다.

AE의 하루는 조변석개이다. 그래서 어느 때는 극도의 성취감에 젖어 우쭐할 때도 있지만 또 어떤 때는 속빈 강정 꼴이요, 끝없이 추락하는 미아(迷兒)의 신세가 되기도 한다. 하루에도 천당과 지옥을 몇 번씩 오가는 직업이다. 어쨌든 AE의 최종평가는 영업 실적으로 이루어진다.

주인으로 받드는 광고주를 위해, 또는 소속 광고회사를 위해 최전방 공격수가 되어 온몸을 날려야 하고, 때로는 최후방 수비수가 되어 면도날 같은 슛을 끝까지 막아내기도 해야 한다. 소속회사와 고객인 광고주와의 사이에서 샌드위치가 되기도 다반사다. 어쩔 수 없는 야누스가 되어 정신없이 뛰다 보면 가끔은 양쪽으로부터 "당신, 어느 쪽이야?" 하는 의심의 눈초리를 받는 경우도 있다. 그러다 보면 스스로도 정체성의 혼란에 빠져 직업에 대한 회의를 갖게 되는 경우까지 있다.

뿐만 아니라 광고회사는 구성원 자체의 전공부터 아주 다양하고 캐릭터도 독특하다. 시쳇말로 까칠해도 이만저만이 아닌 사람들이 많은 데다 다들 자기 영역에서는 내가 국내 최고라는 프로의식이 경쟁적으로 넘치는 곳이다.

이런 구성원들과 어울려 브레인스토밍(brainstorming, 아이디어 추출방법의 하나로 두뇌폭풍이라는 뜻처럼 서로의 아이디어가 상승작용을 하면서 목적하는 방향으로 나아가는 회의 방식)을 하고 작업계획을 세우고 광고주가 원하는 아이디어를 짜내고 전략대로 실행하고 집행하는 과정이야말로 고난과 인내의 긴 터널이라 할 수 있다.

AE의 핵심역량은 무엇보다도 문제해결 능력이다. 광고주가 원하는 그 이상으로 그들의 기업 이미지를 향상시키거나 시장점유율을 높이기 위해 해당 광고상품의 판매고를 올려야 하는 기본적인 목표에서부터, 생산에서 소비까지의 마케팅 전 과정에서 생기는 문제를 해결해야 하는 동반자로서의 업무능력을 필요로 하는 것이다.

팔방미인이란 말 그대로, AE는 전방위적으로 두루 전문가적 식견과 결단력으로 무장되어 있어야만 한다. 회사 안이나 밖의 전문적인 스태프들을 이끌기 위해서도 그 자신이 그래픽 디자인이나 시장 리서치, CF제작, 매체, 또 해당 제품이나 소비자의 상황까지 모든 것에 대한 기본지식이 탄탄하지 않으면 안 된다.

그렇기 때문에 AE의 행동지침으로 전략기획(strategic planning), 영업(account service), 관리와 조정(management & coordinating)으로 대별되는 전문 능력을 갖추어야 한다. 물론 처음부터 이런 능력을 갖추기란 불가능한 일이고, 어시스턴트(assistant) 과정을 거치고 작고 단순한 프로젝트나 소규모 광고주를 담당하면서 스스로 능력을 키워나가야 한다. 수많은 난관과 성공을 거듭하면서 적어도 평균적으로 10년쯤은 지나야 한 사람의 독립적 AE로서의 업무를 수행할 수 있는 능력을 갖추게 된다.

AE를 18년쯤 했을 때 농담 삼아 내가 입버릇처럼 했던 말이 기억난다. 제목을 〈에이, 십팔 년〉으로 해서 책을 하나 쓰겠다고, 또 20년이 됐을 때는 〈에이, 이십 년〉으로 제목을 바꾸어 쓰겠다고 해서 폭소를 자아내게 했다.

이제 와서 돌이켜보면 반복되는 일상에 한참 지쳐 있기도 했고 일에 대한 회의에 빠져 있기도 한 시기였던 것 같다. 그러고도 몇 년이 더 지나, IMF 환란으로 경제가 급전직하하고 광고가 동사할 것 같던 시기에 몸담았던 곳을 떠났다.

개인적으로도 20대 후반에 병아리 광고인으로 시작하여 50대가 갓 시작되는 시기까지 인생의 황금기를 한 곳에서 보냈다. 젊음을 주체할 수 없던 청년이 장년의 끝에서 퇴임을 맞았다. 임원이 되면서부터는 여러 직종의 직원들을 지휘하는 선장이 되었지만 오직 실적에만 목을 매는 이방인의 헛된 수신호 따라 그저 불 끄는 소방수 역할에만 급급했던 기억뿐이다. 막히고 안 되는 것만 해결하고 처리하러 다니느라 성취감 같은 것은 내 몫이 아니었다.

지난 일은 다 아름답다고 했지만 아름다움 속에도 회한이 있고, 그 회한 속에는 아쉬움이 잔설(殘雪)처럼 아직 남아 있다.

지난 세월, AE로서 내가 실제로 보고 듣고, 기획하고 집행하면서 뛰었던 수많은 추억들을 반추해본다. 그 많은 일과 각계각층의 많은 사람들과 많은 조직들이 엉켜서 함께 했던 지난날의 필름을 이제 담담하고 따뜻한 눈으로 천천히 돌려보고자 한다. 입사 후 단 한 권도 빠짐없이 간직하고 있는 업무 다이어리와 수많은 서류와 자료들을 꼼꼼히 다시 검토한 다음, 생생한 기록으로 복원하고자 한다. 얼마큼 이 기록이 유용하고 가치 있는 일인지는 제쳐두고라도 내 인생의 새로운 막(幕)을 올리기 위해서 이 많은 일들을 내 마음의 은하계 안에 촘촘히 배열하고 자리 잡게 하고 싶었다.

광고가 설득 커뮤니케이션의 대표적 형태라고 앵무새처럼 말하면서, 지금 와서 보면 그 본질을 실천하지 못한 스스로의 부족함이 한층 더 크게 보인다. 잘 안 된 모든 일은 효과적으로 설득하지 못한 내 책임이 가장 큰 것임을 이제야 더 느낀다.

새삼 누구를 깎아내리거나 비하하거나 진실을 왜곡할 의도는 추호도 없다. 다만 어떤 사안이든 보는 각도와 방향에 따라 다르게 마련이지만, 이 글은 객관성과 정확성, 신뢰성을 유지하기 위해 나름으로는 최선의 노력을 다했다. 그러나 사실과 자료들에 대한 최선을 다한 검증에도 불구하고, 시간의 폭과 아스라한 기억의 풍향이 어쩌면 다소의 혼란을 가져와 100% 진실이라고 주장하기에는 무리일지도 모르겠다.

아무쪼록 내비게이션 없이 함께 나서는 추억여행이 우선 스스로에게도 즐겁고 유익하길 기대하면서 시간의 흐름을 따라 하나하나 테마 별로 다양한 삽화를 곁들여 복원해보고자 한다.

마침 요즘 매스컴에서도 갑(甲)이 아닌 을(乙)로 살아가고 처신하는 것에 대한 기사가 부쩍 많아졌다. 어떤 면에서는 광고회사 AE만큼 철저히 '을'인 사람이 더 있을까 싶다.

1. 잊히지 않는 일들

지난 세월, 참으로 많은 회사의 엄청난 돈을 광고란 이름으로 쏟아 부었다. 어떤 회사의 상품은 대박을 터뜨리는 데 한몫을 해 자랑스럽게 하기도 하고, 또 어떤 케이스는 처음의 기대와는 다른 결과를 맛보게 해 아픈 경험도 하게 했다.
지금 와서 생각하면 히트를 했든 그렇지 못했든 개인적으로는 그런 것들이 쌓여서 성장의 밑거름이 되었다고 확신한다. 이제 그중에서 잊을 수 없는 몇 가지를 반추해보려 한다.

마타도어가 춤추는 정보전쟁

제1라운드

치열한 광고전쟁은 신문지상이나 텔레비전 화면으로만 하는 것이 아니다.

제품을 앞에 내세우고 벌어지는 전장에서, '광고 메시지'라는 총알은 상대의 약점을 여지없이 파고든다. 우리 상품이 더 우수하고 만족스럽다는 경쟁우위의 주장을 담아야 하지만, 때로는 시점의 우위가 더 급소일 때가 있다.

상대가 전혀 무방비 상태일 때 먼저 공격의 포문을 열고, 소비자를 향한 강력한 유혹을 뿜을 때 경쟁상대는 당황하게 되고 허겁지겁 대응전략을 세워 따라오게 된다.

가전업계가 그 대표적인 예이다. 봄이나 가을, 결혼 시즌을 앞두고 대형 가전업체끼리 벌이는 캠페인 광고는 해마다 치열했다. 우리가 담당하던 S사는 1982년 가을에 경쟁사로부터 당한 뼈저린 아픔을 꼭 되갚으려는 다짐을 가지고 있었다.

1983년 3월 초순이 되면서 경쟁사의 움직임을 철저하게 탐문하고 있었다. 상품기획팀과 판촉팀은 그들대로, 우리 제작팀은 제작팀대로 상대의 조직과 인력들의 동선까지 시시각각 추적하는 정보전을 펼치고 있었다. 평소에 드나드는 외부 작업장에도 빠짐없이 염탐의 촉수를 뻗쳐놓고 있었다.

사진 식자, 제판소, 제품촬영 스튜디오 등도 수시로 살폈다. 주요 신문의 경우 지면을 미리 확보해야 하는 만큼, 그쪽의 정보에도 매체팀을 동원해 바짝 체크하면서……. 신문사 광고국에서도 철저히 비밀로 하기 때문에 알아내기란 여간 어려운 것이 아니지만, 여러 가지 수단을 쓰면서 가명으로 지면을 예약한 경우까지도 신경을 곤두세워야 했다.

그러던 3월 말 어느 토요일이었다. 제작팀에서 귀가 번쩍 띄는 정보를 갖고 왔다. K사의 광고 팀과 광고회사 팀들이 충무로 모처에 있는 것이 확인되었다는 것이다. 가끔 그쪽 팀들이 외부작업장으로 쓰던 여관이었다. 그 당시는 여관 객실을 몇 개 잡아놓고 며칠씩 투숙하면서 회의도 하고, 전략도 세우고 실제 제작물까지 완성하는 것이 일반화되어 있을 때였다.

우리 쪽에서 빠르게 움직였다. 제작팀장과 AE팀장인 나의 주도하에 각자의 임무를 나누어 맡은 팀원들의 눈에는 오랜만에 결의에 찬 긴장의 빛이 감돌았다.

80년대 초반의 충무로는 영화산업의 침체기를 말해주듯 '영화의 거리'로서의 명성보다는 광고 쪽의 업체들이 단연 활기를 띠고 있었다. 사진 식자, 스튜디오, 기획사, 제판, 인쇄, 제본 등의 크고 작은 업체들이 몰려 있었다. 그러다 보니 잘하는 곳은 경쟁업체끼리도 무심코 함께 거래를 하기도 했다. 제작팀들끼리는 학교 선후배나 전 직장의 동료 관계로 얽혀 있는 경우도 있어서 서로 부지불식간에 정보가 유출될 수도 있는 상황이었다.

그런 점을 감안해서 얼굴이 전혀 알려지지 않은 팀원들을 보내 여관 작업팀에 대한 정보수집에 나섰다. 작업팀들은 커피를 배달시키는 관행이 있다는 점에 착안해서 혹 단골 다방이 있는지 알아보라는 지침을 내렸다.

예상은 100% 적중, 그 팀들이 단골로 배달시키는 다방을 알아냈다. 속으로는 '됐다!'는 예감이 왔지만 신중해야 했다. 배달하는 종업원 한 사람을 확실한 협조자로 만들었다. 우리가 요구한 지령(?)은 간단했다.

방 안의 벽이나 바닥에 글씨가 있으면 크게 쓴 단어나 문장이 무엇인지 살펴보고, 날짜나 숫자를 써놓은 것이 있으면 그것도 알아가지고 오라고 신신당부했던 것이다.

사실은 그러면서도 큰 기대는 하지 않았는데 이게 웬일인가? 입이 떡 벌어질 정보가 영문도 모르는 다방 종업원의 입에서 나오는 순간, 우리는 심장이 멎어버릴 것 같았다.

《신혼대잔치》

「4월 9일~5월 8일」

이 두 가지 결정적인 정보를 입수한 우리 팀은 바쁘게 돌아갔다.

S사 관계자들과 극비회의를 거쳐서 대응 캠페인 내용과 일정을 최종적으로 마무리 지었다.

타이틀은 《love love 대행진》으로 하고, 캠페인 기간은 「4월 6일~5월 5일」까지로 해서 경쟁사의 김을 빼는 선제공격을 하기로 했다. 부랴부랴 남녀 모델도 결정하고 극비 촬영에 들어갔다. 오프닝 신문 광고도 8단 통으로 하면서 다른 회사 이름으로 숨겨 게재 의뢰

신혼잔치 '러브러브 대행진' 오프닝 광고

를 했다. 혹시라도 역정보에 걸려들지나 않을까 노심초사하면서 작업은 착착 진행되었다.

결전의 날, 조 · 석간 네 개의 신문에 행사고지 광고가 와장창~ 동시에 터졌다. 토요일이었다. 내일은 신문이 없고, 아무리 빠르게 따라오더라도 월요일 조간이나 되어야 대응광고를 할 수 있다는 계산을 했다.

경쟁사에서는 난리가 났다. 모처럼 한가한 주말을 즐기기 위해 흩어졌던 멤버들이 비상소집령으로 허둥대고, 분명 정보가 빠져나간 것이 틀림없는 상황에 대한 불호령에 우왕좌왕하면서…….

지난해의 아픔을 멋지게 되돌려준 한판승이었지만, 그것이 검은 회오리가 서서히 몰려오는 서곡이 될 줄을 당시에는 꿈에도 생각지 못했다.

제2라운드

"네 시작은 미약하였으나 네 나중은 심히 창대하리라."는 욥기서의 말씀처럼 대폭풍의 서곡은 극히 조용하고 나직한 바람으로 시작됐다.

봄 결혼 시즌을 타깃으로 한 두 회사 간의 캠페인 대결에서 정보의 우위를 바탕으로 한 선제공격의 승리감이 채 가시기도 전이었다. 이제 또 여름 가전제품 싸움이 시작되었다. 대표적인 상품이 냉장고다. 어느 해는 냉동실이나 냉장실이 이슈가 되기도 했고 서리 논쟁, 디자인 논쟁, 가격 혁명 등이 쟁점이 되어 엎치락뒤치락하기도 했다. 그해에는 절전을 콘셉트로 내세우기로 하고, 양쪽 실무자들이 기껏 가벼운 미팅을 한번 했을 뿐인 5월 하순 어느 날이었다.

대표이사 N전무로부터 전화가 왔다. 오늘 오전에 우리 회사 회의실에서 S사 팀들과 냉장고 광고 제작회의를 한 적 있느냐고…….

그랬다. 우리 팀 회의실에서 담당과장으로부터 올해 냉장고 콘셉트는 '절전'으로 하기로 했다는 내용을 전달 받았다. 며칠 전, '절전'이 될 것 같다는 스치듯 지나가는 언급은 있었지만, 정식 오리엔테이션은 이날이 처음이었다.

오전에 우리 회의실에서 회의가 있었고, 절전이 콘셉트라고 하는 전달을 받았다고 사실대로 보고를 드렸더니, N전무께서는 난감해하는 표정이었다.

"지금 막 S사 부회장한테서 전화가 왔는데 말이야, 경쟁 K사 대표와 점심을 같이 했는데 항의를 하더라는 거야. 올해는 '절전' 가지고는 서로 쟁점화하지 말자고 약속해놓고 왜 안 지키느냐고……. 들어와서 담당 팀을 불러서 물어봤더니 오늘 오전에 우리 회사에서 처음으로 그 회의를 했다는 대답이니, 이건 필경 우리 쪽에서 K사로 정보가 유출된 게 틀림없는 거 아니냐는 거야! 이거 어떻게 된 거야?"

N전무도 황당해하고, 한편으로는 걱정스러워하는 모습이었다. 그렇기도 할 것이 S사 부회장은 그룹 회장님의 부마(夫馬)인 데다 새로 부임해와 향후 경영권까지 연관되어 소문이 무성한 실세 중의

실세가 아닌가. 직접 전화까지 해서 클레임을 걸고 나왔으니 보통 일이 아니긴 아닌 셈이었다.

일단은 우리 쪽에서 비밀이 새어나갔을 상황은 아니었다. 팀들이 모여 긴급하게 점검도 했지만 문제의 소지는 발견되지 않았다.

이어서 S사에서 담당 상무와 부장으로부터도 전화가 왔다. 일단 우리 쪽의 문제는 아니라는 점을 강하게 피력했지만 결백을 주장할 결정적 증거는 없으니, 서로 찜찜할 뿐이었다. 그러자 우리 팀 개인마다의 프로필과 우리 쪽 외부 작업처 리스트를 요구해왔다. 실무자들끼리야 서로 뻔히 아는 내용들이었지만 윗선에서 확인하고 싶어 한다며 요청해왔다.

AE인 나로서는 참으로 답답하고 억울했지만 뾰족한 방법이 없었다. 방어수단이 마땅하지 않아 상대의 공격을 허용하고 있는 어정쩡한 입장이 된 상태로 며칠이 지나갔다.

바로 나의 직속 부서장이 S사 담당 부장과 저녁 약속을 잡았다고 했다. 나에게 동행을 요청했지만, 내가 가기는 좀 그렇다는 이유로 빠지는 대신 다른 팀원 1명을 대동했다. 강남의 어느 룸살롱이었다.

다음날 출근해보니, 부서장 S국장이 책상에서 혼자 뭔가를 열심히 쓰고 있었다. 얼마 후 기안지 몇 장으로 보이는 서류를 말아 쥐고는 휑하니 나갔다. 얼굴엔 지난밤에 마신 술의 흔적이 뚜렷했다.

동행했던 직원과 나는 누가 먼저랄 것도 없이 회의실로 가 마주앉으니, 첫 마디가 “우리 S국장님 무섭던데요. 평소에는 흐물흐물하시는 것 같았는데 아, 어제는 영 딴판이던걸요.”였다.

작심하고 간 S국장의 작전이 먹혔던 모양으로, 양주가 한 병쯤 바닥이 나자 약간 알딸딸해진 판촉부장이 스스로 속내를 털어놓았다고 했다.

“이번 일은 전적으로 우리 L과장이 병신 짓해서 그런 겁니다. 국장님 쪽 잘못은 없는 것 같아요.”

술이 확 깨면서, 술값이 아깝지 않아진 S국장은 속으로 쾌재를 불렀을 것이다.

그날 판촉부장이 털어놓은 자초지종에 따르면 내용은 간단했다.

지난 4월에 있었던 ‘가전제품 신혼대축제’ 때 우리에게 당했던 앙갚음을 벼르고 벼르던 중에 이번엔 K사에서 작전을 달리해서 접근한 것이다.

정리해보면, S사 판촉과장이 우리 회의실에서 회의를 마치고 곧바로 돌아간 오전 11시쯤, 한 통의 전화를 받았다고 한다.

“네, 저 OOO입니다.”

“L과장! 나 공장 R전무인데…….”

“네네.”

“이 사람아, 거 VTR 신문광고에서 내 얼굴 언제 빼줄 거야?”

“아, 네. 안 그래도 지금 빼는 작업 시켜놓았습니다.”

“오케이, 됐고… 아참, 올해 우리 냉장고 광고는 소구점을 뭘로 하려고 해?”

“네, 그러잖아도 오전에 대행사 팀들과 회의하고 막 돌아왔습니다. 상품기획팀하고 협의해서 ‘절전’으로 정했다고 알려주면서 정식으로 아이데이션을 부탁했습니다. 저희 본부장께서도 사장님께 그렇게 보고를 드린 걸로 알고 있습니다.”

판촉부장이 스스로 실토한 자기들 내부에서 있었던 일의 줄거리였다. 새로 와서 아직 업무가 능숙하지 못한 부장과 오랫동안 한 자리에서 업무를 잘 아는 과장과는 겉으로는 드러나지 않는 묘한 알력이 있었던 모양이다.

R전무와의 통화를 끝내고 막 수화기를 내려놓으면서 L과장은 퍼뜩 이상하다는 느낌이 들었다. 직접 전화를 걸어와서 통화하기도 처음이지만 평소의 음성과는 좀 다른 것 같다는 느낌이 들었다.

바로 지방공장으로 전화를 걸어 R전무 비서에게 확인을 했다. 전무님은 오전에 서울 본사로 가셨고, 여기서는 전화하신 적이 없다는 비서의 대답이었다. L과장은 그제야 바로 경쟁사의 전술에 말려들었다는 사실을 직감하고 당황스러웠다. 그러나 누구에게 말하기도 그렇고, 혼자서 끙끙거리던 중에 이번 일이 벌어진 것이다.

끝까지 입을 다물어버렸으면 영구히 묻혀버렸을지도 모를 일이었지만 L과장이 부장한테 그 사실을 털어놓았다. 내심 그래, 네가 그런 바보짓을 했단 말이지? 하고 속으로는 한껏 약점을 잡은 K부장도 일단 윗선으로는 그 사실을 보고하지 않고 있었다. 그러니까 우리 쪽에 가해지는 부당한 조치들에 대해 자기들도 양심의 가책을 받고 있던 중에 S국장과의 술자리에서 실토해버리고 만 것이다.

S국장으로부터 자세한 내용을 문건과 구두로 보고 받은 K상무와 대표이사는 그제야 안도하면서 이 사실을 빨리 S사 G상무에게 정식으로 알려주기로 했다. 우리 쪽 K상무가 직접 G상무를 만나 국장으로부터 건네받은 경위서를 내민 것이다.

문제의 발단이 자기들 쪽에 있었다는 명백한 자체 진술을 접한 G상무는 자존심이 상할 대로 상해버렸다. 담당자를 소집해서 노발대발한 채 전달받은 서류를 던지며, “이게 어제 당신 입으로 한 말 맞아?” 하고 판촉부장을 몰아붙였다.

K부장이 떨리는 목소리로 나를 좀 만나자고 했다.

“S국장 그 양반 어제 녹음기 들고 나 만나러 왔습니까? 내가 한 말 토씨 하나 안 틀리게 썼더라고요. 아주 계획적으로 나를 술 먹인 거요? 이제 그 사람 나하고는 불구대천입니다."

철저히 당했다는 분함으로 부르르 떨고 있었다. 내가 함께 안 가기를 참 잘했다는 생각이 거듭 들었다.

우리 쪽의 접근 방법이 너무 졸렬했다. 아무리 우리가 궁지에 몰렸기로서니 그 점은 너무 성급했다고 내 의견을 대표이사께 분명히 말씀드렸다. 그 정도로 우리에게 유리한 결정적 자료를 손에 넣었으면 보다 의연하게 대처했어야 했다. 그 빽빽한 경위서를 들고 가서 담당 상무의 면전에 드밀면서 당신 부하들이 이렇게 바보짓을 한 거요 했고, 그 경위서가 다시 장본인 K부장에게 전해졌으니…….

그 사실이 S사 최고위층까지 보고가 됐는지는 확인할 수 없었다. 어쨌든 그 사건 이후로 자존심이 상한 것은 그쪽이었다.

'광고대행업무 활성화에 관한 건'이란 제목의 공문이 잇달아 오면서 무리한 일련의 요구가 쏟아졌다. 어쨌든 칼자루를 쥔 '갑'의 공격에는 속수무책이었다. 아무리 같은 그룹에 속한 회사들 사이의 일이라도 엄연히 '갑'과 '을'의 입장은 이렇듯 확연했다.

인력과 조직의 확대개편, 정보 분석 기능의 활성화 및 보안관리 등을 골자로 하는 공식적인 요구에 상응하는 조치들을 취할 수밖에 없었다.

이 사건이 계기가 되어 나도 S사의 AE에서 떠나기로 스스로 결심했고, 팀 전체로까지 확산되어 제작팀까지 완전 새로 개편하고 바뀌는 소동이 벌어졌다.

마치 강력한 폭발물이 내 코앞에 떨어지기라도 한 듯 우선 발등의 위험부터 면하고 보자는 일념으로, 앞뒤 보지 않고 급급해했던 그때의 행태가 아직도 못내 아쉽기만 하다.

소리 없이 히트한 광고—SKY를 잡아라

쌍용그룹 홍보실이 아닌 주식회사 쌍용의 기획조정실로부터 만나자는 연락을 받았다. 1981년 6월이었다.

맡고 있는 빅 클라이언트만으로도 쩔쩔매는 판에 무엇을 추가로 더 맡는다는 것이 현실적으로 어려울 때였다. 하지만 자신이나 크리에이티브(creative) 팀을 위해서 때로는 전혀 업종이 다른 기업의 광고로 한 번씩은 분위기를 환기시키는 것도 필요한 일이라 여겨 방문하기로 했다.

기조실 담당 과장이 기다리고 있었다. 문제도 간단했고 요구도 간단했다. '주식회사 쌍용'은 종합상사였다. 그 당시 대기업의 종합상사는 대졸 취업자들 사이에는 상종가를 치던 선망의 대상이었다.

그러나 최근 몇 년 간은 쌍용의 신입사원 지원자 중에 소위 SKY 출신이 타 그룹 종합상사에 비해 두드러지게 떨어지고 있으며, 이것이 윗분들의 최대 고민이라고 했다. 어떻게 하면 이번 가을 신입사원 정기 채용 때 이 문제가 해결될 수 있겠는지, 묘안이 없느냐는 주문이었다.

전혀 뜻밖의 제안이라 다소 막막한 느낌도 들었다. 사전에 미팅

내용을 몰랐기도 했지만, 이런 쪽의 자료는 접해보지도 못했던 터라 전체적인 구도가 얼른 떠오르지 않았다. 그쪽에서 준비한 사전자료도 별로 없었다.

회사로 돌아오자마자 관련 자료들을 찾아보았다. 말 그대로 S사 전담 팀인데 다른 일에 한눈을 팔고 있는 것을 그들이 알기라도 하면 껄끄러울 것 같아서 나 혼자 움직였다.

입사관련 자료도 보았고, 관련 기사들도 섭렵했다. 그러다 결정적인 힌트가 된 신문기사 몇 개를 찾을 수 있었다.

종합상사들의 높은 인기는 단순히 해외근무를 하게 해준다는 것에 있었다. 짧은 해외여행마저 아무나 나가기 어렵던 시절, 해외근무라는 특전은 모든 젊은이들의 꿈이자 로망이었다.

그러나 쌍용은 전체적인 이미지 면에서 타 그룹보다 열세였다. 중후장대(重厚長大)한 느낌에다가 획일적이고 남성적이며 '시멘트' 이미지가 강했고 장래 진로의 다양성 면에서 현격한 열세를 보이고 있었다.

그 다음 작업은 일사천리였다. 카피는 6년 전 입사 때의 사장님 말씀대로 내가 직접 썼고, 그래픽 디자인은 내 주문대로 K형 혼자서 해냈다.

광고 전략은 심플하고 명쾌하게 짰다. '해외근무'를 콘셉트로 결정하고, 이 콘셉트를 기본으로 하여 단계적 접근을 시도하기로 했다. 처음부터 확신이 섰으므로 시안도 복수로 하지 않았다. 한 가지 안으로 배수진을 쳤다.

1차 광고의 헤드라인은 '入社3年後'였고, 부제는 '쌍용은 젊은 사람들에게 해외근무 특전을 베풀고 있습니다'였다.

키 비주얼(key visual)로 입사동기들의 인사카드를 보여주었다.

카라카스, 시애틀, 파리, 카이로 지사로 나가 있는 사원들의 현황을 한눈에 알게 했다.

2차 광고는 가슴 두근거리며 받는 해외근무 사령장을 상징적으로 표현했다. '命 카라카스 근무'라는 헤드라인에 '入社 3년이면 바로 당신이 해외 무대의 주역이 됩니다'의 부제를 받쳐주었다. '해외근무'라는 한 가지 콘셉트를 더 철저하게 메시지로 구성한 것이다.

1차에서 2차까지의 광고는 적은 예산을 감안해 각 대학신문 1면 광고로만 하기로 했고, 게재도 방학 중인 7월에서 8월 초까지 집중하여 다른 경쟁사와 차별화하기로 했다.

3차 광고는 다른 모든 기업들과 똑같이 중앙 일간지 위주로 하는 통상의 '사원모집 광고'를 집행했다. 3차 본 광고를 집행하기 전의 7~8월 두 달간의 집중노출은 최소한의 예산으로 최대의 효과를 거두자는 전략에 근거한 것이었다.

캠페인 결과는 그야말로 대히트였다. 1981년 8월 15일자 동아일보 '경제로비' 코너의 헤드라인이 바로 '신입사원 채용시험 시작… 쌍용 최고 30대 1'이었다. 일류대학교 지원자들이 구름처럼 몰려들었고, 그 후로도 이 광고는 브로슈어나 포스터로 변신하면서 몇 년

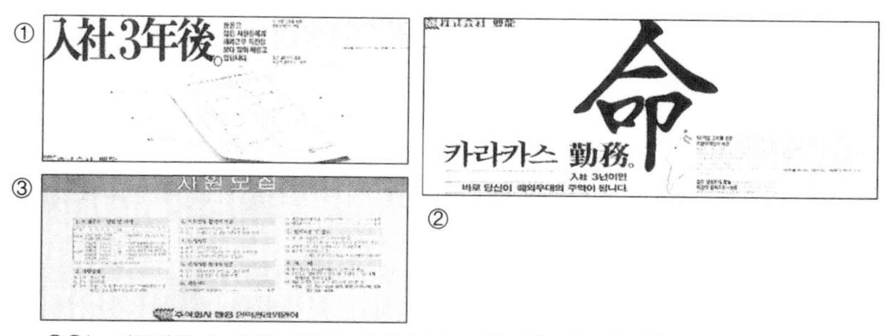

①②는 여름방학 중 대학신문들에 게재했으며 ③은 일간지에 집행함.

간 자체적으로 계속 활용할 정도로 위력적이었다.

돌이켜보면 이 광고는 정확하고 심플한 아이디어를 헤드라인에서 비주얼과 카피로 연결시킨 점이 강력한 힘을 발휘했던 것 같다.

헤드라인의 3요소도 다 포함하고 있다.

이기심—소비자에게 이익을 약속해야 한다—, 뉴스성, 호기심 유발이 그것이다.

강력한 약속을 내세워 주의를 끌게 했고 예상 타깃만을 골라 겨냥했으며, 보다 카피를 읽도록 유도한 헤드라인의 기능도 완벽했다고 할 수 있다.

30년 전의 일이지만, 나는 요즘도 가끔 'STX'나 'STX 그룹', '강덕수 회장'이란 활자가 들어 있는 신문기사나 광고를 보면 그때의 이 광고가 떠오른다.

그 당시 나와 단 둘이 마주 앉아서 이 일을 했던, '쌍용'의 젊고 지적인 분위기의 기획조정실 과장님이 오늘의 입지전적 인물인 'STX 그룹'의 강덕수 회장 바로 그분이기 때문이다.

제약광고의 두 얼굴

'광고 없는 날'을 소망하는 의사 한 분의 글을 읽은 적이 있다.

개인에 따라 다르겠지만 자기 스스로의 습관 때문에 시간을 낭비하는 요인이 80%라고 했다. 공상, 잡담, TV 시청, 약속 없던 방문객, 많은 잠, 전화 등이 습관의 대표적인 요인들로 거론되었다.

특히 TV 시청 시간은 하루 평균 2시간이 넘으며, 그중의 상당 부분은 원하지 않는 광고에 시달리고 있다고 했다. 그 광고 중에는 의료인 외에는 전혀 알 필요가 없는 제약광고가 상당부분을 차지하고 있으니 귀중한 시간만 빼앗는다는 지적이었다.

이미 1978년 미국의 통계자료에서도 미국의 청소년들은 17세가 되기까지 평균 1만5천 시간, 즉 약 2년간을 TV를 보는 셈이라고 한다. 그동안 보게 되는 TV CM만도 35만 개라니 엄청난 숫자가 아닐 수 없다.

1988년 3월 16일자 어느 일간지 기사 타이틀이 '월간잡지 약 광고 89%가 위법'이었다. 즉 월간잡지에 실린 43개 제약회사의 74개 약품 광고를 조사 분석한 결과, 40개 제약사의 66개 약품(89%)이 '약사법시행규칙'에 어긋나는 광고를 하는 것으로 나타났다는 내용이었다. 또 전체 잡지 광고의 19.7%가 제약광고라는 통계도 소개됐다.

80년대 초반부터 제약광고에 대한 우려가 시민운동단체나 소비자 단체를 중심으로 확산되고 고조되어갔다. 규제도 더 까다로워지고 자율적인 심의도 이루어졌지만 1989년에 드디어 커다란 철퇴가 내리쳐졌다. 도합 74개 제약사가 조사 중이고, 43개 회사는 행정처분을 내렸으며 6개 회사는 담당 중역이 구속 입건되었고, 25개 회사는 불구속 입건되면서 벌금형을 내렸다는 검찰 수사 발표가 있었다. 이 속에는 국내의 대표적인 제약회사도 포함되어 있어서 파장이 만만치 않았다.

따지고 보면 우리나라의 광고 산업에서 제약분야가 차지하는 비중은 막강했다. 특히 60~70년대는 제약광고의 전성기라고 할 만큼 양적 비중도 컸고, 광고의 질적 수준 또한 제약광고가 그 한 축을 이끌었다 해도 과언이 아닐 정도로 높았다. 그런 만큼 제약광고가 방송이나 신문, 잡지 쪽에서 볼 때는 그야말로 큰 손으로 대접받던 시절이라 매스컴에 미치는 영향력 또한 무시할 수 없었다.

우리나라 근대제약업의 역사는 구한말 왕립병원에 해당하는 제중원(濟衆院)에서 시작된다. 그 후 최초의 법인형태를 갖춘 '조선매약사(朝鮮賣藥社)'가 1913년에 생겨났다.

해방과 미군정기의 우여곡절을 거치면서 우리나라의 제약산업은 서서히 그 틀을 갖추기 시작했다.

1950년에 불과 9천4백26만 환(지금의 9백42만6천 원)에 불과하던 의약품 총생산액이 2010년에는 15조 7천억 원을 기록하게 되었다. 60년 만에 이룬 천문학적 성장이다.

60년대 초 국산의약품 보호정책은 완제품 수입을 억제하면서 새로운 대중의약품이 봇물처럼 쏟아져 나오게 했다. 이 시기에 본격적으로 등장한 상업방송과 맞물려 의약품 광고의 새 장(章)이 열리면서 70년대까지 고도성장을 거듭하게 되었다.

이렇듯 순항을 거듭하던 제약산업도 80년대가 되면서 시련을 맞게 되었다. 보호정책이란 안전막이 차츰 걷혀지면서 수입자유화, 물질특허채택 압력, 소비자 운동의 강화 등이 걸림돌로 작용하기 시작했다. 경쟁이 더욱 치열해지면서 광고도 자연히 과대 · 과장 · 비방 쪽의 표현이 늘어갔고 규제나 심의도 상대적으로 강화되기 시작했다. 요즘은 제약협회가 주체가 된 '의약품광고 심의위원회'에서 자율적으로 의약품광고를 심의하고 있으니 그때와는 상전벽해가 된 셈이다. 효능 효과의 표현만 엄격하게 지킨다면, 광고적 표현에 있어서는 창의적 표현을 최대한 보장해주는 방향으로 시행되고 있으니 더욱 그렇다.

80년대 중반에 이르자 제약광고는 표현의 범위가 극한으로 좁아져서 옴짝달싹할 수조차 없는 지경까지 이르렀다. 이런 현상은 물론 소비자 입장에서는 당연하고 환영할 만한 일이었다. 세부시행상의 지나친 문제는 있었지만 원칙 면에서는 나무라기만 할 정책이 아니었다.

그러나 광고회사의 입장에서는 당장 실적에 영향을 미치는 제약회사라는 큰 고객의 목줄을 죄는 커다란 위협요소가 아닐 수 없었다. 방송국이나 신문사, 잡지사 입장에서도 바로 매출이 줄어드는 현상이 생겼나 하면, 제약사의 입장에서는 더 격앙되어 있었다. 그럼 차라리 제약광고는 아예 하지 말라고 법으로 정해버리라는 극단의 불만이 터져 나왔다.

가장 죽을 맛은 AE와 광고제작을 담당하는 실무 팀들이었다. 어떤 제약 품목을 막론하고 아이디어가 뛰어놀 환경이 원천 봉쇄된 셈이었으니 말이다.

좀 과장되게 표현한다면 회사 이름과 로고, 약품 이름, 약품 사진 등의 1차적이고 필수적인 요소 외엔 '좋습니다'란 말 한마디밖에는 더 넣을 수가 없었다.

그러나 궁하면 통한다고 했던가. 광고회사의 입장에서는 돌파구를 찾아 나서야만 했다. 표현의 한계를 뛰어넘어 아주 새로운 영역으로 광고의 패턴을 바꾸어보자는 몸부림으로 나타났다.

그 변화와 몸부림의 선두에 섰던 광고가 S제약의 간장약 광고였다. 약사법 시행규칙(당시) 제48조 제1항 2호의 '효능이나 성능을 광고할 때는 우수한 치료효과를 나타낸다' 등으로 그 사용결과를 표시 또는 암시하는 광고, 적응 증상을 서술적으로나 위험적 표현으로 표시 또는 암시하거나 의약품 사용을 직접 또는 간접적으로 강요하는 광고를 할 수 없다는 규정을 엄격하게 적용하면 대부분의 제약광고가 심의조항에 걸리게 되어 있다.

간장약과 위장약 광고는 의약품 광고품목 중에서도 가장 치열하고 까다로운 영역이다. 간장약 광고는 더 까다로워서 간세포 손상을 회복시켜 준다거나 모든 간 질환에 효과가 있는 것처럼 표현하거나 간 보호를 위해서는 반드시 복용해야 하는 것처럼 표현하던 종래의 광고가 모두 벽에 부딪힌 상황에서 S제약의 간장약 '쓸기담' 광고는 시작되었다.

1985년 12월에 론칭을 시작하여 '우루소 데속시콜린산 100mg 함유'를 중심 메시지로 하던 전략에 수정을 가하게 되었다.

마침 1988년 서울올림픽을 앞두고 전반적인 분위기가 약간 들뜨는 경향이 있었다. 정책적 변화가 몰고 온 해외여행 바람은 중산층까지 확대되면서 동남아 관광이 유행으로 번지고 있었다. 숨 막히는 광고 표현의 규제도 벗어나면서 해외여행이라는 생활의 단면을 광고에 끌어들인 아이디어는 그래서 탄생하게 되었다.

피로회복, 여독제거라는 효능을 바탕에 깔지만 직접적인 표현은 한마디도 하지 않고 전체 톤(tone)으로 전달하기로 했다. '부부가 함께 하는 간장약'이라는 브랜드 콘셉트에다 '해외여행'이라는 부드러운 톤을 설정한 것이다. 부부여행을 통해 자연스럽게 남자 위주의 약이라는 이미지를 벗고 여자도 함께 복용하는 약이라는 이미지로 타깃을 넓히는 효과까지 겨냥했던 것이다.

1988년 첫 번째 CF는 '태국 편'으로 로케이션 제작을 했다. 가장 많이 가는 여행지가 태국이었기 때문이다. 광고를 봤을 때 두 가지 반응이 있으리라 예측했다. 이미 태국여행을 다녀온 사람들은 '아, 저기 내가 갔던 곳'이란 친밀감을, 이제 여행을 계획하는 사람들에게는 '아, 저기 우리가 가려는 곳'이라는 기대감을 줄 것으로 기대했던 것이다.

예상대로 '태국 편'에 대한 반응은 뜨거웠다. 광고 표현 때문에 심의에서 기각되어 수정을 거듭하다 보면 용두사미가 되어 이런 광고를 해야 하나 하고 회의가 드는 데 비하면, 이 광고는 그런 시시비비를 훌쩍 뛰어넘으면서도 전달하고 싶은 메시지는 충분히 전달한 성공적 시도로 평가받았기 때문이다.

이듬해인 1989년에는 '중국 편', 90년에는 '스페인 편'을 로케이션으로 제작했다. 결과는 놀라웠다. 여러 복합적 요인이 있겠지만 발매 4년 만에 단일 품목으로 연간 100억 원 판매라는 성과를 거두었다. 당시 가격으로 한 알에 300원짜리 제품으로 쌓아올린 놀라운 실적이었다.

그 뒤로도 '해외여행 편'은 시리즈로 이어졌다. '페루와 브라질 편'을 거쳐 5차는 '여행종합 편', 6차는 '남태평양 편'으로 지속되었다. 중견 연기자 서승현 · 이영후 씨를 부부로 한 '부부여행 시리즈' 광고는 제약광고의 한 유형을 창출했다고 해도 지나치지 않을 것으로 생각된다.

'쓸기담 CF 시리즈'가 오래 지속될 수 있었던 것은 광고에 대한 애정과 신뢰가 지금껏 내가 만났던 어느 회사의 톱보다도 강하고 후끈했던 고(故) 김영설 회장님의 튼튼한 지원이 있었기에 가능했던 일이었다.

'중국 편'을 제작할 때 현장까지 함께 동행했던 김원규 부장(당시)께서 이제 CEO의 자리에서 새로운 도약을 이끌고 있으니 명가의 부활을 고대하는 마음 누구보다 크다.

'고향의 맛'과 '그래, 바로 이 맛이야'

J사의 '다시다'는 1975년 11월 20일부터 시판되었다. 출시 당시 다시다는 영양조미료라는 인식을 심어주기 위해 제품 콘셉트도 '맛과 영양'으로 정하고 있었다. 소비자 편익은 '간편성'에 소구했다. 그러다가 1977년이 되면서 콘셉트도 '천연 영양식품' 쪽으로 변화를 주었다. 쇠고기의 맛과 영양으로 '간편하고 맛이 좋다'는 점을 내세웠다.

J사의 입장에서는 절대적 열세에 있는 화학조미료 시장에서 빨리 빠져나와 새로운 싸움터에서 천연조미료 싸움을 시작하려는 전략을 세우고 있었다. 절대강자인 경쟁사의 아성이 너무도 요지부동이므로 전장(戰場)을 옮기는 작전을 구사했지만 좀처럼 시장은 뜻대로 움직여주지 않았다.

그러나 80년대에 들어서면서 경제적 성장으로 건강에 대한 관심이 증가되면서 건강식품, 천연식품의 선호가 높아지게 되었다. 다시다도 그 바람을 타고 움직이기 시작했다. 미원이란 철옹성에도 변화가 오기 시작한 것이다. 기존의 화학조미료 시장은 남극의 빙산처럼 서서히 무너져 내리기 시작했다. 마냥 전장을 고수할 수는 없는 상황이 온 것이다. '천연 조미료 시장'이라는 어쩔 수 없는 전쟁터로 스스로 옮겨오기 시작했다. J사 입장에서는 그렇게도 기다리고 기다리던 싸움이 시작된 것이다. 천연 조미료 시장에서는 '다시다'가 경쟁사의 '맛나'보다 확실히 앞선 No.1 브랜드였기 때문이다.

우리나라 조미료의 원류는 일본의 아지노모토다.

아지노모토는 1888년에 창립된 123년의 역사를 가진 회사이다.

1908년 이케다 박사가, 일본의 두부요리 중에서 다시마를 넣어 끓인 물에 두부를 넣었다가 그것을 간장에 찍어먹는 것이 있는데, 그 스프의 맛을 맛있게 하는 것이 무엇일까 하는 의문으로 연구하기 시작했다. 그것이 바로 다시마에서 나오는 글루타민산 소다였다.

일본인들은 다시마에서 얻은 수프를 여러 가지 요리에 사용하기 때문에 이 다시마의 글루타민산 소다가 마법의 조미료로 히트하게 되었다. 당시로서는 작은 유리병에 들어 있던 대단한 귀중품이었으며 고가의 상품으로 대접받았다. 이 상품으로 아지노모토는 기업으로서 큰 성장을 하게 되었고 현재는 가공식품, 인스턴트식품, 냉동식품, 음료, 약품 등의 분야로까지 진출한 일본의 대표적인 식품회사가 되었다.

아지노모토는 옛날부터 광고제작부를 자체 내에 가지고 있으면서 굉장히 유니크하고 재미있는 광고를 만들어온 것으로도 유명하다. 일본의 톱클래스 디자이너 중에는 아지노모토 출신 사람들이 많았고, 카피라이터 중에서도 우수한 인물이 많이 배출된 것으로 알려진다. 아지노모토 광고의 유명한 캐치프레이즈를 연대별로 살펴보자.

1951년-잠자는 맛을 깨웁니다.
도마 위의 예술

1952년 - 맛을 다루는 데는 무엇이든 OK

1956년 - 미각의 연출가-맛을 연출한다

짠맛을 내는 데는 소금

단맛을 내는 데는 설탕

맛있게 하려면-아지모노토

1957년 - 식탁에 한 병, 부엌에 한 통

1959년 - 세계 속을 연결하는 일본의 맛!

1960년 - 고향의 맛! 아지노모토를 식탁에 놓고 한 번 치고 두 번 치고.
올해도 고향과 혓바닥에서 악수를 했으므로 그리움의 인사를 보낸다.

1961년 - 1초 만에 국물을 만든다

1963년 - 맛의 총감독은 나

1973년 - 일본의 아침. 혼다시의 향기-아지노모토 혼다시

다시다 광고 시리즈 중 하나

1987년이 되면서부터 J사로서는 바짝 총공세를 펼칠 기회를 맞았다. 전체 조미료 시장에서는(천연과 화학조미료 시장을 합한) 드디어 우위를 점하기 시작했기 때문이었다.

그때 '고향의 맛-다시다'라는 콘셉트가 떠올랐다. 1960년 아지노모토 캠페인에서 나왔던 캐치프레이즈였지만, 새로운 전략으로 옷을 입혔다.

내 머릿속은 60년대와 70년대의 우리나라 시골 전경으로 가득했다. 흙담장이 있고, 그 담장 위에 누렇게 익은 호박이 똬리를 틀고 있으며, 삽짝문을 열고 들어서면 반듯하게 펴져 있는 평상이 있고, 마당 한쪽엔 솥뚜껑 위에서 부침개가 노릇노릇하게 부쳐지고 있다.

저쪽 개울가 미루나무엔 신록이 파닥거리고, 어린 송아지가 묶인 그루터기 맞은편으로는 쟁기를 지게에 얹고 소를 몰며 얕은 개울을 건너오는 농부의 모습, 부엌과 텃밭 사이를 바쁘게 오가며 새참 준비에 여념이 없는 어머니의 손놀림, 어머니의 손끝에서 썰어지고 만들어지는 갖가지의 맛, 잊을 수 없는 바로 그 어머니의 손맛…….

어머니는 가족의 교육담당, 육아담당, 건강담당, 재정담당 등 열두 가지 분야의 총책임자라고 하지 않았던가.

맛에 대해서 알아보았던 자료도 떠올랐다. 채소나 과일, 곡류 등의 모든 먹을거리는 자기가 살고 있는 땅에서 나는 것이 가장 좋다는 논리에는 설득력이 있어 보였다. 사람도 식물도 나무도 같은 땅의 지기(地氣)를 공유하는 관계이기 때문에 다른 외국산보다 더 몸에 맞는다는 것이다. 다음은 그 계절에 나는 것이 좋다고 했다. 별식(別食)으로 한두 번 먹는 것은 몰라도 계속 주식으로 먹는 것은 그 계절에 주로 나오는 것을 택하라고 했다.

또 한 부분만 섭취하는 것보다는 뿌리에서 잎, 줄기, 열매까지 다 먹을 수 있는 일체식(一体食)이 좋고, 이왕이면 추억이 있는 음식이 맛과 영양 면에서도 더 뛰어난 음식이란 대목은 마음에 와 닿는 울림이 있었다.

그저 같은 음식이라도 추억이 있는 음식을 앞에 두고 앉으면 오감(五感)이 즐거워지며 눈빛도 그윽해지지 않던가. 어머니와의 추억, 아내와의 추억 등 추억이 얽혀 있는 음식은 한층 더 맛이 깊어짐을 경험으로도 느끼지 않았던가.

외부 프로덕션 사람들을 불러놓고 이런 배경설명을 했다. 그들도 내가 느끼는 내용만큼 공감하고 이해를 해야만 내가 생각하는 방향의 크리에이티브가 나올 것 같았기 때문이다.

그러나 외부업체의 담당 책임자이며 베테랑 멤버 한 사람의 입에서 튀어나온 한마디는 엉뚱하기만 했다.

"우리 프로덕션에는 농촌 출신 PD가 없어서 지금 얘기한 그런 정취를 뽑아낼 수 있을지 모르겠네요."

이건 의도적으로 상대방의 설명에 바람을 빼려는 것이 아니라면 나올 수 없는 말이었다. 그럼 누구는 농촌 출신이어서 그 풍경을 떠올리고, 누구는 세련된 도시 출신이어서 전혀 감이 안 잡히는 아이디어란 말인가?

"그럼 요즘 KBS '개화백경' 프로는 그 시대 사람이 와서 만들고 있습니까?"

하도 마뜩치 않아서 직설적으로 쏘아붙인 바람에 회의실 분위기가 잠시 어색해지기도 했다.

1984년 4월부터 '쇠고기 국물 맛, 쇠고기 다시다'를 콘셉트로 한 새로운 다시다 광고 전략으로 경쟁사의 추격을 따돌리기 시작했다. 1986년부터는 '고향의 맛' 시리즈 광고를 본격적으로 전개함으로써 다시다 광고의 최전성기를 열었다. 식품 광고로서의 격조를 지키면서 우리 고유의 정서와 추억이 고스란히 녹아 있는 광고라는 상찬을 받았다. 물론 광고 자체의 우수성으로만 끝난 것이 아니라, 경쟁우위를 더 강화시키면서 판매에 기여하는 광고라는 최종 목적까지 달성한 성공적인 광고란 평가를 받았다.

이런 평가는 외부적으로도 이어져 국내의 각종 광고상을 여러 차례 수상하기도 했다.

'그래, 이 맛이야!' 하는 CM 속의 멘트는 정감어린 김혜자 씨의 목소리에 힘입어 신문 헤드라인이나 방송으로 차용되는 인기를 몰고 오기도 했다. 코미디언이 이 말을 코미디에서 실제 사용하는가 하면, 일간신문의 스포츠 면 기사에서는 승리를 따내고 환호하는 장면의 사진과 함께 커다란 헤드라인으로 '그래, 이 맛이야!'를 붙이기도 했다.

카피라이터는 카피라이터대로, 감독은 감독대로 '고향의 맛-다시다' 시리즈가 다 자기 아이디어라고 자부하고, 나중에 이 시리즈를 이어받은 후임 AE나 크리에이터들은 또 그들대로 자기가 그 중심에 있었다고 얘기한다고 들었다. 그러나 나는 그들의 주장을 틀렸다고 말하고 싶지 않다. 모두의 열정이 모여서 하나로 모아졌기 때문에 가능한 일이었다고 생각하기 때문이다.

어떻게 보면 광고작품, 즉 CF나 라디오 CM이나 신문이나 잡지광고 등은 어느 누구 한 사람의 바이 네임(by name)도 달지 않는 예술이다. 시나 소설이 누구의 작품이란 분명한 바이 네임을 달고 있는 것과는 반대의 경우이다. 최종적으로는 제작비를 부담하고, 제작을 하게 한 광고주의 작품이라는 데는 누구도 이의를 달지 못할 것이 아닌가?

또 한 가지, AE는 크리에이티브에 있어서는 어떤 경우에도 자기 몫을 따로 떼어서는 안 된다는 것이 나의 변함없는 소신이다.

크리에이터들이 크리에이티브라는 식탁 위에 맛과 영양이 가득한 식단을 차리는 과정에, AE가 훌륭한 식자재를 선별해 갖다놓고, 그것으로 만들 수 있는 요리들을 암시적으로 제시까지 하고, 마침내 그 요리로 만족할 만한 최종의 요리가 차려졌다고 하더라도 이 상을 내가 차렸다고 나서서는 안 되는 것이 AE의 덕목이라고 나는 믿기 때문이다.

세월이 이렇게 한참 흐른 뒤에, 추억담으로 남기는 자유까지도 빼앗지만 않는다면 말이다.

국내 CF 최초의 중국 로케이션

'드, 디, 어'라고 표현할 수밖에 없는 시간이 다가오고 있었다.

삼성제약 '쓸기담' 부부 해외여행 시리즈 제2편을 중국 로케이션으로 제작하기로 결정한 후 3개월간의 우여곡절을 겪었다. 아직 정식 국교가 수립되기 전이라 내부적 절차도 까다로웠고, 관계 당국의 촬영 허가도 힘들었다.

CF 내용도 허가를 받아야 했지만, 외화 사용허가 등도 일일이 허가를 받아야 했다. 중국 쪽의 사정은 더 엄격해서 촬영기재를 반입하는 문제는 최대의 난관이었다.

어쨌든 모든 준비를 마치고 모두 열한 사람의 촬영 팀이 장도에 올랐다. 나를 포함한 우리 스태프 8명, 광고주에서 1명 그리고 탤런트 이영후, 서승현 씨 등이었다.

김포에서 가는 직항노선이 없을 때라 나리타공항으로 이동했다. 북경 행 탑승 수속을 마치고도 3시간 반이나 기다려야 했다. 그러나 지루함보다는 다소 초조함과 설렘으로 서성거리던 우리 일행은 상기된 얼굴로 서로를 바라보며 일어났다. 탑승 수속을 알리는 장내방송이 나왔기 때문이다. 출국장 구내 TV 화면으로는 일본의 '리쿠르트 스캔들' 관련 청문회 생중계가 열기를 뿜고 있었다.

우리 시간으로 오후 4시 30분, '中國民航'이라는 네 글자가 선명한 CA930의 은빛 날개는 쾌청한 창공 위로 솟아올랐다. 국내 최초의 중국 현지 CF제작이라는, 광고계의 새로운 이정표가 세워지기 시작한 것이다.

960만km²라는 실로 엄청나게 광량한 황색 대지 속에 10억이 넘는 인구가 이제 막 꿈틀거리기 시작한 나라, 이미 열린 장막으로 들어가는 중국행 급행열차(the China rush)의 승객이 되기 위해서 참으로 오랜 시간을 내외적인 여건들과 씨름하던 기억도 이륙과 함께 벗어났다. 안전벨트를 풀면서부터 기내의 풍경들이 눈에 들어왔다. 판탈롱 스타일의 유니폼을 입은 여자 승무원의 모습은 그간 타보았던 다른 여느 여객기의 승무원 모습보다 조금은 초라해보이고 무표정하게 느껴졌다. 스크린에는 유럽영화가 상영되고 있었으며, 기내식도 비교적 간소한 편에 속했다. 전체 승객은 정원의 70% 정도나 될까, 뒷자리 대부분은 비어 있었다.

일행들은 저마다의 상념에 젖어 지루한 줄도 모르는 듯했지만 벌써 비행기는 고도를 낮추면서 선회하기 시작했다. 하늘에서 본 북경의 야경은 생동감보다는 착 가라앉은 느낌과 함께 음울했다.

1989년 2월 20일 밤 9시 10분(현지 시간으로는 8시 10분), 나리타 공항을 출발한 지 4시간 40분 만에 북경공항에 기체는 가뿐하게 내려앉았다.

그 많은 짐들을 챙겨서 입국심사대를 빠져나왔지만 현지 가이드들은 나타나지 않았다. 1시간의 시차가 서로 잘못 확인된 까닭이었다. 별도 수속을 마친 촬영 기재들을 싣느라 11시가 거의 다 되어서야 시내로 출발했다. 외부 개방에 따른 여러 우려들 때문인지 유난히 촬영 장비들에 대한 검사가 까다로웠다.

국제공항이라기에는 너무 썰렁하고 낡고 어설펐다. 심지어는 찢어진 소파도 보였다. 지금의 북경공항과는 상상으로도 비교가 안 될 그런 모습이었다.

마이크로버스로 30분을 달려서 건국(建國)호텔에 도착했다. 연도에는 차도, 인적도 한산했으며 평양유학을 했다는 30대 중반 여성 가이드의 억센 이북 사투리도 풍경만큼이나 생소하게 와 닿았다.

비교적 깨끗하고 불편 없는 호텔방에서 이국의 첫 밤이 시작되었다. 긴장이 풀리자 몰려든 피곤에 금방 잠 속으로 떨어졌나 보다. 아침 7시쯤 눈이 떠졌다.

가뿐한 기분으로 커튼을 젖히고 발코니에 나가 심호흡을 했다. 바로 맞은편은 5층짜리 아파트인데 말라붙은 화분이며 때 아닌 여름 커튼이 을씨년스럽게 보였다. 아파트 뒤쪽으로는 골조공사를 끝낸 신축 고층빌딩들이 여기저기 보였고, 엄마 아빠의 손을 잡고 학교로 가는 꼬마들도 보였다. 사람 사는 모습은 다 똑같구나 하는 느낌이 일순 코끝을 찡하게 울려왔다. 막연하게 중국은 아직까지 깊은 겨울잠에서 깨어나지 못했을 거란 선입견 때문이었으리라.

실내의 집기들을 찬찬히 살펴보니 TV나 냉장고가 모두 일본제품 일색이었다. 9시쯤 TV를 켰더니 음악, 만화, 뉴스 등이 방영되고 있었다. 뉴스는 주로 외국수상 방문 영접, 수질오염, 농사일지, 월식에 관한 리포트, 대보름 풍물 등의 내용이었다.

낮에는 장안로를 거쳐 북경호텔, 천안문 광장, 천단공원, 자금성 등을 촬영지 답사 겸 돌아봤다. 20~30년 전 우리의 모습과 비슷한 차림의 사람들과 세련된 외양의 사람들이 뒤섞여, 요즘 우리가 말하는 양극화의 모습이 뚜렷했다.

'쓸기담' CF 「중국편」 중 만리장성과 계림에서 촬영하는 모습

그러나 어딜 가나 그들의 웅장한 스케일과 벽처럼 막아서는 중후장대(重厚長大) 앞에서 일단은 압도당하는 마음을 어쩔 수 없었다. 실로 오랫동안 일본적인(?) 매끄러움과 경박단소(輕薄短小)의 완성에, 부러움과 질시와 탐닉을 동시에 공유해오던 안일함에서 번쩍 눈이 떠졌다.

'그래, 이런 것도 있어야지!' 하는 깨달음이 밀려왔다.

찌든 표정, 허름한 옷차림에다 봉두난발로 우리 옆에서 기웃거리는 중국인들과 그 뒤편의 웅장한 자금성을 한 컷의 구도 속에 담고 있을 때, 성긴 눈발이 내렸다.

'개방시장'에서 수박 큰 것 하나를 32원(元)에 흥정하고도 인민폐

거스름 때문에 그냥 나온 일이며, 우리를 태운 관광버스가 교통위반으로 50원(당시 환율로는 우리 돈 약 9천2백 원 정도)의 벌금을 물고는 애써 무표정하게 돌아오던 가이드의 모습이 아직도 기억에 또렷하다.

저녁에 갔던 모란봉찬청에는 국내 신문사의 기자, 방송국 특파원 등이 먼저 와 있었다. 북한 정부에서 운영하는 음식점이어서인지 유난히 우리 쪽 사람들로 붐볐다. 가스 불에 익혀주던 양고기 맛이 일품이었고, 하얀 앞치마를 두르고 고기를 뒤집어주던 주(朱) 씨 성을 가진 예쁘장한 처녀도 인상적이었다.

밤 10시가 다 되어 호텔로 돌아오니 로비의 무대에는 동남아에서 온 남녀 3인조 악단이 한창 흥을 돋우고 있었다. 지나치게 소리를 지르며 호응을 보내는 한 무리의 우리나라 사람들이 눈에 거슬리기는 했지만 그야말로 북방 러시가 실감으로 와 닿았다.

내일은 이제 대망의 만리장성 행이라고 생각하니 한층 기대로 부풀어 올랐다. 지구 궤도에 오른 우주인이 '지금 여기서 보이는 것은 만리장성뿐'이라고 외쳤던 바로 그 만리장성으로 떠난다는 사실이, 새 운동화를 머리맡에 두고 잠 못 이루던 어린 시절의 섣달 그믐밤처럼 가슴 벅차게 기다려졌다.

북경에서 만리장성을 가장 쉽게 관광하려면 70km 정도 떨어져 있는 팔달령(八達嶺)으로 가야 한다고 했다. 우리나라 관광버스 같으면 1시간이면 충분한 거리지만, 한적한 교외길인데도 버스는 마냥 '만만디'였다. 하도 우리가 아찔한 속도 속에서 살아왔기 때문에 느끼는 현상일까?

팔달령이 약 30km쯤 남은 지점에서 일단 여장을 풀고 낮부터 이어지는 내일 새벽 촬영을 준비하기로 했다. 명원빈관(明苑賓館), 중국의 전통적 건축양식으로 3년 전에 지은 호텔이었다.

만리장성을 찾는 외국인의 편의를 위해 700명 정도가 머무를 수 있는 단층 건물 위주의 넓은 이 호텔에서 점심을 먹고 다시 출발했다. 중간 중간 스쳐 지나가는 차창 밖 풍경이 크게 낯설지 않았다. 지나면서 본 지명도 창평(昌平)이다 뭐다 하는 것을 보니 많이 듣던 이름이고, 산과 길이 우리나라의 어느 산간 소읍쯤을 지나는 것 같은 친근감이 들었다.

연산(燕山) 산맥을 끼고 조금 더 험해진 길을 돌아가는데, 몇십 년 전 중앙선 열차 같은 모습의 기차가 오른쪽으로 달려가고 있었다.

중국 땅을 밟은 지 실로 나흘만인 2월 23일 오후 3시쯤에야 팔달령에 도착할 수 있었다. 우리 속담에도 부부애를 얘기할 때 '하룻밤을 자도 만리장성을 쌓는다'는 속담까지 있는 것을 보면 만리장성은 우리에게 끝없는 거대함의 상징으로 뿌리박혀 있었던 것 같다. 총 2,700km의 길이와 9m의 높이, 9m의 폭으로 끝없이 이어지면서 120m 간격으로 돈대(墩臺)가 세워져 있었다. 돈대는 군사들의 주둔과 감시에 필요한 시설이었다고 한다.

누구나 팔달령에서는 오른쪽으로 오를까, 왼쪽으로 오를까를 잠시 망설이게 된다지만, 우리는 사전에 결정해둔 오른쪽 갈래 길을 선택했다. 왼쪽에 비해 완만한 경사로여서 오르기가 편하고, 관광객도 많이 몰리기 때문에 촬영하기에 적합한 여건을 갖춘 것으로 판단했기 때문이다.

돌로 깐 딱딱한 바닥의 경사를 40분쯤 오르자 1차 정상에 도착할 수 있었다. 오르는 도중에는 연변에서 왔다는 노부모님을 모신 동포 가족이며, 공산권 견학차 이곳을 방문한 우리 대학생들도 만날 수 있었다.

사다리를 타고 올라가서 돌아본 망루의 사방은 황량한 대지, 아니 황색의 바다였다. 만리장성은 일망무제의 그 황색 파도 속에서 회색 지느러미를 드러내고 꿈틀거리는 거대한 생체(生体), 바로 그것이었다.

다음날은 새벽의 만리장성을 촬영하기 위해 새벽 5시 반에 떠나는 촬영 팀을 따라 나섰다.

이번에는 왼쪽으로 올랐다. 너무 이른 새벽이어서 입장권을 살 필요도 없었다. 2월 말이지만 새벽바람을 뚫고 오르는 얼굴에 한기가 바늘처럼 매섭게 꽂혔다. 방한 점퍼를 입었지만 떨려왔다. 추위도 녹일 겸 촬영기사의 짐도 좀 덜어주려고 트라이포트를 빼앗아 어깨에 얹었다. 200m쯤 걸었을까. 어느새 후끈하게 땀이 배여 나오고, 다리도 후들거렸다. 그런 것을 메고도 오르내리는 촬영 팀의 직업의식이 새삼 무겁게 느껴져 왔다.

전날은 사람들 틈에서 오르내리느라 미처 못 느꼈는데, 그날은 오르면서 보니 성벽 양쪽의 돌 벽에 성한 곳 하나 없이 사람 이름들로 온통 새겨져 있었다.

낙산사에서 맛보는 일출(日出) 같은 장관을 기대하며 기다렸지만 막상 만리장성의 일출은 생각만큼 장관은 아니었다.

우리가 도착해서부터 밤낮으로 안내를 하던 王, 杜 두 남녀 가이드들도 지쳐 보였다. 그런 사이에도 틈만 있으면 '제1회 중국 관광가이드 자격고시'에 대비해 책을 꺼내들고 뭔가 열심히 암기하던 그들의 모습이 잊히지 않는다.

네 살짜리 아들을 '주(週) 탁아소'에 월요일에 맡겼다가 토요일에 찾아오는 맞벌이 부부여서 아들이 엄마의 정을 모른다던 그녀의 솔직한 언동들도 생각난다. 자전거로 40분이 걸리는 직장까지 출퇴근

한다는 이야기며, 북경에서는 여성들이 외국인 회사에 취직하는 것이 가장 큰 소원이라는 이야기 등…….

오후에는 현존 중국 최대의 황가원(皇家園)의 하나인 이화원(頤和園)의 긴 회랑과 만수산(萬壽山)을 촬영했고, 다음날에는 북해공원 일대를 촬영했다.

신기한 듯 몰려와서 에워싸고 보다가는 이내 CF의 그 단조로운 반복 촬영에 실망한 듯 돌아서는 그들을 보면서 나는 속으로 쿡쿡 웃음이 터졌다.

피곤해하다가도 다시 카메라의 차르르- 소리와 함께 촬영이 시작되면 언제 그랬느냐는 듯 금방 환하게 콘티 속의 배역으로 돌아오는 베테랑 연기자 두 사람의 관록이 돋보였다. 역시 로케이션이라는 것은 사전에 준비해온 것과는 다른 현장의 임기응변이 큰 몫을 하게 된다는 것을 알 수 있었다.

굳이 AE가 시간과 경비를 추가하면서까지 매번 해외 로케이션을 동행해야 할 이유는 없다. 그러나 광고주가 동행하거나 현지에서의 즉석 제작회의를 그때그때 가져야 할 때는 카피라이터나 AE가 꼭 필요할 때가 많다. 그런 의미에서 나도 전 스태프들의 리더로서 내 역할에 최선을 다하려고 애를 썼다.

우리가 북경을 떠난 것은 일요일인 26일이었다. 북경공항에서 계림공항까지는 2시간 40분 거리였다. 연평균기온이 19°C이며 겨울에도 영상 8°C, 한여름은 28°C로 2모작을 한다는 계림에 도착했다. 계화나무가 많다고 해서 계림(桂林)이라고 불렸다는 계림시의 당시 인구는 33만 명이라고 했다. 2억 년 전에는 이곳이 바다여서 카스트로 지형 특유의 종류동과 기기괴괴한 산들이 이강(離江)과 함께 동양 산수의 절경을 이루고 있었다.

2월은 갈수기여서 강물이 얕았고, 상비산은 계림의 상징이었다. 이강을 따라 양티(楊堤) 부두까지 4시간쯤 선상 촬영으로 좌우의 강상절경(江上絶景)을 담았다.

날씨 탓으로 아쉬움은 있었지만 다음 일정상 광주(廣州)로 갔다. 북경과 계림보다는 개방의 물결이 한눈에 느껴지는 광주에서의 하룻밤은 아쉽기 짝이 없었지만, 비행기가 아닌 기차를 타고 국경을 넘어 홍콩으로 간다는 새로운 기대감이 새벽 출발을 서두르게 했다.

홍콩의 구룡역까지 2시간 30분의 흔들림은 정말 만감이 차창에 어른거렸다.

점점 내려오면서 달라지는 기후와 풍경처럼, 똑같은 레일 위를 달리는 똑같은 공간 속의 사람들인데도 표정이 조금씩 달라져 가던 모습이 아직도 생각난다.

아! 그래. 공기, 공기, 자유라는 공기의 밀도 차이 때문이었을까?

일단 약속하게 하라

수금의 노하우

AE를 하면서 가장 자존심 상하고 신경 쓰이는 것이 바로 수금업무였다. 영업의 완성은 수금이라 했던가. 그러나 무슨 물건을 갖다주고 대금을 받아가는 수금과는 좀 차이가 있었다.

AE는 담당 사원에서부터 과장, 부장, 이사, 상무, 사장, 회장에 이르기까지 업무라인에 있는 모든 사람을 따로 만나기도 하지만 전체 회의석상에서 한꺼번에 만나기도 한다. 우리가 연구하고 준비한 내용에 대해서 설명하고 설득해서 실행에 옮기게 하기 위해서는 이런 반복적 만남이 필요하기 때문이다.

그런 미팅이 끝난 다음, 경리파트의 수금창구에서 일을 보거나 기다리다가 그분들과 다시 조우하게 되면 한편으로 계면쩍고, 조금 전까지의 전문가에서 수금사원이라는 단순영역으로 떨어진 것 같은 기분이 될 때가 많았다. 요즘의 온라인 청구와 수금에 비하면 너무도 격세지감이 느껴지는 일들이었다.

특히 식품회사나 제약회사들은 평균결재일을 맞춰서 계산하다 보니 약속어음, 수표, 현금 등이 뒤섞여 있었다. 게다가 지방 대리점이나 거래처에서 수금한 소액어음으로 한 뭉치를 받으면 쭈그리고 앉아서 하나하나 확인하는 일이 죽을 맛이었다. 경리 쪽에서 숙달된 경험이 없이 수금에 관한 기초지식만 숙지한 상태로 입금표를 받아 들고 나섰지만 수치부터가 익숙지 않은 것은 어쩔 수 없었다. 휴대용 전자계산기조차 없을 때는 창구에서 주판을 빌려 더듬더듬 총액을 계산하기도 했으니 말이다.

어음 한 장마다 어음법 75조(당시)에 입각한 필수적 기재사항도 꼼꼼히 확인해야 한다.

첫째, 증권의 본문 중에 그 증권의 작성에 사용하는 국어로 약속어음임을 표시한 문자가 있을 것

둘째, 일정한 금액을 지급할 뜻의 무조건의 약속

셋째, 만기의 표시

넷째, 지급지

다섯째, 지급 받을 자 또는 지급을 받을 자를 지시할 자의 명칭

여섯째, 발행일

일곱째, 발행지

여덟째, 발행인의 기명날인 서명

이 중 다섯, 여섯 번째가 빠지고도 재판 과정 중에 보충기재를 하지 않으면 무효가 되는 등의 어려움을 당하므로 정확하게 확인해두어야 했다.

1976년 독립 AE가 되면서 시작된 이 수금업무는 비단 나뿐 아니라 다른 모든 AE들도 별도 전담 수금사원 없이 수행해야 하는 업무였다. 왜 우리가 이런 것까지 해야 하느냐는 항의가 없는 것은 아니

었지만, 관리 쪽에 파워가 실린 회사 조직으로서는 어쩔 수 없었다. 그러나 업무를 하면서도 그 허술한 업무처리 방식에 은근히 걱정이 앞섰다.

그렇게 스타일을 구기면서까지 챙겨오건만, 일선 경리 창구에서는 담당 차장이 수금 다발을 받아 그 자리에서 계산해보고는 "예, 수고했어요." 하면 그냥 끝이었다. 거래처에는 입금표까지 주고 왔는데 정작 회사 내에서는 아무리 직원 간이지만 주고받았다는 사인도 없이 그냥 놓고 나와야 하는 것은 불안하기 짝이 없었다. 몇 달을 그렇게 하다가 다음엔 혼자 꾀를 냈다. 별도 수금카드가 있는 것도 아니어서 우선 업무 수첩 뒤에 수금 일지를 만들었다. 회사명과 총 금액, 어음 번호와 금액, 수표 번호, 현금 액수 등을 꼼꼼히 적고 입금일자와 내 도장을 찍은 다음 담당 차장한테는 "죄송하지만, 저는 기억력이 나빠서 이렇게 적어올 테니까 입금확인 사인만 좀 해주십시오." 하면서 내밀었던 것이다.

처음엔 힐끗 한번 얼굴을 쳐다보더니 이내 작은 도장을 쿡 찍어주었다. 혼자 별나게 구는 신입사원이 못마땅하기는 했겠지만 그분으로서도 못해주겠다고 나올 그런 일은 아니었기 때문이었으리라. 한번 그렇게 하고부터는 내 입금 분은 어김없이 그 방식으로 처리했다.

그러나 얼마 가지 않아 우려가 현실로 터졌다. 그 다음 해인가 그룹비서실에서 감사팀이 불시에 들이닥쳤다. 어느 날 갑자기 파견된 감사팀 예닐곱 명이 사장실로 가서 인사를 드리고 나오면서부터 사실상 회사 전체는 감사의 회오리 속으로 떨어지게 되었다.

대회의실에 자리를 잡자마자 전 직원 출장금지 명령이 떨어졌다. 요즘의 출국금지처럼 내려지고 나면 그 다음부터는 사안별로 선별허가를 받아야 할 만큼 엄격했다. 비서실 감사라는 것은 말 그대로 회장의 명령을 받아 집행되는 경영전략의 일환이기 때문에 시작과 동시에 회사의 모든 서류현황과 조직, 인력현황이 그들의 수중으로 들어가게 된다.

좋은 말로 그것이 경영지도 감사든, 사전에 비리 요소를 내사하고 오는 표적감사든 간에 똑같은 수순으로 진행된다. 회사가 창립되고 첫 번째 감사여서 그랬는지는 모르지만 그해 감사의 포커스는 회계감사 쪽으로 쏠렸다. 특히 입출금이 엉망이었다.

어떤 관계사는 판촉팀 담당자가 AE를 대신해 수금을 해서 그중 현금 일부를 얼마 동안 개인적으로 유용한 경우도 있었다. 자연히 나머지 금액만 받은 AE가 부족액 때문에 입금을 못하고 기다리다가 보관하고 있던 현금의 일부마저 유용하는 식으로 한두 달씩 입금이 늦어지는 일도 있었다.

또 제대로 입금이 된 경우에도, 현금은 경리 담당 간부가 증권투자 등으로 개인적으로 사용하고는 다른 회사의 입금액으로 나중에 돌려막기를 하는 수법으로 부정을 저지른 것이 발각되었다.

천만다행으로 현금을 입금하면서도 나처럼 입금 확인을 개인적으로 단단히 받아둔 경우는 거의 손대지 않았다. 이 사실은 현금을 빼돌렸던 경리 팀 간부도, 수금확인서를 만들어서 확인을 받아두었던 나도 공개적으로 이 사실을 떠벌리지 않아서 공식적으로는 알려지지 않았지만 표창이라도 받아야 할 만한 사례였다.

한바탕 감사가 끝나자, 우수수 목이 날아갔다. 수금 통장이 생겨서 이중삼중으로 크로스 체크가 되게 했고, 나중에는 수금 전담인력이 생겨나는 계기가 되기도 했다.

그해(1977년) AE 1인당 책임 취급고 목표는 연간 4억8천만 원(월 4천만 원)이었고, 제작팀은 1인당 연간 3천만 원(월 2백50만 원)이었다. 직원들의 1인당 평균 인건비는 연간 3백50만 원(월 29만2천 원)인 시절이었다.

거짓말과의 지루한 씨름

수금에 얽힌 이야기는 참으로 많다. 부도를 내고 잠적한 거래처의 창고 앞에서 물품 반출을 막으려고 밤 새워 보초를 서던 일, 같은 부서에 근무하던 전담 수금사원이 거의 억대의 돈을 유용하여 도박으로 탕진하고 감옥으로 갔던 사건의 후폭풍 이야기, 차일피일 사람만 농락하던 S전자 대리점에 쳐들어가 회사의 채권회수 역사상 최초로 컬러 TV 몇 대를 현물로 받아왔던 이야기, 이 핑계 저 핑계로 캘린더 대금을 떼어먹으려는 악덕 지방 대리점을 포함한 전국 300여 개 대리점을 밤낮으로 담당자와 함께 전화로 씨름한 끝에 완전 입금시킨 일 등이 끔찍스러운 기억으로 남아 있다.

그러나 그 많은 기억들 중에서도 내 개인적으로는 세상살이의 한 방법과 함께 수금의 실전 노하우를 100% 체득하게 해준 한 사례를 잊을 수 없다.

입사 1년이 채 안 되었을 때였다. 퇴사하는 한 선배의 업무를 인계인수 받게 되었다. 그중에서 영등포에 있는 K주택의 분양공고 제작비와 신문광고 대행료가 해결해야 할 우선 임무였다. 3백만 원에서 조금 빠지는 금액이었지만 약속 날짜는 6개월이 지난 미수채권이었다.

수금업무를 나갈 때는 가급적이면 회사 차량을 배차 받아서 나가는 것이 관행이었다. 까만 포니1이었다. 요즘의 눈높이로 보면 장난감 경차에 불과할지 몰라도, 당시로는 까만 포니만 타면 대부분의 회사 정문에서도 수위들이 경례를 척! 붙일 때였다. 국산 모델로 수출까지 하던 그 포니1 모델이 당시에는 임원급들까지 제공되던, 그래도 대접받는 차종이었다. 뒤에는 상무님이 타고, 앞에 타서 거래처로 수행이라도 할 때면, 여름에도 에어컨이 있는 것처럼 위장(?)을 하려고 그러는지 문을 열지 않는 바람에 땀을 연신 훔치던 고역을 감내하기도 했던 차종이다.

첫 방문은 업무 인수인계 인사를 나누고 미결 업무를 확인하는 정도의 부드러운 만남이었다. 전임자에 대한 약간의 불만 표출로 은근히 늦어진 결재에 대한 방어막을 치던 그 노회한 건설업자의 모습만 확인하면서 돌아왔다. 석 달만 더 말미를 주면 그때는 꼭 결재하겠노라고 약속을 했다. 지난번 주택 분양광고는 제작물도 그렇고, 게재 일자와 게재 면이 나빠서 광고료만 날렸다는 불만을 표했다. 이제 담당자도 바뀠으니 9월쯤 새로운 분양광고는 잘 좀 부탁한다는 기대까지 미끼로 던지면서…….

겉으로는 웃었지만 속으로는 거래불가 딱지를 단단히 붙이면서 돌아왔다.

딱 석 달이 지난 다음날 다시 K주택으로 갔다. 대기실 유리창 너머로 담당실장이 보였다. 눈이 마주쳤지만 들어오라는 신호가 없어 어정쩡하게 10여 분 기다린 다음에야 그가 밖으로 나왔다. 외부 손님이 와 계셔서 오늘은 약속을 못 지키니 다시 좀 더 기다려달라는 요청이었다.

막연하게 '좀 더'가 아니라 다시 확실한 날짜를 정하자고 버틴 끝에 한 달 반만 더 연기하기로 약속을 받아냈다.

또 한 달 반이 후딱 지나서 다시 찾아갔다. 부장이 있는 것을 밖에서 전화로 확인하고 들어갔는데도, 여사원은 "부장님, 외출중이신

데요." 했다.

"그래요. 그럼 들어오실 때까지 기다리겠습니다." 하고 실장 책상 옆 응접 소파에 눌러앉았다.

한 시간이 지나서야 유니폼에 명찰까지 단 내근용 복장으로 실장이 들어섰다.

"아! 참, 약속했던 때가 됐나요? 안 그래도 지금 위층 사장님 방에서 다음 광고 건 얘기하면서 귀사에 부탁드리자는 말씀이 있었는데……."

실장의 얘기는 귓가로 흘리면서 속으로는 '어휴, 됐고요. 쓸데없이 미끼 던지지 말고 이번 건만 어쨌든 빨리 끝내주라'고 속으로 빌었다.

3개월에서 한 달 반으로, 이제 다시 약속을 미뤄야 하는 그의 얼굴에서는 곤혹스러움이 역력했다.

"이제 나도 목이 날아갈 판입니다. 매번 회사에 돌아가서 수금날짜를 허위보고나 하고 있으니, 더 미룰 염치도 없다니까요."

결국 밀고 당기다가 2주 후로 약속을 했다.

돌아오는 길이었다.

"에이, 젠장! 차 기름 값도 안 나오겠다."

옆자리에 탄 나를 힐끗 쳐다보며 운전기사가 한마디 찔러 왔다. 우리 신입사원보다는 열 몇 살 손위이고 무슨 나쁜 의도로 한 말은 아닌 것 같아 "그러게 말이오. 지독한 곳이네." 하고 가볍게 받아주었다. 한편으로는 해결의지를 더욱 불태우면서.

약속 날짜는 또 금방 다가왔다. 나는 이번에는 약속 날짜보다 일부러 하루 늦게 갔다. 응접실에 들어섰는데도 앉으라는 말 한마디 없는 실장을 향해 내가 먼저 공격적으로 입을 뗐다.

"소파에 좀 앉아도 되겠습니까?"

"아, 예."

"이거 누구 너무 만만하게 보신 거 아닙니까? 전 회사 들어가선 밉보이더라도 이쪽 사정 설명하고 여태 제 재량껏 양보를 받아내고 있는데……."

"나도 마찬가집니다. 사장님께서 약속을 안 지켜주시니……. 나만 거짓말쟁이가 돼가지고……."

서로 얼굴을 좀 붉히고, 푸념들을 하면서 결국 최종 약속을 1주일 뒤로 했다. 다행히 약속한 1주일 뒤에 전임자가 저질러 놓은 악성 채권을, 끈질기게 설득하고 밀어붙인 끝에 해결해냈다.

비록 큰 액수가 아니고 대단한 채권 회수기법이 동원된 경우는 아니었지만 회사 생활에서 처음으로 부딪혀본 난제였던 만큼 그때의 기억이 또렷이 남아 있다. 채권 회수, 즉 수금이라는 단순한 업무였지만, 일단 한번 상대로부터 약속을 하게 하고, 약속을 받아내는 것이 얼마나 중요한 것인가를 몸으로 느낀 일이었기 때문이다.

어떤 일이든 약속을 한번 하게 되면, 그것이 무형에서 유형으로 드러내는 효과가 생기게 되고, 그 유형의 약속은 뒤로 미루면 미룰수록 다음 약속의 길이가 점점 짧아져 옥죄이는 효과가 있다는 간단한 이치를 깨달은 계기가 되었다.

그 후로는 어떤 경우에도 약속에 대해서는 철저하게 사전검토를 한 다음에 임하게 되었다.

광고회사 조직의 특성

광고회사만큼 이합집산이 잦은 곳도 없을 것이다.

새로운 광고주를 영입해도, 광고주를 상실해도 팀을 개편하는 것이 광고회사이다. 또 팀워크를 고려해서 빼기도 하고 보강하기도 한다. 그룹 관계사를 오래 했거나 비계열사를 오래했어도 코트 체인지를 해준다. 광고회사의 생명이라고 할 수 있는 창의력, 즉 크리에이티비티를 위해 매너리즘에 빠지게 하지 않으려는 예방적 배려인 셈이다.

외국의 일류 광고회사들도 항상 변화를 주기 위해 인적요소 뿐만 아니라, 근무환경이나 인테리어까지 수시로 바꿔준다고 한다.

새로운 CF를 만들어서 광고주 시사회를 할 때 종종 담당 임원이 가까운 곳에 있는 부서의 직원들을 불러서 의견을 물어보는 경우를 보게 된다. 서로 눈치를 보고 머뭇거리기도 하지만, 한번 누군가 물꼬를 틔우면 각양각색의 소감이 쏟아져 나오게 된다. 자칫 혼란스러워지기도 하고 어느 선에서 적절하게 대응해야 할까 하고 속으로 타이밍을 노리고 있을 때가 있다.

상대를 훤하게 읽고 있는 담당 임원이 나선다. 자기의 의견을 이야기하기 전이나 이야기한 후에 "저는 문외한이라 잘 모릅니다만……." 하고 토를 달았던 간부 쪽으로 시선을 맞추며 말한다.

"왜 내가 당신 부른 줄 알아? 전문가가 아니라서 당연히 잘 모를 테니까 불러서 한번 참고로 물어본 거야."

어찌 보면 상당히 무안을 주는 면박 같지만 말의 톤이나 표정으로 봐서 전혀 그렇지 않은 친근감의 다른 표현임을 알 수 있다.

이런 분위기는 일반 회사의 공통적인 분위기다. 경리부, 인사부, 기획실, 영업부, 생산부, 학술부, 홍보팀, 광고 판촉부 등 다들 저마다의 독립성과 전문성을 인정하면서 뚜렷한 영역으로 갈라져 있다.

업무 성격이 비슷한 부서끼리는 인적 교류를 시키지만 대부분의 경우는 저쪽 부서는 절대 내 영역이 아니라는 서로 간의 뚜렷한 불간섭주의 같은 것이 형성되어 있다. 그러나 광고회사는 '전혀'라고 해도 좋을 만큼 정반대의 입장에 있다. 광고회사의 양대 주력부대는 크리에이티브 팀과 AE팀이다. 회사마다 약간의 차이는 있겠지만 이 양자의 비중이 회사 전체의 70%쯤을 차지하고 있다. 그 많은 인력들이 본부로 나뉘고 부서나 팀으로 나뉘고, 더는 셀(Cell)까지 나누기도 한다.

최적의 조합을 고려해서 AE, 그래픽 디자이너, CF PD, 카피라이터 등이 광고주와 일 중심으로 연결되고 묶어져 있다. 그러다 보니 일단 같은 일을 함께 하는 팀원끼리나 파트너끼리는 밤낮으로 붙어 다니게 된다. 일을 해도 같이하고 밥을 먹어도 같이 먹고 술을 마셔도 같이 마시려고 한다.

회의실에서 줄담배를 피우며 서로 팽팽한 아이디어 전쟁을 하다 보면 자존심이 상할 때도 있고 섭섭할 때도 있다. 그러나 다시 밥 한

번 같이 먹고 돌아와 앉으면 같은 배를 탄 동료의식으로 회의는 열기를 뿜는다.

광고회사에서의 한 팀이라는 것은 이렇게 마치 캠퍼스 커플처럼 붙어 다니는 것을 당연한 것으로 여긴다. 그러다 보니 점심이나 술을 마시러 갔다가 다른 팀 사람들과 어울려 있는 우리 팀 누군가를 보면 자꾸만 힐끗힐끗 쳐다보게 된다. 서로 눈이 마주치기라도 하면 다소 어색해하고 어쩔 줄 몰라 하기도 한다. 다른 팀에 가서 쓸데없이 어울린 것 같기도 하고 마음이 다른 쪽에 가 있는 것 같은 오해를 주기라도 할까 봐서이다. 특히 직급이 내려갈수록 이런 현상은 더 두드러진다.

눈만 뜨면 뭔가 더 강한 아이디어, 경쟁사를 한방에 압도하는 아이디어에 머리를 싸매는 광고회사 사람들에게는 이런 팀워크 정신이 자연스러운 현상이다.

그러나 모든 것은 명암이 있는 법이다. 한 팀이었을 때는 떨어지면 안 되던 관계였지만 헤어지면 금세 그쪽 팀에 적응하고 동화되기에 바빠져서 어제의 동료들과는 자연 뜸해지게 된다.

새로운 멤버를 맞은 지난번 팀은 팀대로, 떠나서 새 둥지로 온 나는 나대로 발등에 떨어진 일에 치여 골몰하게 된다. 마치 재혼한 신분 같아서 헤어진 짝은 애써 남으로 잊어야 하고 새로운 짝과는 붙어 다녀야 한다.

광고주도 마찬가지다. 지금까지 둘도 없이 소중한 광고주였고 내 회사나 다름없는 애정을 가진 대상이었지만, AE가 바뀌면 상황은 금방 바뀐다. 광고주의 요구에 의해 담당이 바뀔 수도 있고, 승진 승급으로 부득이 바꾸어야 할 때도 있으며 본인이 원하거나 특정 광고주의 요청으로 스카우트 되어 담당이 바뀌는 경우도 있다. 어떤 경우든 그만두게 되는 광고주와는 신속하게 업무를 털어내야 한다. 다음 담당자가 1%라도 부족하지 않도록 배려하면서, 대내외적으로 업무의 공백이 조금도 없게 해야 한다.

광고주와 관련해서도 마찬가지다. 새로운 AE가 빠르게 적응해서 더 잘할 수 있도록 여건을 만들어주어야 한다. 가끔은 전임자가 자기의 영향력 과시를 위해서나 인사에 대한 불만으로 인계인수를 의도적으로 꼬이게 하는 경우도 있었다. 이런 꼼수는 금방 들통이 나고 불이익을 당하는 곳이 또한 광고회사다.

인간적으로는 그간 쌓았던 관계가 아쉽지만, 일단 바뀌게 된 광고주는 정을 떼야 한다. 전임자인 나에 대한 미련이나 집착이 후임자의 정착에 걸림돌이 되어서는 안 되기 때문이다. 위에서는 오랜 노하우를 가진 부서장이나 임원들이 이것 또한 평가의 잣대로 철저히 재고 있다.

짧으면 1~2년, 길어도 3~5년이면 바뀌게 되니 광고회사에서의 조직과 업무분장은 수시로 있는 일이다.

앞에서 언급했듯이 일반 회사들과 달리 광고회사에서는 같은 성격의 일을 하는 인력들이 담당 광고주만 달리해서 여러 조직으로 나뉘어져 있다 보니 자연히 반사적 부작용들도 있다. 항상 서로 비판적인 입장에 있다는 것이다. 금방금방 하는 일을 바꾸다 보니 '나 같으면 저렇게는 안 하겠는데…….' '내가 할 때는 안 그랬는데…….' 하는 생각이 먼저 나게 된다. 당연한 일인지도 모른다.

어떤 경우는 어제까지 내가 하던 일이었고, 또 항상 비판적 시각으로 다른 모든 광고물들을 바라보는 것이 직업인, 전문가 집단이 아닌가.

조직의 그런 특성과 일의 속성으로 광고회사 사람들은 의리라든가 정(情)이라는 측면에서는 다소 결여되어 있는 것도 사실이다.

시시각각으로 변하는 시장상황, 경쟁 환경, 경쟁제품, 변하는 소비자를 좇아 온몸이 생채기가 나도록 달리다 보니, 속도감도 잃고 스스로의 변해버린 모습마저 느끼지 못하는 '고요한 단절' 속에 놓이게 되는 것은 아닐까?

되돌아보면 진득하게 더 오래 갈 수도 있었던 그 수많은 인연의 얼굴들이 부끄러운 회한 속에 아스라한 소실점으로 명멸하고 있다.

모두에게 축복을!!

브레인스토밍은 저인망인가

광고회사 사람들이 지겹도록 자주 하는 것이 아이디어 회의다. 어쩌면 일상의 한 부분이라고 해도 과언이 아니다. 주로 '제작회의'라는 뭉뚱그려진 이름으로 불리지만 대부분은 아이디어 회의다.

어떤 문제를 해결하기 위한 기본 방향이나 전략의 테두리에 대한 의견은 금방 좁혀지지만 정작 그 핵심이 되는 알맹이는 좀처럼 속시원하게 나타나지 않는다.

혼자 끙끙거려서 될 일도 있지만 여럿이 함께 머리를 맞대야 될 일이 더 많다. 정해져 있는 시간 동안 어떻게 머리를 맞대야 더 효율성이 있고 바라던 아이디어를 도출해낼 수 있을까?

그 아이디어 발상법에는 여러 가지가 있다. 미국의 W. J. 고든이 고안한 아이디어 창조법이라고 해서 '고든 법(法)'으로 불리는 것도 있고, 'KJ 법'이라고 하는, 일본의 한 지리 문화인류학 교수가 창안한 방법도 있다.

또 'NM법'으로 불리는 발상기법도 있고, 위의 발상법들을 응용한 방법들도 있다. 그러나 광고회사에서 주로 사용하는 아이디어 발상법은 브레인스토밍법이다.

이는 '남자가 가질 수 있는 최고의 것(the best a man can get)'이라는 카피로 유명한 질레트(Gillette)의 광고와 '당신을 위한 최고의 파워(the power to be your best)' 라는 애플(Apple)사의 컴퓨터 광고로 명성을 날린 미국의 광고회사 BBDO의 알렉스 오스본(Alex Osborn)이 창안한 아이디어 발상법이다.

카피라이터에게 회사의 중요 직책을 맡길 만큼 크리에이티브를 가장 중시하는 회사답게 아이디어의 도출에도 그만큼 심혈을 기울였던 것으로 보인다.

각자가 서로 가지지 못한 생각이나 개성을 보완해가면서 집단으로 아이디어를 창출하기 위해서는 지켜져야 할 몇 가지 기본 원칙이 있다.

참가 인원은 리더 1명, 기록자 1명을 포함해서 총 8~10명이 적당하며, 회의시간은 1회에 2시간을 넘지 않는 것이 효과적이다. 서로 대등한 입장에서 자유분방하게 의견을 발표하되 지나친 비판을 가하는 것은 금물이다. 또 아이디어의 양(量)을 무제한으로 하고, 아이디어의 결합으로 질을 높여간다.

콘셉트 테이블을 만들고 상품 콘셉트, 광고 콘셉트, 표현 콘셉트를 단계별로 정립해나가는데, 특히 이 브레인스토밍법을 이용한 아이디어 발상 회의는 리더의 역할이 가장 중요하다. 리더가 '지켜야 할 사고법(思考法)'을 몸에 배도록 습득해 프로페셔널한 진행을 하지 않으면 결코 목적을 달성하기 어렵다.

다양하면서도 때로는 함량미달의 엉뚱한 발상에도 유연하게 대응하면서 끌고 가는 노하우는 리더의 사고법에서 온다.

첫째, 직선사고이다. '그러니까', '그래서' 같은 반문을 적절히 사용해야 한다.

둘째, 의문형 사고이다. '왜(Way)', '어떻게 되어서' 하는 의문을 갖는다.

셋째, 대립사고이다. '그렇지만', '그러나' 같은 반대개념이나 상황을 대립시켜볼 수 있어야 한다.

넷째, 반복사고이다.

다섯째, 적립(積立)사고이다. '구체적으로', '생각해보면' 같은 제안된 의견에 보충을 달거나 비근한 예를 보태는 방법이다.

여섯째, 도형(圖形)사고이다. '그림으로 그려보면', '기호로 표시하면' 같이 일목요연하게 도식화하거나 패턴화 해내는 리더의 능력이 필요하다.

일곱째, 모델(model)사고이다. 서로 비슷한 것끼리 묶고 이어주며 분류하는 역할도 리더의 필수 덕목이다.

여덟째, 연상사고이다. '제일 먼저 연상되는 것은 무엇이지?' 등의 표현처럼 보완적인 아이디어를 유도하거나 아이디어를 시각적, 청각적으로 환치시키는 능력이 필요하다.

리더의 탁월한 능력이 참가자들의 다양한 아이디어들을 자르고 붙이고, 새로운 생명력을 불어넣는 등의 주도적 역할을 한다. 그러나 어디까지나 참가자 각자가 한 사람의 훌륭한 아이디어맨이 되지 않으면 안 된다.

사물을 바라보는 시각부터 고정관념이나 습관을 깨뜨리고 벗어나려는 평소의 노력과 훈련이 있어야만 가능한 일이다.

모든 사물에 의문을 가진다는 뜻으로 '?'

느낌을 새롭게 하자는 뜻의 '!'
한 바퀴 빙 돌려 다시 생각하라는 'U'

이런 반복적 노력도 일상적인 훈련의 한 방법이다. 가상의 이미지를 그려본다거나 연상하는 능력을 키우는 연습도 아이디어맨이 되기 위한 훈련의 한 중요 요소이다.

이미 잘 알려진 예이긴 하지만, "얼음이 녹으면 무엇이 되는가?"라는 질문을 던졌을 때의 대답을 가상해보자.

"얼음이 녹으면 물이 됩니다."

"차가운 물, 얼음물이 되죠."

위의 두 대답은 아이디어맨으로서의 기본이 전혀 되어 있지 않는 대답이다.

아마 입사면접 때의 대답이라면 D를 받기 딱 좋은 대답이다.

"얼음이 녹으면? 그야 봄이 오지요."

이 정도 대답쯤은 금방 나올 수 있어야 말랑말랑한 머리의 소유자다. '에스키모'에게 냉장고를 팔 수 있는 아이디어와 '나이지리아의 원주민'에게 북을 팔 수 있는 아이디어를 낼 기본 자질은 갖추고 있다고 볼 수 있다.

어느 날, 갑자기 생명보험 회사의 노후연금보험 광고의 아이디어를 내기 위한 브레인스토밍을 했다고 가정하자.

노후연금보험의 필요성을 강조하는 의견에서부터 감상적인 소구를 주장하는 의견, 다소 위압적으로 말을 거는 네거티브 어프로치 방법, 논리적 설득적 접근을 주장하는 등의 다양한 의견들이 쏟아질 수 있다.

여기까지가 상품 콘셉트가 광고 콘셉트로 이어진 단계이다.

이제 남은 것은 표현 콘셉트를 수립하는 마지막 단계이다. 아이디어의 최종 성패는 여기서 결정된다. 아무리 뛰어난 아이디어라도 글로 표현되지 않으면 안 된다. 아이디어가 글로 나타내질 때 비로소 카피(copy)가 된다.

* 앞을 향해 눈을 가리고 걷고 있지는 않습니까?
* 30세부터 노후를 생각하는 것은 성급한 일일까요?
* 57세가 되어도 인연을 끊을 수 없는 회사
* 수입이 있는 기간과 수입이 없는 기간, 어느 쪽이 길까요? 믿을 수 있는 돈이 그날부터.
* 57세는 종착역인가? 갈아타는 역인가?
* 퇴직 후에도 월급을 지불하는 회사
* 당신의 내일의 뒷모습을—
* 아아! 인생
* 자신 있는 할아버지
* 정년 후에도 큰소리칠 수 있다
* 자식 놈이 미덥지 않아서 그런 것은 아닙니다

훌륭한 카피로 마음을 당기는 좋은 광고는 상품의 장점을 소비자의 욕구와 결합시키고, 그 주제를 생활 속으로 끌어들이고 귀 기울이게 하여 마침내 내게 꼭 필요하다는 인식을 갖게 하는 것이라고 할 수 있다. 지갑을 열고 행동하게 하는 인식이야말로 브레인스토밍의 최종 목표다. 그렇다면 바닥 깊숙한 곳에 있는 작은 아이디어까지 깡그리 훑어 올리는 브레인스토밍은 광고인들에게 꼭 필요한 저인망(底引網)임에 틀림없다.

H를 감춰라

광고회사의 하루는 어느 회사보다 다이내믹하다. 한 바퀴 빙 돌아 보면 층마다, 방마다 풍경이 다르다.

어떤 회의실은 문을 걸어 잠그고 심각한 비밀회의를 하고 있다. 담배 연기가 칸막이 너머로 자욱하게 보이고 격론이 벌어지는지 언성이 높아져 있다. 건너편 시사실에서는 몇 명이 모여서 비디오를 되풀이해 돌려가며 의견들을 나누고 있다. 불필요한 화면, 거슬리는 오디오 한 음절을 찍어내는 합동 미팅이다.

한 층 내려가 보면, 일군의 주부 모니터 그룹을 모아놓고 심층면접에 열중하고 있는 모습이 창 너머로 보인다. 제품이나 기업에 대한 인식이나 선호도를 알아보기 위한 분석과정이다.

바로 옆 AE팀에서는 어딘가에 부탁을 하는 것 같기도 하고 항의를 하는 것 같기도 한 목소리가 들린다. 아마 예약했던 신문광고의 지면이 밀려났거나 예약 날짜의 1면에 갑자기 다른 공고가 치고 들어온 듯하다. 일반적으로 공고는 가격이 훨씬 더 높고 시한이 정해져 있기 때문에 다른 영업 광고가 뒤로 밀리는 경우가 종종 있다.

'다이내믹 코리아', 우리의 역동성을 외국인들에게 오히려 차별화된 이미지로 전달하고자 하는 표현이다. 정작 우리 자신들은 정신없이 일어나는 변화 속에서 어지러움을 느끼지만 외국인들의 눈에는 경외의 대상이 된다고 하지 않는가.

광고회사에 사는 사람들은 언제 봄이 오고 가을이 갔는지 모를 만큼 정신없이 뛴다. 특히 AE들은 아침에 출근하면서도 정작 오늘 내가 무슨 일을 할지 모른다는 우스갯소리만은 아닌 푸념을 한다. 갑자기 날아든 전화 한 통화에 방송국이나 신문사를 뛰어다녀야 하고, 시장을 뒤지며 다녀야 한다. 아니면 자료실의 모니터에서 관련 데이터와 씨름을 해야 한다.

1994년 6월의 일이다.

몇 번의 대책회의를 거듭하며 한 외국 손님을 맞이하기 위한 준비를 했다.

당시는 우리 사업부의 해외광고 팀에서 전체 그룹과 S사의 해외광고 전반을 담당하고 있을 때였다. 그 손님은 미국 현지에서는 그렇게 대단한 사람으로 알려지지 않은 한 인사였고, 크지 않는 규모의 크리에이티브 회사를 운영하는 CEO였다. 일본계 패션회사의 성공적 론칭이 계기가 되어 알음알음으로 연결되다가 몇 차례 그룹 회장까지 만나게 된, 우리로서는 썩 달갑지 않은 인물이었다.

자칫하면 우리 쪽과 혼선이 생길 수도 있고, 방향이 완전 뒤죽박죽으로 틀어져 불똥만 튈 우려도 다분하다고 봤기 때문이다.

외국 손님을 위한 회사 소개용 영상물에 지금까지의 협의내용, 회장 면담 내용, 앞으로 예상되는 협력 작업 등을 빠짐없이 준비해두고 그를 맞이했다.

브리핑 룸에서는 외국인용 '크리덴셜 필름'(Credential Film, 회사가 어떤 내용을 소개하거나 설명하기 위해 필름으로 만든 영상물)까지 영사기에 걸어두고 마지막 준비까지 끝냈다.

도착은 정시에 했고, 진행 순서대로 크리덴셜 필름을 틀었다. 회사의 연혁, 성장 히스토리, 현재의 조직과 규모, 마지막으로 그간 회사에서 제작했던 주요 제작물들, 이를테면 CF, 신문 잡지의 광고제작물, 이벤트 실적 등을 수상실적과 함께 소개하는 순서로 편집되어 있었다. 20분 정도의 길이였다.

그때였다. 프레젠터인 담당 AE가 "그럼 이제부터 저희 회사를 소개하는 영상물을 보시겠습니다." 하는 순간이었다.

오늘의 주빈인 외국인 CEO 옆에 앉아 있는 또 다른 손님을 보는 순간, 나는 가슴이 덜컥 내려앉았다. 이거 보통 일이 아니다 싶었다. 어찌 이런 일이 생겼을까? 불과 2~3초였지만 내 머릿속은 여러 가지 생각이 시뮬레이션 되면서 빠르게 움직였다.

그룹 회장의 바로 직계 근친으로, 이번 일의 핵심 당사자인 젊은 여성분이었다.

일단 빠르게 자리에서 빠져나왔다. 아무 영문도 모르는 스무 명 남짓 참석자들을 뒤로 한 채…….

영사실 문을 열고 들어갔다. 누구에게 상황 설명을 하고 조치를 취하라는 지시를 할 겨를도 없는 다급한 상황이었다.

"지금 이 크리덴셜 안에 M커피 CF가 들어 있지 않아?"

"……."

" H가 나오는 CF가 붙어 있느냐니까?"

다짜고짜로 묻는 질문에 처음엔 멀뚱하던 시사실 직원도 내가 재차 다그치자 그제야 고개를 끄덕거렸다.

"그거 나가면 안 돼. 빼는 방법이 없을까?"

얼른 시계를 보니, 5분이 조금 지난 시간이었다. 얼추 10분 정도 뒤에는 문제의 제작물 하이라이트 편에 묶어져 있는 그 CF가 소개되게 된다.

"내가 책임질 테니 바로 H 앞에서 필름 끊어버려. 그리고 그 뒷부분부터 이어 돌려요. 실수하면 안 돼. 책임은 내가 질 테니……."

영문은 모르지만, 지키고 서서 단호하게 말하는 내 굳은 얼굴 때문인지 담당자는 사뭇 긴장하는 표정이었다.

낮게 '치-지익-' 소리를 내며, 돌아가던 필름이 멎었다. 회의실과는 완전 차단된 영사실 유리 너머로, 일제히 우리 쪽으로 시선을 돌린 놀란 얼굴들이 보였다.

이런 돌발 상황은 지극히 드문 일이었다. 게다가 이런 VIP 방문객을 모신 자리에서의 사고는 보통 문제가 아님을 아는 참석자들은 안색이 바뀔 만한 일이었다.

순간, 나는 영사기 쪽으로 몸을 드러내고는 손을 X자로 만들었다. 잠시만 기다리면 된다는 신호였다. 지극히 짧은 시간이었고, 내가 영사실에 있는 것을 확인한 다른 참석들도 다소 안도하는 것 같았다. 무슨 일이 벌어졌는지는 알 수 없었겠지만, 담당 임원이 이미 그 현장에 있다는 사실만으로도 응급 처리를 하겠구나 하는 생각으로 놀랐던 마음이 다소 진정되긴 했으리라.

필름은 다시 돌았다. 항상 대비해둔 덕도 있지만 일부러 영사기를 스톱시키면서 그 다음 상황을 대비한 도구들을 바로 곁에 두고 있었으므로……. 불과 30여 초의 공백이었다. 크리덴셜은 그런대로 무사히 끝났다.

당시는 단순한 필름 사고쯤으로 알았다가 나중에 내 설명을 들은 참석자들은 입을 쩍 벌렸다.

D사의 그 커피 CF는 사실 잘 기획되고 제작된 CF로 평가되는 좋은 작품이었다. 당연히 그 시간까지도 정확하게는 아무런 문제가 없던 CF였고 이미 방영기간이 끝이 난, 제 몫을 다한 몇 년 전의 것이었다. 이제 우리 회사의 '지난날의 하이라이트 CF 묶음' 속에만 있는 추억의…….

그러나 문제는 전혀 다른 데 있었다. 아무도 예상하지 못할, 아니 못한 것이 어쩌면 당연한 곳에서 문제가 생길 뻔했던 것이다.

H는 한때 매스컴에도 크게 오르내리던 문제의 남자 K씨의 여자였다. 미국의 유명대학을 나온 성공한 금융전문가로 클로즈업된 K씨가 H의 남자로 또 한 번 떠들썩했던 것을 내가 기억해낸 것이다. 그날의 메인 호스트 외국인 CEO를 동반하고 온 여성, 바로 그녀의 전 남편이 K씨였다는 것을 나는 알고 있었다.

순간적 판단으로 혹시 있었을지도 모르는 '조용한 소용돌이(?)'를 사전에 잠재우고, 한 사람에게는 예기치 않게 저지를 뻔했던 결정적 비례(非禮)를 막을 수 있었다.

AE의 레이더는 이렇게 전방위적일 수밖에 없다.

연극 무대에 올린 실연(實演) 광고와 퍼블리시티

1993년, 내가 담당하고 있는 부서에는 코리아나 화장품이 광고주로 있었다. 초가을 어느 날, 담당 AE를 대동하고 고객회사의 Y사장님을 뵙고 잠시 업무 협의를 하는 자리였다.

몇 년째 전담 AE로 뛰고 있는 P차장은 그쪽에서도 신뢰받고 있었으므로 특별히 업무적인 문제는 없는 곳이었다. 잘 돌아가고 있는 곳이지만 주마가편으로 뭔가 플러스알파의 서비스를 제공할 것이 없을까, 궁리 끝에 준비해간 아이디어를 먼저 가볍게 풀어놓았다. 마침 사옥이 동숭동 '대학로극장' 가까운 곳에 자리 잡고 있는 점을 감안했다.

"화장품 회사는 외부 마케팅이 어느 업종보다도 중요하고, 그런 면에서는 이미 어느 곳보다도 효과적으로 실천하시고 있다고 생각됩니다. 최근에는 해외에서도 내부 마케팅의 중요성이 새로운 트렌드로 대두되고 있습니다. 사장님의 감성경영을 저희 쪽에서도 미흡하나마 보필해드리는 아이디어가 없을까 하는 차원에서 몇 가지를 생각해보았습니다. 마침 걸어서 갈 만한 거리에 대학로가 있고, 1년 내내 연극이 있으며 문화행사가 풍성한 만큼 이런 특성을 연결하는 이벤트 같은 것은 어떨까 합니다. 요즘은 연극계에도 극단마다 기획과 마케팅 면에서 종전보다는 훨씬 업그레이드된 운영을 하고 있습니다. 장기공연을 하는 히트 작품이 나오고 수익까지 창출되는 새로운 바람이 불고 있습니다. 공연장을 찾는 관객들도 3, 40대 여성층이 중심을 이루고 있는 만큼 화장품의 메인 타깃인 셈입니다. 그 연극무대 위에 저희 화장품 광고를 라이브로 펼친다면 신선한 반응을 몰고 올 것이라고 확신합니다. 광고효율 측면에서 기존의 4대 매체보다 훨씬 적은 예산으로도 그 효과는 더 클 것으로 판단됩니다. 또 연동해서 여직원들을 위한 깜짝 감동 이벤트를 펼치는 것도 내부 고객을 위한 이벤트가 될 것입니다. 최근 일본회사들은 외부고객을 만족시키기 위해서는 내부고객, 즉 직원들을 먼저 만족시켜야 한다는 '인터널 마케팅(internal marketing)운동'을 펼치고 있습니다. 점심시간을 이용한 동숭로 깜짝 문화 데이트라든지, 퇴근 후 단체 연극관람이나 전시회 관람 같은 이벤트가 그 한 예가 아닐까 합니다."

환담 형식의 자리이기에 생각해왔던 이야기를 가볍게 꺼낼 수 있었다.

조용히 듣고 있던 사장님께서 기대보다 훨씬 높은 긍정적 호응을 해주셨다. 그냥 인사 차원의 응대가 아니었다. 다음 미팅에서 구체적인 기획안을 가지고 보고 드리기로 하고 돌아왔다. 내 머릿속에는 구체적인 아이디어가 이미 얼개를 짜놓고 있었으므로 제안서는 실무자들과 함께 스피디하게 완성되었다.

1주일 뒤의 미팅에서 원안대로 OK 사인이 떨어졌다.

이런 과정을 거쳐 국내 최초의 '연극 무대 실연광고'가 탄생하게 되었다.

동숭동 '대학로극장'에서 3년째 장기 공연 중인 〈불 좀 꺼주세요〉

는 1994년 벽두에도 그 인기가 시들지 않고 있었다. 극단 대표이면서 배우인 정재진 씨와도 기획 단계에서 충분히 협의가 되어 있었던 만큼 세부적인 문제는 일사천리로 진행되었다.

계약기간은 1년, 연극이 시작되기 직전이나 막과 막 사이에 배우가 무대 위에서 연기와 대사를 통해 '머드팩' 제품에 대한 광고 메시지를 관객에게 직접 전달하기로 했다. 연극 속에 실연광고를 연기하는 라이브 시엠(live CM)인 셈이었다.

PPL(products in placement)이라고 해서 영화나 드라마 속에 상품이나 소품, 의도적인 장소를 상업적 목적으로 삽입하는 형태의 간접광고는 가끔 볼 수 있었지만 연극 속에 삽입되는 실연광고는 그때까지 누구도 생각지 못하던 때였다.

1년 계약기간 동안 평일 1회, 주말은 2회 공연되고 있는 〈불 좀 꺼주세요〉의 막이 오르기 직전 2분간을 활용하기로 했다. 극단 소속의 연기자가 직접 출연하는 조건이었다.

연간 광고비는 3천6백만 원, 한 달 3백만 원인 셈이었다. 어림잡아 2분짜리 광고 1회 단가로 10만 원이 채 되지 않는 액수였다. 그러나 극단 측에서는 순수예술에 대한 기업의 새로운 관심과 호의로 생각하고 결정한 만큼 금액에 연연해하지 않는 고마움을 보여주었다.

기업 쪽에서 순수예술에 대한 간접지원과 관심이란 명분과 함께 제품이나 회사에 대한 직간접적인 퍼블리시티(publicity) 효과를 겨냥했던 만큼 처음부터 과다한 액수를 책정하도록 할 수도 없었다. 양쪽이 다 실험적인 이벤트였던 만큼 일 자체의 성사에 큰 비중을 두고 맺은 결실이었다.

1월 12일은 첫 실연광고가 선보인 날이었다. '대학로극장' 소속 배우 김태정 씨의 조심스런 연기로 막을 올렸다.

(조명 : 서서히 꺼지다가 다시 들어온다)

(여자 : 무얼 찾는 듯 두리번거리며 등장한다)

여자 : 분명히 여기다 둔 것 같은데… 어떡하지? 못 찾으면 큰일인데……. (관객을 보며) 저 여러분, 혹시 요만한 건데요. 팩으로 된 화장품 보신 분 없어요?

무대 감독 : 아가씨! 공연 시작해야 하니까 이따 찾고 빨리 들어가세요. 자, 자, 갑시다.

(여자 : 아랑곳하지 않는다)

여자 : 여러분! 앉아 계신 의자 밑을 좀 찾아봐 주시겠어요? 부탁드립니다.

(제품을 미리 갖다 놓고 관객으로 하여금 찾도록 유도함)

관객 A : 이건가? 여기 이거 아니에요?

여자 : 어머나! 바로 그거예요! 그런데 왜 거기에 있지?

여자 : (객석으로 가서 관객으로부터 물건을 받고 무대 중앙으로 다시 나온다) 이게 뭔지 아세요? 요즘 유행하는 '머드팩' 이란 건데요. 친구들이 권해서…….

무대 감독 : 아가씨, 빨리 들어가요! 공연 시작해야 한단 말이에요!

여자 : 아니 아까부터 아가씨, 아가씨 하는데 저요, 애가 셋이나 있는 아줌마예요. 내가 그렇게 젊어 보이나요? 공연 시작할 때 하더라도 할 말은 하고 들어가야겠어요. 사실 말이죠. 이게 그 유명한 코리아나의 머드팩인데 배우들도 전부터 쓰고 있다면서요. 엉터리들도 많다던데 코리아나 것은 진짜래요. 코리아나는 정직한 제품만을 만드는 깨끗한 회사랍니다.

무대 감독 : 아름다움은 타고나는 게 아니라 가꾸기 나름이란 말도 하려고 그랬죠? (정색을 하며) 지금까지 여러분은 세계 최초로 시도된

코리아나 머드팩의 연극 라이브 시엠을 보셨습니다. 자, 이제 본 공연을 시작하겠습니다. 좋은 시간 되십시오.

관객 : (짝짝짝~!!)

나도 우리 스태프들도 한 사람의 관객이 되어 객석에서 역사적인 현장을 가슴 졸이며 지켜봤다. 마치 외국 프로레슬링 장면에서 본 것처럼, 심판까지 선수와 어울려 재미를 위한 합작 쇼를 하는 것 같았다. 능청맞게 감독까지 가담한 이 라이브 시엠을 처음엔 관객들도 어리둥절해했다. 긴가민가하면서, 눈앞에 벌어지는 낯선 상황에 당혹해하면서도 한편으로는 잔뜩 반전의 놀라움을 기대하는 숨죽인 모습이었다.

감독의 마지막 설명에, 와- 하는 함성과 함께 여기저기서 박수가 터졌다. 새로운 경험이고, 멋진 상업적 퍼포먼스였지만 불쾌해하거나 어이없어 하는 관객은 없어 보였다.

새로운 실험에 어쩔 수 없는 캡티브 오디언스(captive audience, 말 그대로 '사로잡힌 청중'이란 뜻으로 버스나 극장 등에서 채널 선택권이 없이 흘러나오는 방송을 듣게 되는 사람들을 말함)로 참여한 관객들을 위해, 연극이 끝나고 나가는 출구에서 '머드팩' 샘플을 제공했다. 체험 마케팅의 기회를 마련한 것으로 판촉효과까지 겨냥한 준비였다.

입소문으로 번진 연극 속의 실연광고 이야기는 예상 밖으로 큰 반응을 몰고 왔다. 잡지사와 신문사 문화부 여기저기서 확인이 오고 취재를 요청해왔다. 일부 기자들은 현장 취재까지 마치고 AE들을 직접 찾아오기도 했다.

주요 일간지에 5단, 또는 7단 12센티 크기의 커다란 기사로 소개되었다.

1994년 1월 15일자 한 신문기사 내용이다.

「이 극단의 박영욱 기획실장은 '기업과 연극의 성공적 만남' 이라고 연극 사상 최초의 무대 광고를 자평(自評)하면서 극단과 기업 측의 이해가 서로 맞아떨어졌기 때문에 가능한 일이라고 분석했다. 3년째 장기 공연 중인 이 연극의 관객들 대부분이 중년여성들로 코리아나 화장품이 겨냥하는 소비자층과 일치한다는 것.

예술성을 중시하는 극단과 상업성을 내세우는 기업 간의 어려운 결합을 성사시킨 중매자는 광고회사인 OO기획.(중략) 이 광고에 출연하고 있는 '대학로극장' 소속배우 김태정 씨는 '참신하고 재미있다는 것이 관객들의 대체적인 반응이다' 면서 '이런 형태의 광고가 연극계 전체로 확산돼 극단들이 영세성에서 벗어나는 계기가 마련되기를 바란다고 말하는 관객들도 많았다' 고 전했다.

광고를 통한 기업과 연극의 이번 만남은 기업문화의 새 장을 여는 선례로 연극계 전체로 확산될 가능성이 높은 것으로 예상되고 있다.」

또 다른 신문의 기사 내용이다.

「(전략) 1년간 3천6백만 원의 광고료로 연극 〈불 좀 꺼주세요〉가 시작하기 전 약 2분간 진행되는 이 실연광고에서 그는 관객들에게 폭소를 터뜨리게 하거나 어리둥절하게 만드는 등 신선한 충격을 주고 있다.

김태정 씨는 '대학로극장' 대표인 배우 정재진의 부인으로 아홉 살, 여섯 살배기 아이를 둔 주부배우다.(중략) 실연광고를 위해 그는 하루 2시간씩 5일간 연습을 했다. 적은 연습량 같아 보이지만 광고 진행 시간이 2분이기 때문에 1시간 동안 30회를 반복 연습할 수 있어 2시간만 지나면 '지겨워서' 더는 못했다는 것(후략)」

위의 인터뷰 기사는 실연광고 모델에 좀 더 포커스를 둔 것이었지만, 대체로 위의 두 가지가 뒤섞인 관련기사들이 신문과 잡지에 여러 곳 나왔다. 딱 한 신문만 '기업과 예술의 야합'이라고 삐딱한 시선을 뽑았을 뿐이었다.

실연광고 뉴스는 해외에까지 알려진 모양이었다.

일본의 한 민영방송 퀴즈 프로그램에까지 소개됐다고 했다. 실연 장면을 보여주면서 "이것은 무엇을 하는 어떤 장면일까요?" 하고 출연자들에게 질문하는 형식으로.

이후 실연광고는 CM구성을 바꿔가면서 이어졌다. 지방까지 확산되어 부산, 대구, 대전에서도 진행됐고, 나중에는 다른 회사에서도 같은 형식의 실연광고를 따라서 시도하는 등 화제 속의 이벤트가 되었다. 실제 구매로까지 연결되도록 판촉물 세트를 준비하고, 회신 엽서를 사용해 반응을 피드백해서 활용한 신선한 현장 마케팅의 한 모델이 된 것이다.

또 한 가지 더 중요한 것은 신문이나 잡지 등의 퍼블리시티를 새롭게 이해하는 계기가 되었다는 점이다.

일류 매체의 지면이면 기업의 퍼블리시티를 게재하기가 그만큼 더 어려워진다. 그 많은 기업들이 하루가 멀다 하고 자사 상품이나 기업정보, 또는 모든 관련 뉴스를 쏟아내면서 그것이 크게 알려지도록 경쟁적으로 뛴다. 신제품 기사, 수상(受賞) 관련 소식, 공장 증설, 해외 기술 도입, 매출 신장 등 조금이라도 자랑거리가 포함된 내용이라면 한껏 포장지를 덧씌워서 집요하게 요청해온다. 매체사의 입장에서는 당연히 그 보도자료를 충분히 검토해서 기사로서의 가치를 따지게 된다. 즉 뉴스 밸류(value)가 있느냐, 있다면 어느 정도냐를 따져서 게재 여부와 면과 기사 크기를 결정하게 된다.

기업의 입장에서는 스스로 생각해도 커다란 퍼블리시티 기사거리가 안 된다고 생각할 땐 다른 여러 가지 방법으로 요청도 하고 부탁도 하고, 광고와 연동시켜 접근하기도 한다.

일류 매체가 아닌 극소수의 경우에는 이 과정에서 불미스러운 거래가 이루어지기도 한다. 누가 봐도 객관적으로는 뉴스거리가 못 되는 내용인데도 여기저기 제법 비중 있는 사이즈의 기사로 버젓이 등장한다면 이런 배경을 의심해볼 수 있다.

매체사의 퍼블리시티라면 생각만 해도 신물이 나고 생각조차 하기 싫어하는 부류의 맨 앞자리에 광고회사의 AE가 있다고 할 수 있다.

담당 기업이 크지 않은 중견기업이더라도, 회장이나 사장의 출입국 동정까지 꼭 싣고 싶어하는 곳을 만나면 그 어려움은 상상 이상이다. 게다가 똑같은 기사를 한꺼번에 거의 전 매체에 동시다발적으로 게재하기를 강요하는 기업이 있으면 죽을 맛이다.

대부분의 매체는 경쟁회사나 다른 매체에 먼저 실렸던 내용은 다루기를 꺼려하기 때문에 한번 순서가 삐걱거린 퍼블리시티는 완전 찬밥 신세가 된다. 이런 퍼블리시티 환경에 익숙해 있던 나와 팀 동료들로서는 '연극 실연광고'가 새로운 각성제가 되었다.

철저히 일종의 푸시마켓〔push-market, 풀 마켓(pull market)의 반대 개념. 소비자나 시장이 스스로 원하는 것이 아니라 생산자나 기업이 먼저 일방적으로 시장으로 어프로치 하는 마케팅을 가리키는 용어)〕에만 길들여져 있던 우리에겐 전혀 새로운 경험이었다. 우리 쪽에서 보도자료를 돌리지도 않았고, 먼저 연락하지도 않았는데 오히려 문화부 기자들이 스스로 취재에 나섰고, 찾아오기까지 했으니 말이다.

미국의 어느 언론학자가 했다는 "기업은 퍼블리시티를 위해 부탁하고 뛰어다니는 일에 정력을 허비할 것이 아니라, 상대가 제 발로 찾아오게 하는 것이 진정한 퍼블리시티임을 명심하지 않으면 안 된다."라는 말이 새삼 가슴에 와 닿았다.

아마 '연극 실연광고'를 소개한 호의적 기사들을 금액으로 따진다면 극단에 지불했던 광고비의 몇 배가 될 것이다. 그만한 지면을 광고 단가로 환산한다면 그 광고비용으로는 어림도 없을 만큼의 값어치를 받은 셈이다. 그야말로 가지나무에 수박이 열린 것이 아니고 무엇이겠는가.

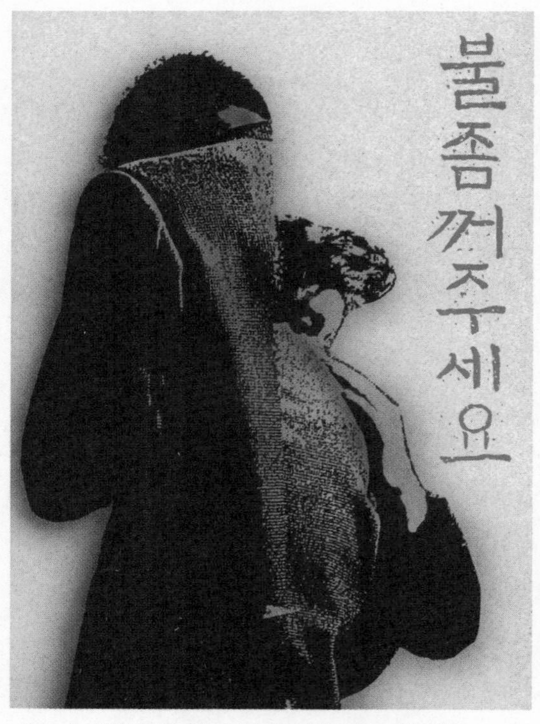

연극 속 실연광고를 했던 〈불 좀 꺼주세요〉의 팜플렛

나를 '해동'·'냉동' 시킨 냉장고 광고

때 : 1994년 9월 2일(금요일) PM. 4시

장소 : S사 K사장 부속회의실

참석자 : (S사 측) K사장, S부사장, S부장, K대리

(A광고회사 측) S국장, L차장, B대리

(회의실에서 약 1시간 정도 대기 후 김 사장이 입실했음)

K사장 : (들어와서 자리에 앉으며 밝은 표정으로) 어이, S부장! 대행사 알아봤어?

S부장 : (약간 당황하고 계면쩍은 얼굴로) 저…….

K사장 : (별로 심각한 표정은 아니면서) 언제는 당신들 A사에서 경쟁시키지 말아달라고 하더니 이제는 나한테 알리지도 않고 뒤에서 선수치고 있어. S부장! 특정 프로덕트를 정해서 경합 부쳐!

S부장 : 네. A사를 포함해서 대행사끼리 경쟁시켜서 안이 좋은 대로 결정하겠습니다.

K사장 : (웃으면서) 나한테 결정하게 하지 마. 나는 끼어들고 싶지 않으니까. 방패막이 하지 마.

(이어서 제작물 설명으로 이어짐)

(중략)

K사장 : 금성의 원미경이나 대우의 유인촌에 대응하는 중량감 있는 모델을 기용하는 것도 한 방법이지만, 내 생각은 광고모델보다는 광고의 메시지로 승부하는 게 나을 것 같다. 모델이 필요할 경우 발랄한 신인모델을 쓰는 게 낫지 않을까?

회의가 있었던 바로 다음날 아침에 내 책상 위로 올라온 컨텍트 리포트(contack report) 내용이다.

나는 이제 어시스턴트 AE부터 시작해 차장, 부장AE, 국장AE를 거쳐 이제 임원이 되어 몇 개의 부서를 총괄하는 자리에 있었다. AE뿐만 아니라 PD, 디자이너, 카피라이터가 속해 있는 제작팀까지 함께 책임을 지는 위치였다.

지금 이 컨텍트 리포트는 내 소관인 한 부서의 빅 클라이언트인 S사와의 실무 현안의 협의를 마치고 돌아온 제작팀과 AE팀의 협의내용을 기술한 보고서인 셈이다. 주로 기업체들, 특히 거래처와의 긴밀한 미팅이 많은 영업 관련 부서 등에서 사용하는 일종의 경과 보고서였다. 참석자와 회의 안건, 협의 내용 등을 요약해서 기록하는 것이 일반적인 내용이었다. 그러나 기록 형식이나 방법은 그때마다의 필요성이나 중요도에 따라 달리할 수도 있는 만큼 딱히 표준 양식이 있는 것은 아니었다.

그러나 위의 보고서는 시나리오나 대본 형식으로 구성되어 있는 것이 특징이다. 당시로서는 긴박하게 돌아가는 상황을 보고자의 주관을 배제한 채 가급적 리얼하게 보고받고 싶어서, 내가 담당 AE에게 특별히 이런 형식을 요청했기 때문이었다.

담당자 선에서 행여 놓칠 수도 있는 미세한 부분까지 객관적으로 판단하기 위해서는 그런 보고서가 필요하다고 여겼다. 또한 윗선으로의 보고도 이렇게 리얼하게 해야 할 필요성이 있다고 느꼈기 때문이었다.

이로부터 꼭 8일 후에 있었던 미팅 내용을 기록한 컨텍트 리포트를 보자. 이번엔 사안의 심각성을 직감하고 내가 직접 팀장들과 함께 방문했던 기록이다.

때 : 1994년 9월 10일 AM 08:00～10:30

장소 : S사 사장실 및 회의실

참석자 : (S사 측) K사장, OOO전무, OOO전무, OOO상무,
OOO이사, S부장, OOO부장
(우리 측) L이사(본인), S국장, OOO팀장 외 차장 2명

(안건 중 하나인 우리 회사의 '신광고선언(新廣告宣言)'에 따른 향후 실행방안의 건)

K사장 : 냉장고 품목에 대한 경쟁프레젠테이션(흔히 약어인 '경쟁 P/T'로 사용하며, 동일한 주제에 대해서 복수의 경쟁광고회사가 기획이나 제작물 시안을 설명하여 최종 선택하도록 하는 행위를 말함)에 대해 언급함.

L이사 : (주요 품목에 대한 정보 유출 등의 문제점을 감안하여 상대적으로 비중이 낮은 품목에 대한 경쟁 P/T를 완곡히 요청)

K사장 : (꼭 냉장고가 아니더라도 백색가전제품 중 하나로 해야 하지 않느냐는 의견 피력)

L이사 : (A기획이 계속 우수하면 아무 제품도 못 나갈 수 있지 않겠

느냐며 조심스럽게 K사장 의중을 타진함)

K사장 : (꼭 다른 광고회사에 내보내겠다는 것은 아니다. 당신들 회사가 치고 나간 신광고선언이 담고 있는 경합정신에 대한 대내외적 입장도 있으니, 일부 품목에 대해서는 반드시 경합을 붙이겠다는 방침을 언급하면서 의미심장한 말을 던졌다) "근데 뭘 믿고 그러지? 우리 회사 몇 개 품목이 밖으로 나가면 당신들 회사 부도날 텐데……."

L이사 : "사장님, 저희 회사가 부도가 나는 것이 아니라 담당자로 여기 있는 저희들이 먼저 부도가 납니다."

(향후 진행 예상) 품목은 아직 결정되지 않았으나 백색가전-텔레비전, 냉장고, VTR 오디오, 세탁기, 전자레인지-5개 품목 중 1개에 대해서는 경쟁 P/T를 하겠다는 결심이 선 것으로 판단됨)

S사의 여러 고위 임원과 우리 측의 팀장과 간부들이 배석해서 숨죽이며 지켜보는 가운데 K사장과 내가 나눈 대화의 내용이다.

대응하는 나의 말 한마디 한마디가 잘못하면 부메랑이 되어 돌아올 것이기 때문에 조심스러웠다. 더구나 상대는 같은 그룹회사의 주력기업 최고 경영자였다.

막강한 '갑'의 최고위층이다. 아무리 같은 그룹 안에 있는 회사들이지만 거래에는 엄연히 '갑'과 '을'이 존재하고 거기에 따른 파워도 엄청나게 다르기 마련이다. 따라서 그 순간은 상대방의 엄청난 힘 앞에서 한없이 작아지는 '을'의 무력함을 또 한 번 뼈저리게 느끼는 시간이었다.

K사장의 어투는 개인의 감정을 최대한 담지 않으려는 듯했다. 아주 객관적인 입장에서 당위성을 좇는 합리적인 결정을 하고 있다는

입장을 설명하면서도 언뜻언뜻 불쾌한 속내를 여과 없이 던지는 이중화법을 구사했다.

특히 "근데 당신들 회사, 뭘 믿고 그러지? 우리 회사 몇 개 품목이 밖으로 나가면 당신들 회사 부도날 텐데……."라고 말할 때는 그의 속마음을 여실히 드러낸 대목으로 보였다.

나를 똑바로 건너다보면서 말을 한 뒤, 좌우로 배석한 임원들을 쓰윽 돌아보던 그 시니컬하고 장난기마저 스치던 표정을 보며 '아, 이거 뒤틀려도 한참 뒤틀렸구나.' 하는 직감이 왔다. 그는 분명 우리 회사의 지난번 방침과 그 당사자인 우리 CEO를 겨냥한 불쾌감과 거부감이 큰 것 같았다.

이제 이런 사태를 몰고 온 직접적인 원인이 된 '신광고선언'에 대한 설명이 필요할 것 같다.

1994년 봄부터 국내의 광고시장도 개방의 바람이 솔솔 불기 시작했다. 그때까지 외국 대행사의 국내 진출은 제도적으로 막혀 있었다. 그 견고하던 진입장벽을 열려고 하는 움직임이 나타났다. 다른 산업분야에서는 이미 오래전에 겪었던 일들이지만, 광고 산업으로까지 개방의 문제가 현실로 다가온 것이다. 미국이나 유럽의 글로벌 광고회사들이 국내 진출을 타진하면서, 자국의 막강한 외교 조직이나 라인을 통해 개방 방향과 일정을 압박해오는 구체적 징후들이 나타났다.

현실적으로 외국의 세계적 광고회사들이 국내로 들어오더라도 당장 큰 비즈니스 영역을 확보하고 뿌리내리기엔 여러 장애요소가 있다고 본 것이다. 국내 광고업계의 형태는 다른 나라들의 경우와는 다른 구조를 취하고 있기 때문이었다. 국내 굴지의 대기업 그룹들은 저마다 광고회사를 갖고 있기 때문에 외국 광고회사들이 독립적으로 들어온다 하더라도 당장 먹을거리가 없는 형편이었다. 그들 입장에서는 진입장벽에만 목을 맬 일이 아니라 그 틀을 깨뜨리는 것도 병행해서 추진하는 것이 급선무였다.

계속되는 압력과 요구로 드디어 정부 차원에서도 업계를 향해 메시지를 보내왔다. 끝까지 진출을 막거나 현재와 같은 거래시스템을 용인하기는 어려우니 먼저 업계 자체적으로 합리적인 방안을 내놓으라는 요구였다.

외국 업계나 외국 정부차원에서 이런 우리 광고 관행을 내부자거래로 공격해오면 달리 더 이상 보호해줄 명분이 없다는 결론을 내린 듯했다. 결국은 타의에 의해 내부자거래로 문제가 생기기 전에 스스로 문제를 해소하라는 의미였다.

을(乙)의 자승자박 '신광고선언'

정권과의 코드를 중시하며 한 발 앞서 움직이는 전통을 자랑하는 그룹의 방침에 재빠르게 편승해서 공로를 극대화시켜 제 몫으로 챙기는 데는 선수급인 우리 회사의 담당 임원과 그 가벼운 판단에 감긴 스타일리스트 CEO의 합작으로 이른바 '신광고선언'이라는 환영받지 못하는 칠삭둥이가 태어난 것이다. 거슬러 올라가보면 맨 앞의 컨텍트 리포트를 쓴 날이 9월 2일이고, '신광고선언'은 그보다 이틀 전인 8월 31일에 있었던 일이다.

회의실로 업계 출입기자들을 초청한 가운데 문제의 '신광고선언'을 발표했다.

그룹 비서실과는 사전 조율이 있었겠지만 바로 당사자가 될 최대의 고객인 S사의 톱 라인과는 사전 상의가 전혀 안 되었던 상태였을 것이라고 나는 아직까지 믿고 있다.

내용은 이랬다.

「내일 9월 1일부터 우리 회사는 그룹 관계사 광고에 대해서도 지금까지의 관행을 벗어나 공개경쟁 원칙 아래 일을 수주하겠다. 우리가 부족하거나 미흡해서 경쟁에서 실패하는 한이 있더라도 어디까지나 공정경쟁을 원칙으로 받아들이겠다.」

이 발표와 때를 맞춰 그룹 담당부서에도 '관계사 광고 공개경쟁 지침'이라는 내부방침을 각 사로 내려보냈다. 관계사 중 광고의 질이나 서비스 수준이 경쟁사에 비해 열세이거나 그룹 광고사의 대응이 미흡하거나 부실한 경우는 경쟁사유가 되며, 4대 매체 광고대행 및 제작의 범위 내에서 실시할 수 있다. 그룹 내의 광고회사를 포함해 3개사 이내로 하며, 9월 1일부터 시행한다는 내용이었다.

사실은 임원인 나도 그 자리에 있지 않았고, 내용도 충분히 전달받지 못했던 것 같다. 그룹 전체의 화두인 '신 경영' 정신에 부합되는 뭔가 새롭고 큰 건이 없을까 하고 묘책을 찾던, 광고에는 문외한인 담당 임원의 공명심이 이 설익은 선언을 이끈 것으로 보였다. 사장은 끌려가듯 하면서 그의 그룹 내 사전정지작업을 과신한 면도 있지 않았을까 짐작되었다.

여기에 대한 반응은 사실 사내에서는 쇼킹했다. 말이 공개경쟁이지 1년에도 몇 번 아무 소득 없이, 피 말리는 경쟁프레젠테이션을 치러야 하는 실무 팀들의 입장에서는 입에서 악! 소리가 나오는 발표 내용이었다.

전혀 인연이 없는 낯선 기업들을 고객으로 유치하기 위해서 온갖 어려움을 겪는 판에, 안방의 상징적 고객까지 행여 내주는 날엔 모든 것이 날아가 버린다는 우려가 터져 나왔다.

외부의 반응도 몇 가지로 나뉘었다.

장기적으로는 업계발전을 위해 누군가가 해야 할 일을 그래도 선두회사답게 잘 표방한 것 같다는 긍정적인 반응도 없지는 않았지만, 이 내용이 몰고 올 파장을 가정해볼 수 있는 입장에 있는 업계에서는 부정적 견해가 오히려 더 많았다.

과연 관계사가 경쟁을 통해 다른 광고회사로 가겠는가? 혹시 쇼가 아닌가? 또 자체적으로 '광고의 과학화'라는 기반과 시스템을 강화하고 선진 노하우를 가지고 광고효과를 극대화시켜 광고주의 만족도를 제고하겠다고 하는데, 이런 서비스 태세를 과연 당신들이 갖추었는가? 회의적인 갸웃거림이 많았다.

또 다른 우려는 우리나라 풍토에서 어느 한쪽에서 먼저 '우린 다 오픈하겠다'고 한들 다른 쪽에서도 같은 호응을 해오겠느냐는 물음이었다. 이런 선언이 성공하기 위해서는 서로 공감해서 실천해야 실효성이 있는 일인데, 광고회사를 가지고 있는 대기업들이 경쟁 상대방의 광고를 교차 대행하는 그런 낯선 풍경을 받아들이겠느냐는 구체적 회의론까지 나왔다.

이런 복합적인 환경과 이해관계를 안으로는 내포한 채 '신광고선언'은 출발했다. 다시 되돌릴 수 없는 엎질러진 물처럼.

충분한 사전 정지작업 없이 회사 톱 경영진의 결정으로 도입된 선언의 첫 반작용은 이렇게 큰 해일로 다가오기 시작한 것이다. 선언의 당사자들도 생각보다 큰 파장과 역풍에 당황하는 기색이었다. 그러면서도 표면적으로는 어차피 거쳐야 할 관문이니 담당 팀들이 최선을 다해서 경쟁에서 이기는 필승전략을 세워주길 바란다는 주문이었다.

9월 10일, 드디어 S사 명의로 된 '공개 경쟁프레젠테이션 참여 요청'이란 제목의 공문이 자체 협의를 거쳐 1차 선정된 4개 광고회사로 발송되었다.

9월 23일, 1995년 S사 냉장고 광고대행 경쟁프레젠테이션를 위한 오리엔테이션이 열렸다. 4개 대행사에서 각각 네 사람씩 참석한 가운데 주관 부서장과 간부들에 의한 브리핑이 있었고, 질의응답이 있었다.

기존 대행사의 신광고선언의 배경과 자기들 S사의 광고 크리에이티브의 질을 향상시키기 위한 정책 설명과 함께 객관적이고 공정한 진행과 평가를 강조했다.

해당 품목의 내년 광고비는 80억 정도이며 대행기간은 1년, 광고물 제작은 CF 6개 시안과 신문광고 교정쇄 상태로 6개 시안이며, 프레젠테이션 일자는 일단 11월 초로 한다는 것이 골자였다.

이제 주사위는 던져졌다.

내부적으로 남은 일정을 역산해 스케줄이 짜여졌다. 40일 남짓, 실제로 준비할 수 있는 시간은 한 달밖에 남지 않았다.

먼저 AE팀과 제작팀을 소집하고 실무 팀을 꾸린 다음 단합 결의대회를 가졌다. 팀별, 담당자별 업무분담이 확정되면서 진행은 일사분란하게 진행되었다. 마케팅 팀에서는 전국 대리점 및 소비자 조사를 하기로 하고 설문작성에 들어갔다. 매체팀과 프로모션, 이벤트팀에서는 PR계획을 수립하기로 하고 내용과 범위를 협의했다.

AE팀과 제작팀은 경쟁참여 대행사별 맨 파워, 크리에이티비티, 외주처 등에 대해 입수된 자료를 분석하며 대응전략을 짰다. 일본의 전문업체도 섭외해 작업에 참여시키는 방안까지도 확정되었다.

중간 중간 경과 및 추진사항을 톱까지 보고하는 한편, 속속 모아진 자료를 바탕으로 기획과 제작 방향에 대한 치열한 갑론을박이 진행되었다.

10월 20일이 되면서 작업은 더욱 강도 높게 진행되어 제작물과 전략안에 대한 리뷰〔review, 리뷰 또는 리뷰 보드(review board)로 불리며 광고회사에서는 기획안이나 제작물 시안을 클라이언트(client, 고객)에게 제출하기 전에 몇 차례에 걸쳐 관련 스태프나 책임자, 또는 외부 전문가 앞에서 설명하면서 부족함을 협의하고 보완하기 위한 사전평가 제도〕를 회사 전체의 관련 스태프와 임원들을 상대로 실시했다.

그 뒤로도 몇 차례의 수정단계를 거쳐 최종 프레젠테이션 리허설이 열렸다. 사실 리뷰라는 형식으로 실무 팀에서 담당임원까지 수차례 크고 작은 조율이 있었고, 그 마지막 단계로 최종 리허설이 있게 되는 것이다. 전사적 관심사이니만큼 CEO를 비롯한 여러 임원들이 참석했다. 그러나 바로 업무 라인에 있지 않은 임원들은 자기의견을 내놓기를 주저했다. 사실은 아무리 전문가요 스페셜리스트라도 계속 그 일에 매달리지 않은 입장에서 훈수를 둔다는 것은 어려운 일이다. 함부로 근간을 흔드는 발언을 하기도 주저될 뿐더러, 시간상으로도 도움이 되지 않는 지적은 망설여지기 때문이다.

전문가가 아닌 최고경영자 입장에서 전문적인 지적과 대안을 요구하기는 더욱 어려운 만큼, 기껏해야 일반적이고 극히 지엽적인 몇 가지 언급이 고작일 때가 많았다.

최종 리허설이 끝나고서도 전체적으로 "그래, 됐어!" 하는 평가를 받기에는 미흡한 반응이었다.

일반적으로 이런 프레젠테이션의 경우는 대부분 담당 부서장이나 팀장 선에서 핵심 전략은 확정되는 것이 관행이다. 주어진 과제를 안고 가장 오랫동안 고민한 사람이 문제해결 능력을 가지고 있기 때문이다. 그러나 어떤 경우에도 대내외적인 최종 책임은 부서장이나 팀장 바로 위의 상급자인 임원에게 있다. 그래서 그럴까, 임원들끼리는 여차하면 보따리 싸고 이사가야 한다고 이사라고 부른다는 자조 섞인 농담도 한다.

어쨌든 최종 책임자는 내가 될 수밖에 없었고, 남은 것은 실제의 경쟁프레젠테이션밖에 없었다.

프레젠테이션이란 용어도 요즘은 일반화되었다. 몇 차례 좌절을 딛고 이번에 성공한 평창 동계올림픽이나 여수 해양박람회, 대구 세계유상선수권대회 등의 유치활동이 상세히 보도되면서 프레젠테이션이란 말이 자연스럽게 자주 오르내렸다. 보도 내용에서와 같이 이런 세계적 빅 이벤트의 유치경쟁과 프레젠테이션에는 대형 광고회사들이 참여해서, 그들의 노하우를 한껏 발휘한다. 그만큼 프레젠테이션이라는 전문영역에서는 어느 조직보다도 광고회사들의 전문성이 앞서 있다는 반증이기도 하다.

옛날엔 군대조직의 브리핑 문화가 정부나 관료들 사이에 이입되어 누구는 브리핑 솜씨 하나 때문에 서울특별시장까지 됐다는 소문도 있었다. 브리핑이 단면적이고 정적이라면 프레젠테이션은 입체적이고 컬러풀한 시청각적인 모든 요소들이 동원되는, 고도의 스킬(skill)을 구사하는 첨단 설득기법이라고 할 수 있다.

드디어 경쟁프레젠테이션 세부 일정이 최종적으로 정해졌다. 11월 3일과 5일 두 차례에 걸쳐, 같은 내용으로 참석대상만 달리 한두 번의 프레젠테이션을 하기로 했고, 4개 회사의 순서도 정해졌다.

첫날은 사원급과 일반 주부, 대리점주, 대학교수 등 50명 선으로 구성된 평가위원단이, 둘째 날은 관련부서 부서장급과 임원급으로 구성된 평가위원단이 정해졌다.

평가기준도 발표되었다. 기획력이 총 30점, 크리에이티브가 총 70점으로 도합 100점 만점으로 하고 세부 평가 항목별 가중치가 따로 배분되었다.

먼저 기획력 부문이다.

① 광고 전략의 논리성, 일관성 10점

② 제품과 타깃에 대한 정확한 분석 5점

③ 소비자 지향적 전략 5점

④ 경쟁사와 차별적 포인트 5점

⑤ 문제해결 능력 5점

다음은 크리에이티브 능력이다.

① 기획의도와 표현 콘셉트의 일치성 15점

② 아이디어의 독창성 20점

③ 메시지 전달의 명료성 15점

④ 시각적 통일성 10점

⑤ 기업 이미지와의 적합성 10점

국내 냉장고 시장은 가전 3사가 치열한 경쟁 속에서 철저히 시장을 분할하고 있었다. 1993년 통계자료를 보면 냉장고 전체시장 7천3백억 원의 마켓세어(market share, 약자로 M/S로 표시하며, 어떤 상품이나 브랜드의 시장점유율을 뜻함)는 금성 46.5%, 삼성 43.8%, 대한 8.8%로 냉장고에 있어서도 금성이 전통적으로 강세를 띠고 있었다.

'삼성 바이오 냉장고 사계절'은 바이오 시스템이 수분을 보전하고 신선함을 지켜준다는 콘셉트로, '금성 싱싱 냉장고 김장독'은 '맛내는 냉장고로 맛있게 싱싱하게'를 콘셉트로, '대우 입체 냉장고 탱크'는 3면 입체 냉각으로 훨씬 오랫동안 보관할 수 있다는 점을 콘셉트로 내세운 광고로 1994년 광고 전쟁을 치르고 있었다.

1995년 냉장고 광고를 위한 공개경쟁 프레젠테이션을 앞두고 우리 마케팅 팀이 실시한 소비자 조사 결과도 이런 마켓셰어를 반영하고 있었다.

서울, 부산, 광주의 주부 800명을 대상으로 1994년 9월 10일부터 9월 17일까지 조사한 결과였다. 냉장고 제품에 대한 향후 구입 의향 상표에서 삼성 : 금성 : 대우는 31% : 42% : 10%로 단연 금성이 선두였고, 가장 신선한 냉장고 이미지 항목에서도 35 : 43 : 16으로 역시 금성이 앞서고 있었다. 그 외에도 성능이 좋은 냉장고, 냉장고 신제품을 잘 개발하는 회사, 냉장고 전문회사 등의 제품이미지 부문에서 금성은 큰 격차로 앞서가고 있었다. 다만 고객을 위해 노력하는 회사, 기술력과 연구개발력이 앞선 회사, 애프터서비스가 우수한 회사 등의

향 신 문 1981년5월29일(금요일)

냉장고 販賣戰과열…金星, 三星을 고소

公正去來委 提訴 1號

金星社(대표 許愼九)가 三星電子(대표 姜晋求)를 걸어 공정거래 위원회에 提訴했다. 三星의 냉장고 선전문안이 金星社를 은연중에 헐뜯었다는 것이다. 이러한 라이벌社간의 提訴는 공정거래제도 시행후 처음있는일로 업계의비상한 관심을 모으고있다. 두회사는 컬러 TV 市場에서도숙명적인 대결을벌이고있다.

金星「변칙」운운…"라이벌제품 비방底意"
三星"節電 뒤져 헐뜯는 行爲"…긴급회의

三星電子제품 냉장고

金星社제품 냉장고

냉장고 전쟁이 치열했던 1981년 5월 29일 경향신문 기사

기업이미지 부문에서는 삼성이 훨씬 앞서는 것으로 나타났다.

결전의 날은 왔다.

1차 프레젠테이션은 11월 3일 9시부터 시작되었다. 한 팀당 발표 1시간, 질의응답 20분으로 총 80분이 배정되었다. 오전에 2개 팀, 오후에 2개 팀이 프레젠테이션을 마쳤다.

똑같은 요령으로 2차 프레젠테이션이 11월 5일에 실시되었다. 이번에는 지난번 오전 팀이 오후로, 오후 팀이 오전으로 순서를 바꾸었다.

결정적 변수는 크리에이티브임이 분명했다. 평가항목에서도 이미 기획력이 30%, 크리에이티브 능력이 70%로 배점되어 있는 것처럼 기획력, 즉 전략의 문제보다는 표현의 문제가 성패를 좌우하는 결정적 요인으로 보였다.

제품 콘셉트로는 '냉장고 안의 식품의 신선 보존 수명을 연장시키는 바이오 냉장고 레이더풍(가칭)'을 공통적으로 내세웠다.

전체 메시지는 '냉장고 내의 음식물은 온도 변화가 생기면 스트레스를 받아 쉽게 노화되고 상하게 된다. 따라서 음식물 낱개의 신선도를 오래 보존하기 위해서는 냉장고 내의 온도를 균일하게 유지시키는 것(균일 냉장)이 중요하다.

1995년 형 바이오 냉장고는 최신의 퍼지 기술을 세계 최초로 냉장고에 적용해서 만든 냉기 방향 조절 브레이드(blade)-가칭 회전날개-가 있어 음식물의 종류 및 위치에 따라 발생하는 온도 편차를 자동으로 감지해 냉기의 순환 방향을 조절해줌으로써 균일 냉장을 실현(온도 편차 0.8°C 이하)해서, 식품의 신선보존 기간을 연장했다는 내용을 담고 있었다.

똑같은 제품에서 출발해서 비슷한 콘셉트를 추출했고, 그 콘셉트를 인식시키기 위한 광고 메시지의 전체 방향까지 프레임이 정해진 것이므로 여기까지는 우열의 편차가 결정적 변수는 되지 못한다.

똑같은 내용이라도 표현하는 방법에서는 전혀 엉뚱한 어프로치가 나올 수 있다. 표현 전략이란 크리에이티브는 우열이 한눈에 드러날 수 있다.

이를테면 평화를 주제로 포스터를 제작한다고 치자. 누구나가 같은 인식을 공유하고 있는 비둘기를 내세울 수도 있고, 어깨동무를 한 세계인을 보여줄 수도 있다. 그러나 또 어떤 사람은 총을 그렸으나 그 총구에는 총알이 앞으로 향해 있지 않고 반대로 꽂혀 오히려 스스로를 향하게 하는 역발상을 보여줄 수도 있다. 무엇을 말하느냐는 누구나 비슷한 생각을 가지게 되지만, 어떻게 말하느냐 하는 문제는 훨씬 창의적이고 복잡해지기 때문이다.

프레젠테이션의 뚜껑이 열리고 보니 바로 그런 면에서의 차이가 뚜렷하게 드러났다. 우리를 포함한 대기업 계열의 3개 회사가 논리와 전략 면에서 탄탄한 구성을 먼저 짠 다음 그 전략 위에서 크리에이티브를 얹는 정통적인 접근을 했다면, 나머지 한 곳은 전략과 표현의 틈새를 대담한 발상으로 뛰어넘으려는 모험적인 접근을 했다.

프로권투 경기에서 보면 도전자는 모험을 걸고 저돌적으로 나오지만 챔피언은 안정적인 운영으로 방어에 더 비중을 두는 장면을 종종 볼 수 있다. 마찬가지로 이런저런 백그라운드가 없는 독립광고회사〔(대기업이나 일정 규모의 기업에 속해 있는 광고회사를 In House Agency(계열광고회사)와 구별하여 어디에도 속하지 않는 광고회사를 말함)〕의 입장에서는 휘두르는 한 방 작전으로 승부를 걸게 된다.

게다가 경쟁프레젠테이션에 임하는 평가단과 그 평가단을 선발하고, 기본방침을 전달하고 평가방침을 주지시켰을 S사의 분위기도 애당초 우리에게는 뒤틀어져 있음도 피부로 느껴졌다. '신광고선언' 과정에서 단단히 어긋난 K사장의 흉중도 그랬겠지만 외부에서 참여한 평가단의 분위기도 그랬다. 기존의 팀보다는 뭔가 새로운 팀에서 신선한 아이디어가 나온 것이 없을까 하는 눈으로 잔뜩 기대치를 높이고 있음이 뚜렷했으므로…….

우리 쪽으로는 하나라도 트집을 잡거나 오류를 찾으려는 삐딱한 질문을 던져왔다. 심지어 전무 한 사람은 "얼마나 자신이 없으면 시안을 세 개씩이나 해왔냐."고 힐난하는 발언까지 했다.

결과는 독립광고회사 쪽으로 몰표가 쏟아졌다. 거의 일방적인 게임이었다. 냉정한 전문가적 시각에서 보면 그런 스타일의 내용을 우리 쪽에서 평소에 내놓았더라면 아마 단칼에 거부되면서 엉터리로 몰렸을 그런 내용이었다. 다만 그쪽은 프레젠터(presenter, 프레젠테이션 자리에서의 발표자)가 아주 능숙하게 분위기를 끌고 가는 강점만은 두드러져 보였다.

크리에이티브 내용도 내용이지만, 함께 일하는 과정에서 다루기 만만한 곳을 선택했다는 수군거림도 한쪽에서는 흘러나왔다.

프레젠테이션을 앞둔 하루 전에는 몇몇 신문에서도 큰 관심을 드러냈다. 그중에서도 11월 2일자 H경제신문 같은 경우는 커다란 박스 기사로 내보냈다. 배경과 현재의 기류는 물론, 경쟁에 참여하는 각 사별 전담 팀의 인적사항과 경력까지 세세히 밝히고 있었다.

이런 분위기는 최종 선정 결과가 나오자 더 자극적인 헤드라인을 내세운 기사로 쏟아졌다.

'다윗, 골리앗을 쓰러뜨리다'

선정된 W사를 한껏 치켜세우는 내용이었다.

'냉장고 광고 공개경쟁결과 통보'라는 제목으로 날아온 정식 공문을 결재하는 순간은 뒷목이 뻣뻣해옴을 느꼈다. 다시 한 번 사체를 검시(檢屍)하는 느낌이 이럴까 싶었다.

연달아 공문이 날아들었다. 이번엔 그룹 홍보실에서 온 것이다. '경쟁프레젠테이션 패인 분석 및 대책 수립.' 철저히 찍어 누르는 내용이었다. 프레젠테이션 1차, 2차분 녹화테이프를 수령해서 참가자 전원이 시청하면서 패인을 분석하고 앞으로의 대책을 수립해 제출할 것이며 병행해서 패인 및 대책에 대한 사내 전파교육과 반성모임을 실시하라는 내용이었다.

참담하기도 했지만 굴욕의 무게가 더 아팠다. 겉으로는 걱정하는 것 같은 시늉을 보내지만, 돌아서서는 남의 집에 난 불쯤으로 즐기는 사내 분위기도 불편했다. 얍삽한 상사들은 이럴 때, 부하들에게 책임을 묻고 떠들썩하게 판을 끌고 가면서 슬쩍 자기 몸을 숨기지만, 그건 전혀 내 체질이 아니었다.

경쟁 결과가 발표된 후, 처음으로 전체 팀원들이 한자리에 모였다. '반성모임'이라는 이름으로 회의실에 소집되었다. 한 달 넘게 뛰던 면면들이 풀이 푹 죽고 어깨가 처져서 자리에 앉아 있었다.

지금부터 나 자신을 포함한 담당 팀들의 모든 일거수일투족이 더욱 관심의 대상이 되고, 기록으로 남게 될 것이라고 생각하니 중압감이 들었다.

천천히 단상으로 올라갔다. 60명의 얼굴을 눈으로 출석이라도 부르듯 잠시 죽 둘러보고 나서 입을 열었다.

"오늘은 반성이라는 무거운 자리로 만났습니다만, 바둑으로 치면 복기에 해당하는 시간이 아닌가 생각됩니다. 내 자신이 프로젝트를 책임졌던 사람으로 좋은 결과를 함께 나누지 못한 데 대해서 책임을 느낍니다. 좀 더 결단력 있게 대처하지 못한 점이 아쉽기도 하면서.

그러나 이번 경쟁프레젠테이션이 외부로 결정됨에 따라 그룹과 S사는 얻을 것이 많고, 우리 회사는 잃은 것이 있는 반면 얻는 것도 분명히 있었다고 생각됩니다. 그러나 담당했던 우리 팀들은 적어도 현재까지는 잃은 것뿐인 것으로 보입니다. 그러나 곱씹어보면 잃은 것만은 아닙니다. 이제부터 어떻게 하느냐에 따라 얻은 것이 가장 많은 당사자가 될 수 있다고 확신합니다. 개개인이 오늘 이 중요한 프레젠테이션의 녹화 자료를 보고 나서 벤치마킹을 어떻게 하고, 어떻게 스스로가 스스로에게 화를 내느냐에 따라 성과가 달라지리라 생각합니다. 이번 일을 계기로 우리가 국내 최고라는 잘못된 우월감에 빠져 있지는 않았는지, 자만하지 않았는지, 개개인이 얼마큼 경쟁력을 갖추었는지 냉정한 자기 점검이 필요할 때라고 여겨집니다. 분발합시다. 냉장고가 갔고 국지전에 졌을 뿐이지, 전면전에서 진 것은 아니라는 새로운 결의로 일어섭시다. S사를 원망하고 미워할 수만은 없습니다. 지금도 그들은 우리의 중요한 고객이고 여전히 우리를 필요로 하고 있습니다. 알맞은 표현이 아닐지 모르겠습니다만, 조강지처가 엄연히 있는데 잠시 외도를 했다면, 스스로 두고두고 부끄러워하며 다시 돌아오게 합시다. 옛말에 '결과가 좋으면 다 좋다'는 말이 있지 않습니까. 오늘 이 어려움이 다 좋은 결과의 원인으로 자리매김 할 수 있도록 함께 다시 뜁시다. 우린 프로입니다. 스스로에게 화를 낼 줄 아는 자세로 새로 뜁시다."

녹화 테이프에 담긴 각 사의 프레젠테이션 내용을 보고 난 다음 분임토의를 실시했다.

지난 9월 1일의 '신광고선언'에서 오늘 '반성모임'까지의 경과내역과 앞으로의 개선사항, 이번 경쟁프레젠테이션의 진행상의 문제점 등에 대해서 가감 없는 토론이 진행되었고, 결과는 구체적으로 정리되었다.

특정 팀에서 담당하고는 있지만 전사적 지원체제의 미흡과 광고주 고위 임원에 대한 사전 정지작업의 미흡 등이 앞으로의 개선사항으로 꼽혔다.

최종 선정된 W사의 프레젠테이션 내용에 대해서는 굳이 폄하하거나 문제를 제기하지 않으면서 설득력 있게 끌고 간 프레젠테이션 능력에 대해서 참고할 점들을 평가에 담았다.

리뷰와 분임토의, 조별 발표를 거친 반성모임의 최종 보고서를 비서실 홍보팀으로 보내고 나서야 긴 터널을 빠져나온 기분이 들었다.

사실 밖으로 빠져나간 것은 냉장고 한 품목일 뿐, 우리 팀들의 업무는 금방 그 전과 같은 일상 속으로 돌아가 있었다.

눈만 뜨면 다시 오가며 한 식구처럼 움직이던 S사 실무 팀들과 우리 팀들의 담당자들 사이에 어색하고 멋쩍은 기운은 남아 있었다. 경쟁이 진행되는 동안은 은근히 즐기는 눈치였다. 우리가 목말라 하는 정보에 대해서도 감질나게 슬쩍슬쩍 흘리면서 속이 타는 우리와는 다른 모습을 보여주던 그쪽 사람들이 이제는 오히려 어색해했다. 빼앗길 것을 다 빼앗긴 탓인지 우리 쪽이 반대로 편안한 마음이 되어 있었고. 때린 사람은 발 오그리고 자고, 맞은 사람은 발 뻗고 잔다더니 딱 그 꼴이었다.

1994년도 서서히 끝자락에 온 12월 23일, S사 부회장실에서 최근에 완성된 제작물들에 대한 합동 시사회가 열렸다. 우리 쪽에서 만든 휴대폰, 세탁기, 정수기, 청소기, 비디오카메라 등의 CF와 CF시안, 신문광고 안들과 함께 그 요란법석을 떨며 만들어진 문제의 냉장고 CF도 함께 시사를 기다리고 있었다.

첫 번째는 냉장고 CF다.

K부회장 : (그해 12월 초, 그룹 인사에서 부회장으로 승진되었다)

'문단속' 이란 말이 신뢰감이나 친근감이 없는 느낌이다. 그리고 냉장고에서 나오는 바람소리가 강하다. 부드러운 소리로 해라. 또 문 여닫을 때 불이 나는데 몹시 불안하다. 소비자는 가전제품의 그런 요인들이 사고의 원인이라고 생각한다. 불이 나면 불타는 냉장고로 인식되어 외면당하게 된다. 심하게 과장광고를 하게 되는 것이다. 연기만 부스스 나게 되는 정도로 하는 것이 좋겠다.

S이사 : (그도 임원으로 승진되었다)

론칭 편입니다. (시작 1탄이므로 후속편에서 보완된다는 의미로)

K부회장 : 론칭 편이라도 우리가 대행사를 이번에 바꾼 것이 형식적이라고들 주위에서 이야기하지만 나는 아니다. 다른 면이 있다고 대답을 했는데 이 광고를 보아서는 문제가 있다. 받아들이기 편한 것은 병아리 편이다. 냉장고 시리즈 광고의 맥은 싱싱한 생선과 고양이였는데 이런 콘셉트는 계속 끌고 나가는 것이 좋겠다.(중략) 아무튼 불만투성이다. 이 CF라면 안 보내는 것이 훨씬 좋을 것 같다.

S이사 : 불새우 편이나 병아리 편이 좋습니다.

K부회장 : 아니다. 불새우 편보다는 생선 편이 좋다. 불새우 편은 불안하다. 불타는 냉장고를 사가면 불난다. 어떻게 할 거냐.

R(신규대행사의 여성 간부) : 저희 소비자 조사에서는 유머로 받아들여졌는데 부회장님이 우려하는 만큼은 아닙니다.

K부회장 : 나는 될 수 있는 한 제작자의 의견을 수용하려고 하는데 엄청난 것보다도 불안하다. 난 지금 많이 참는 거다. 만약 그것만 아니라면 벌써 고함을 지르고 집어던졌을 것이다. '문단속' 이란 이름은 꼭

날라리가 말하는 것 같다. 에이, 모르겠다. S이사, 네가 알아서 해라.

S이사 : 상식을 깬 희한한 광고입니다.

K부회장 : 희한하다고 광고가 아닌 것은 아니다. 하지만 너무 희한해서도 안 된다. 난 될 수 있으면 아이디어는 건드리지 않겠다. 튜닝을 해봐라. 아니면 콘티를 완전 새로 짜든지…….

R : 부회장님! 부탁이 있어요. 믿어주세요. 결과는 좋을 것입니다.

K부회장 : 난 지금 초이스가 없다. 지금 다시 A기획으로 돌아갈 수도 없다. 제작자의 입장에서라도 CF는 물건을 많이 팔기 위해서 천박하게 만들어서는 안 된다. 물건을 안 팔아도 좋으니까 믿을 수 있게 해라. 최근 우리 그룹의 해외 광고를 봐라. 우리도 이런 광고를 만들어야 한다. 너무 충격적이다. 아무 말 없이 광고하다가 그룹 이름이 나온다. S이사, 너 봤냐?

S이사 : 네. 비디오 비전은 봤습니다.

K부회장 : 세계 각국의 CF를 봐라.(R간부를 향하여) 제 생각은 그렇습니다. 하시는 게 마음에 안 들면 대행사를 자르면 그만입니다. 강한 인상으로 점잖게 만들어주세요. 또 있냐?

S이사 : (당황하는 빛이 역력하게, 잠시 망설임)

(후략)

(이후 K부회장은 무거운 걸음으로 퇴장)

그날 시사회장에서 있었던 컨텍트 리포트 내용을 그대로 재구성한 것이다.

경쟁프레젠테이션에서 통과된 안들을 가지고 실제로 촬영과 녹음을 거쳐 완성품으로 만든 첫 미팅부터 'K부회장의 불만은 폭발 일보 직전이었다. 새로 온 광고회사의 담당자가 여성이고 아직 낯설어서

망정이지, 그렇지 않았다면 아마 그의 말대로 집어던졌을 것이다. 다혈질인 그가 이제 부회장까지 승진되면서 인정받았으니 자기 과시를 겸해서라도…….

그 와중에도 우리 쪽에서 준비한 여러 품목의 시안과 완성된 CF, 신문광고 안들은 큰 지적 없이 넘어갔다. 얼마 사이에 벌어진 일에 대해 우리 쪽 실무자들에게 갖는 일말의 미안함도 조금은 작용했을지 모를 일이었다.

W사의 R과 코드를 맞춰가면서 일을 진행해온 S이사의 찌푸려지고 벌게진 얼굴처럼 그 후로도 그쪽 대행사에 대한 평가는 '가끔 흐림'이었다.

S사는 그들이 지금까지 담당해봤던 어느 기업보다 외형 면에서도 엄청나지만 그만큼 까다롭고 자기 색깔이 분명한 곳이기 때문이었으리라. 한 번의 입성(入城)은 운 좋게 쉽게 했지만 수성(守成)은 또 다른 문제였다.

S사 뿐만 아니라, 그룹 비서실에서는 새로운 대행사와 그 광고 전략들에 대해서 상당한 의문과 불신을 토해내기 시작했다.

흔히 공개경쟁 프레젠테이션을 할 때는 일단 이기고 보자는 전략을 쓴다. 실제 광고 심의에서 통과되기 어려운 줄 알면서도, 그런 표현을 시안으로 제시하는 등의 임기응변도 그 예다.

부끄럽기 짝이 없지만 나도 그런 당사자가 되었던 지난 예를 하나 들어본다.

1988년 봄에 있었던 일이다.

어렵게 공개경쟁 프레젠테이션을 통해 새로운 광고주를 하나 얻었다. S제약회사였다. 신장계통의 약품으로, 그 회사 입장에서는 한껏 공을 들이는 전략품목이었다.

제약광고의 심의가 한층 더 강화되고 있을 때였다. 연간 20억 정도의 광고비였지만 꼭 이겨야 하는 경쟁이었다. 무리수를 두는 표현 전략이 우려는 되었지만 '에이, 일단 붙고 보자. 걸리면 수정해나가지 뭐.' 하는 심정으로 끝내 걸러내지 않았다. 그런 표현 강도가 먹혔는지 우리의 안이 호평을 받았다.

그러나 실제 작업을 앞두고는 두통거리가 되었다. 프레젠테이션 때의 시안으로 제작에 들어가려니까 심의 기준에 문제가 될 것이 뻔했다. 그렇다고 이제 와서 '사실 그 안은 이러이러한 문제가 있어서 어렵습니다.' 하고 고백하고 다른 시안으로 제출할 수도 없는 일이고, 말 그대로 진퇴양난이었다.

결론은 고(Go)였다. 일단 원안으로 제작해서 심의에 걸리면, 문제가 되는 부분은 그때 가서 수정해나가는 쪽으로 밀고 가기로 한 것이다.

그 당시 신문광고는 일단 발행되고 난 뒤, 문제가 되는 부분에 대해서는 보사부의 사후심의가 떨어졌다.

신장병 약 N의 신문광고 카피

① 신장병, 여자의 숙명인가?

② 신장 이상 증세-참는 것만이 미덕일까요?

③ 한숨 푹 자고 나면… 요통이 겹치면서 자꾸자꾸 악화되기 시작합니다

④ 이제부터 신장 적신호에는 N입니다

시리즈로 된 만화식 광고였는데, 광고주는 좋아했지만, 신문에 게재된 바로 며칠 후 보건사회부로부터 공문이 날아왔다.

'과대광고 시말서 처분'이었다.

약사법 제63조(이하의 약사법과 조항은 당시 기준임)와 동법시행규칙 제48조의 규정에 위반된 과대광고, 약사법 제69조 및 보사부예규 제314조(의약품 등 과대광고에 관한 행정처분 기분) 규정에 의거하여 위반사항을 지적해온 내용이었다.

①은 위협적인 표현 ②는 오남용 우려 표현 ③은 위협적인 표현 ④는 단정적인 표현 등의 사유가 적시되어 있었다.

아득한 옛날의 일을 지금에 와서 폄하하거나 주관적인 판단을 내세워 옳고 그름을 되짚고 싶은 의도는 추호도 없다.

공개경쟁 프레젠테이션이라는 빅 매치는 꼭 승자와 패자로 명암이 엇갈리게 되어 있다. 회사끼리의 자존심이 걸리고, 덩치가 큰 프로젝트면 어느 한쪽은 그만큼 더 큰 상처와 후유증을 겪게 된다.

그러나 광고회사 사람들이라면 그 대회전은 숙명이다. 피할 수 없는 것이라면 즐기라고 했듯이 광고회사의 스태프, 더구나 AE라면 그 성공의 짜릿한 '야호!' 소리의 기억 때문에 실패의 참담한 '풍덩!' 소리는 잊어버리고 달려 나가게 된다.

냉장고 한 품목을, 그것도 한시적 기간 동안 유치했다고 '야호!' 소리에 취했던 저쪽 광고회사도 한동안 전전긍긍했다. S사는 S사대로 정서에 맞지 않는 낯선 파트너 때문에 속 고생을 했다. 그것은 진정 다윗이 골리앗을 이긴 것도, 한 독립 광고회사가 광고계에 남긴 획기적 성공사례도 아닌 철저히 계산된 이벤트의 산물이었다는 점만은 밝혀두고 싶다.

엉뚱한 쓰나미의 피해자는 나를 비롯한 담당 몇 사람이었다. 그 와중에도 운 좋게 아무 일 없는 듯이 빠져나가 더 좋아진 친구도 있었지만, 돌아보면 그때 그 자리에 있었던 것도 어쩔 수 없는 내 운명이지 않았을까.

차장 때나 부장 때, 임원이 된 그때도 S사의 냉장고 광고는 각각 다른 무게로 내 인생을 냉동시키기도 하고 해동시키기도 했다. 그로부터 냉장고가 내게는 윙윙 소리를 내는 하나의 커다란 업보인지도 모른다는 생각이 문득 든다.

참으로 안타까운 일은 그때 프레젠터를 맡았던 L형(당시 담당국장)이 작년(2011년) 초에 갑작스런 병마로 우리 곁을 떠난 일이다. 지난 봄, 오래 동안 함께 했던 동료이자 친구인 그의 산소 앞에 주목 몇 그루를 심고 몇몇 지인들과 돌아서는 내 뇌리 저편으로 냉장고의 소음 같은 윙- 소리가 지나갔다.

TJ- 이제는 경제대통령이다

노태우 대통령의 민주정의당과 김영삼의 통일민주당, 김종필의 신민주공화당이 통합한 국회의원 의석수 216석의 거대 여당 민주자유당이 출범했다. 1990년 2월 15일이었다.

통합으로 한 식구가 되었지만 사분오열(四分五裂)로 바람 잘 날이 없었다.

1992년 새해가 되면서 그해 3월 24일에 있을 제14대 국회의원 선거와 12월 18일에 있을 제14대 대통령 선거를 향한 계파 간의 갈등과 반목이 더욱 표면화되면서 정국은 요동치기 시작했다.

3월 24일, 제14대 총선의 참담한 결과는 여기에 기름을 끼얹는 역할을 했다. 총 299석 중 민주자유당이 149석, 민주당 97석, 통일국민당 31석, 신정치개혁당 1석, 무소속이 21석을 차지했다. 여당은 무려 67석이 줄어들었고, 정주영의 통일국민당은 예상 외로 약진했으며 무소속은 돌풍을 일으켰다.

숨 돌릴 틈도 없이 12월의 대선을 향한 계파 간의 싸움은 한층 치열하게 전개되어 갔다. 정국에 대한 책임 공방과 함께 서로 노심(盧心 : 노태우 대통령의 의중)은 자기편이요 자기한테 와 있다고 내세웠다. 때로는 대통령을 향한 구애이기도 했고 또 다른 협박이기도 했다.

김영삼은 합당정신과 명분을 앞세워 압박했고, 민정계의 박태준은 대통령의 실질적 대리관리인이요 계파수장이라는 위치를 내세웠다. 대통령 후보로 먼저 치고나간 것은 같은 민정계의 이종찬이었다.

안개정국이라는 말 그대로였다. 5월 29일에 있을 민주자유당 대통령 후보 지명대회까지는 불과 한 달여 남았는데도 노심은 오리무중이었다. 확실하게 어느 쪽의 손을 들어주는 것도 아니고, 그렇다고 또 어느 쪽을 반대하거나 주저앉히려는 징후도 드러내지 않았다.

어떻게 보면, "다들 잘해보세요." 하고 짐짓 뒤로 초연하게 물러서 있는 것 같은 태도였다.

이렇게 뜨거운 정치의 계절인 5월 초 어느 날이었다.

포항제철 본사 홍보 쪽 라인에서 우리 쪽으로 요청이 왔다. 사장실로 갔더니 "당신 책임 하에 카피라이터와 그래픽디자이너, AE 해서 네다섯 명 정예멤버를 바로 차출해서 TJ 홍보물 태스크포스 팀을 꾸리라."는 지시였다. 이 내용은 사내에서도 담당자 외에는 절대 보안을 지킬 것이며 지금 바로 그쪽 C상무에게 전화부터 하라는 추가 지시도 있었다.

C상무는 당장 좀 들어와 달라고 했다. C상무와는 몇 차례 일 때문에 만났던 적이 있어서 면식이 있는 사이였다. 그때 우리 팀에서 포항제철 광고를 맡아서 하고 있었기 때문이다. 처음엔 요구도 많고 까다로웠지만 곧 서로가 적응해서 불시에 떨어지는 기업 PR광고들을 산뜻하게 처리해, 상당히 인정받고 있을 때였다. 특히 '산업의 쌀-철(鐵)' 시리즈 광고에서 '우리 수출 산업의 해외 경쟁력, 그 뒤에는 바로 포항제철이 있습니다' 편은 포항제철이 하고 싶었던 바로

그 말을 대신 찾아준 것이라고 하면서 한껏 추어올려 주기도 했다. 자동차, 조선, 가전 등의 빛나는 수출 증가와 높은 품질력의 든든한 받침은 포항제철의 힘이라는 점을 은근히 과시한 콘셉트였다.

시청 옆에 있는 본사로 들어갔다. 카펫이 깔린 복도를 지나 C상무 방으로 갔다. 여기가 수도 서울의 한복판에 있는 빌딩 속인가 싶을 정도로 복도부터 조용했다.

그는 반갑게 맞아주었는데, 다부진 인상과 사투리가 특징이었다.

"바쁘신데 만나자고 해서……. 국장님, 이번에 우리 큰 일 하나 해봅시다. 잘 되면 마 좋은 일 있을 낍니다."

예의 그 분위기를 팝콘으로 만드는 화술과 함께 그는 찡긋 웃기까지 했다.

C상무로부터 한 보따리의 자료를 건네받아서 돌아왔다. 이미 포항제철을 담당하고 있던 직원들 중 다섯 사람을 뽑아 팀을 짰다. 농구나 야구로 치면 플레잉 코치를 맡은 나와 AE 1명, 카피라이터 2명, 그래픽 디자이너 2명이었다. 그날 저녁부터 바로 작업이 시작됐다.

이미 C상무 쪽에서 태평로에 있는 호텔에 작업실을 잡아놓고 있었다. 상견례 인사차 우리 태스크포스 팀과 C상무가 저녁을 함께 했다. 다시 작업실로 와서 두 시간이 넘도록 이번 당내 후보지명대회의 성격과 자기가 아는 인간 박태준에 대해서 열정적인 설명을 했다. 마치 '박정희교의 교도'라고 하던 이후락 씨처럼 '박태준교의 교도'가 아닌가 싶을 정도의 열정적 주입식 설명이었다.

지금은 당내 경선용 홍보물이지만 이것이 그대로 연말 대선의 기본 뼈대가 된다는 점을 누누이 강조했다. 노심은 분명 TJ에게 있고,

이것은 지명대회 바로 직전에 깜짝 놀랄 방법으로 나올 것이라고 확신한다고 했다.

YS와 노 대통령은 결코 동지가 될 수 없다는 점은 누구보다도 노 대통령 자신이 잘 알고 있다고 했다.

C상무는 그 뒤로도 몇 번 더 들러 진행상황을 둘러보며 그 내용을 세세히 체크하기도 했다. 항상 누구를 대동하지 않고 철저히 혼자 왔다.

호텔방 안은 처음에는 마치 마을 독서실에 온 듯했다. 서로가 편한 자세로 앉거나 누워 박태준 평전이나 관련자료, 스크랩 기사 등을 읽으며 각자 열심히 벼락치기 학습에 빠져들었다.

단편적인 기사들이나 박정희 대통령과 관련된 몇 가지 일화 정도는 읽은 적이 있었지만, 모르고 있었던 부분이 더 감동적이었다. 우리 모두가 스스로에게 최면을 걸면서 '인간 박태준의 뭉클한 심연(深淵)' 속으로 빨려들어 갔다는 편이 더 정확할 것 같다.

무엇으로 봐도 노심은 자기에게 있을 것으로 여기고 뛰던 이종찬 씨가 사퇴를 했다. 노심은 자기에게 우호적이지 않다는 최종 확인과 함께 꿈을 접고 떠난 것이다.

민정계 입장에서는 안방의 맨 상석까지 내주게 된 절체절명의 순간이므로 모든 시선은 TJ에게로 쏠렸다. 민정계의 좌장이요, 3인의 대표위원 중 한 사람인 TJ 역할론에 남은 기대를 높였다.

반대로 YS진영에서는 TJ라는 마지막 공격목표를 향한 공격의 고삐를 죄고 있었다. '좌동영 우형우'라고 불렸던 백전투사 김동영과 최형우를 앞세운 저돌적 격파는 거침이 없었다. 나중에 신민주계라고 불리는 계보까지 생겼지만 역시 정치는 누군가의 말처럼 생물이었다.

집요한 회유와 설득 앞에 거함 민정계는 조금씩 흔들리기 시작했다. 대세가 기울었다는 것을 직감한 인사들부터 하나둘 배를 옮겨 타는 징후가 나타나기 시작했다.

바로 그 소용돌이 속에서 우리 태스크포스 팀의 작업도 진행되고 있었던 것이다. 3일째 되는 날부터는 과제물의 핵심 뼈대가 갖추어졌다.

'한국을 경영할 새 인물, 국민은 경제대통령을 원한다.'

'투사형 선동정치 지도자 시대는 지났다.'

최우선 과제로 먼저 만들어야 했던 경선용 브로슈어의 기본 콘셉트였다. 총 16페이지로 기획된 브로슈어 최종안의 구성은 다음과 같았다.

표1. (TJ의 대통령을 향한 의지)

우리도 이젠 이런 대통령을 갖고 싶다. 〔포철신화에서 민족 신화로〕

2~3P(새 시대의 통치능력과 자질)

새로운 무대에는

새로운 주역이 필요하다.

4~5P(시대의 소명의식)

꼭 있어야 할 자리에서

꼭 해야 할 일을 해왔습니다. (용기와 결단력)

6~7P(정치적 안목)

선동도 투쟁도 아닌

조화와 결단의 정치를 열어가겠습니다. 〔정치적 감각〕

8~9P(경제적 안목)

기업을 국가처럼

국가를 기업처럼

국가경영의 경륜을 말한다. 〔경제적 안목〕

10~11P(국제적 안목)

등소평, 미테랑, 김수환, 바자노프…

그들은 박태준을 이렇게 평했다. 〔국제적 감각〕

12~13P(교육, 문화에 대한 식견)

노벨상 두뇌

우리가 가꾸고 있습니다. 〔교육, 문화의 미래 감각〕

14~15P(민족 신화, 통일한국의 견인차)

박태준… 그의 가슴은 이제 온 겨레를 하나로 녹일 '화합의 용광로' 입니다.

표4. (마지막 최선의 선택, 박태준)

차선이 아닌

최선의 선택.

이 시대가 갈구하는 깨끗한 지도자…

표4. 박태준 〔약력〕

결과적으로 사장(死藏)되고 세상의 빛을 보지 못한 내용이지만 경선이란 관문을 넘어 12월 대선에서도 그대로 펼쳐간다는 큰 밑그림 위에서 뽑아낸 전략이요 카피였다. 물론 카피의 기본골격과 얼개는 태스크포스 팀장인 내가 짰다.

이제 와서 보면 내용에 대한 객관적 평가가 달라질지 몰라도 당시의 우리 팀과 내 입장에서는 최선을 다한 결과물이었다고 생각된다.

그리고 그때 느꼈던 새로운 사실 하나는 까마득히 세월이 흐른 지금까지도 선명한 기억으로 남아 있다.

다름 아닌 새로운 작업에 임하는 우리 팀원들의 태도였다. 지금까지 기업이나 상품만을 위해서 아이디어를 짜고 전략을 세우는 일에만 매달리다가 소위 정치광고의 새로운 분야에 뛰어든 것이다. 모두 스스로 원해서 달려온 것은 아니지만, 일을 하면서 차츰 몰입되어 갔고 눈빛과 태도가 달라지기 시작하는 것을 분명 나는 느낄 수 있었다. 어쨌든 나 자신부터 그랬는지도 모른다.

물론 똑같은 일의 반복이라는 매너리즘에 빠져 있다가 전혀 새로운 일, 더구나 최고의 권력을 만드는 일의 한 부분에서 능력을 펼친다는 기대감으로 눈빛이 반짝였다. 서로 경쟁적으로 아이디어를 말하고, 주장의 당위성을 위해서 끝까지 자기 논리를 굽히지 않으려던 태도는 분명 평소의 모습과는 달랐다.

근래 몇 번의 대통령선거에서 우리는 보았지 않은가. 각 정당의 후보 진영마다 홍보, 광고를 담당하는 전문 진용이 갖추어지고, 그 속에 광고회사 출신의 카피라이터나 AE가 꼭 한두 명 섞여 있었음을. 운 좋게 승리한 캠프에 있었던 경우는 청와대까지 입성해서 잠시나마 운명을 바꿔보기까지 하는 경우도 봤다.

이런 사례는 외국, 특히 미국에서는 이미 오래전부터 흔히 있어온 일이기도 했다. 광고나 홍보 전문가들이 선거전에 뛰어들어서 뛰어난 능력을 보여준 사례도 많았고 그들이 백악관까지 진출한 경우도 심심찮게 있었다. 다만 미국에서도 대형 광고회사는 회사 차원에서 특정 정당이나 특정 후보를 위해 전담하고 올인하는 일은 최대한 피하고 있다는 사실이다.

가장 큰 이유는 비즈니스에 정치가 개입되는 것을 경계하기 때문이라고 한다. 정치적 호오는 결과적으로 기업에는 음영을 주기 때문에 변화무쌍한 그 소용돌이 속에 휘몰리는 것을 원하지 않기 때문이다. 또 한 가지 현실적 이유는 돈이 되지 않는다는 것이다. 들어간 공력에 비해서 얻는 반대급부가 터무니없이 낮기 때문이다.

이런 이유들로 미국에서도 개인이나 특정 팀 차원에서만 가담하는 풍토가 생겼다고 한다.

그때의 그 일도 회사차원에서 거절할 수 없어서 우선 어느 선까지는 지원하겠다는 방침이 윗선에서는 있었을 것으로 생각된다. 본격적으로 판이 벌어지면 그것은 그때 가서 대응하기로 하고…….

우리의 작업도 정점에서 막바지 작업으로 들어서고 있었다. 디자이너의 손에서 16페이지까지 첫 경선용 브로슈어의 최종안이 실체를 드러냈다. 당사자인 우리는 물론, C상무도 내심 매우 만족스러운 눈치였다. 그러나 그 모든 작업도 이 짧은 전화 한 통화로 끝이 났다.

"지금 그 상태대로 모든 것을 그대로 남겨두고 몸만 철수하세요."

민주자유당의 대통령후보 지명대회를 며칠 앞둔 어느 날 오후에 C상무로부터 다급하게 걸려온 전화였다.

멍하니 서로의 얼굴을 쳐다보면서 한동안 말을 잃었다가 우리는 서둘러 철수를 했다. 종이 한 장, 절대 밖으로 유출하지 말라는 C상무의 요청대로 디자이너들이 가지고 온 작업도구 외에는 고스란히 널브러진 상태 그대로 남겨두고 빠져나왔다.

그러나 본능적으로 나는 가방 속으로 딱 한 가지만 아무도 모르게 챙겨 넣었다. 며칠 간 힘들게 끙끙거려서 만든 브로슈어의 최종 본 3부 중 하나였다.

제출용 2부를 만들면서 내 임의로 사내 보고용이랍시고 1부를 추가로 만들었던 것인데, 그중 보고용 한 부를 챙겨 넣은 것이다. '이 것은 역사다' 하는 생각이 그 순간 머릿속을 스쳤기 때문이었다.

나중에 알고 보니 C상무가 나에게 철수를 통보했던 그 시간은 롯데호텔에서 당내 경선에 대한 마지막 마라톤 조율로 긴박하게 돌아갔던 때였다.

모든 상황이 TJ 쪽이 아닌 것으로 결말이 나자마자 C상무가 전화를 걸었던 것이다.

'의미 없는 폐지'일 뿐인지, 아니면 '생생한 역사의 한 의미 있는 편린(片鱗)'인지 모르겠지만 세상에 태어나지 못한 그 브로슈어의 최종 시안은 지금도 내게 남아 있다. 이번에 다시 자료들을 정리하다가 또 한 번 들춰보게 되었는데, 벌써 19년 전의 일이지만 바로 엊그제 일처럼 생생하게 다가왔다. 그러면서 잠시 부질없는 상념에 빠지기도 했다. 역사에 가정은 없다지만 만약에 TJ, 그가 당내 경선에서 이기고 대통령이 되었다면 IMF라는 그 엄청난 재난을 피할 수 있지 않았을까? 하는 자문이었다.

경제를 잘 알고, 실물경제를 깊이 경험해봤으며 일본 네트워크가 누구보다도 튼튼했던 그가 대통령이 되었다면…….

2007년 11월 8일, 신라호텔에서 그분의 팔순연과 소설가 조정래 씨가 쓴 위인전 〈박태준〉의 출판기념회가 열렸다는 뉴스를 보면서 얼핏 이런 생각이 들었다.

'이 기록을 보관할 주인은 내가 아니라 그분이 아닐까.'

－이 책의 최종 교정을 보는 오늘(12월 13일), 우리 시대의 거목 박태준 회장님께서 돌아가셨다는 소식을 들었다. 마음속으로나마 깊은 애도를 표했다.

'대통령 이미지' 우리가 만든다

세월이 바뀌어서 이번에는 전혀 반대의 입장을 경험하게 되었다.

입사 18년 만에 임원으로 승진했고, 한 부서를 담당해서 플레잉 코치 겸 선수로 뛰던 종전의 역할과는 전혀 다른 업무를 하게 되었다. 업무영역이 다른 여러 부서를 관장하는 컨트롤 타워가 되어 정신없이 뛰어다니는 위치였다.

부서장 때까지만 해도 빛나는 성과도, 감추고 싶은 실패도 다 내 몫이었다면 임원 때의 입장은 달랐다. 조금만 관리에 소홀하면 부서 장악력에 구멍이 뚫리기 일쑤였다. 폼 나고 좋은 일은 부서장 몫으로 끝나버리지만, 궂은일이나 해결해야 할 두통거리는 여지없이 SOS가 오고 급기야 내 몫으로 떡하니 남겨지게 된다.

산적한 골치 아픈 일들 속에서 틈틈이 창밖을 물끄러미 보던 어느 날, '아, 이거 내가 꼭 서커스단에서 접시 돌리는 마술사 같은 신세구나.' 하고 생각한 적이 있었다.

예닐곱 개의 긴 막대 위에서 접시가 빙빙 돌아가고 있었다. 얼마쯤 있으면 어느 하나부터 팽팽하던 중심이 무너지면서 곧 떨어질듯이 느린 회전으로 아슬아슬한 장면을 연출한다. 마술사가 뛰어가고, 다시 빠르게 돌려주면 원 상태로 회복하고……. 또 다른 하나, 또 다른 하나가 겹치면서 너풀거리고…….

어쩌면 나의 자화상이었다. 다섯 개 팀에서 일어나는 일은 바람 잘 날이 없었다. 뛰어가서 임원을 만나고, 골프를 치고, 술을 마시고…….

여차하면 소위 '직거래'라고 부르는, 아래 부서장이 바로 부사장이나 사장과의 직접 보고라인을 트는 행태도 나온다. 물론 담당 임원은 그 사실을 까맣게 모르고 있다가 나중에 알게 되고.

이야기가 약간 옆가지를 달았지만, 앞에서 말한 '반대의 입장'이란 바로 '대통령 YS를 위한 일'이었다.

'대통령의 이미지 관리를 위한 마스터플랜 안'

1994년 2월이었다.

어느덧 1년을 맞아 개혁피로증도 서서히 나타나던, 새로운 분위기가 절실한 시점이었다. 이 일은 내가 직접 실무 작업을 할 수는 없었다. 예하 마케팅연구소 실무진에서 태스크포스 팀을 구성해서 수행했던 내용이다.

이 일의 계기를 누구로부터도 직접 들은 적은 없었다. 그러나 추측은 간단했다. 평소에도 인맥과시의 성향이 농후한 최고 경영자가 자신의 청와대 쪽 인맥으로부터 위탁받은 것으로 짐작되었다. 스스로 우리가 해주겠다는 식의 은근한 자가발전 소산인지, 아니면 거절 못할 부탁이었는지는 내막을 잘 모르겠지만…….

불과 2년 전의 나와 우리 팀원들이 그랬듯이 태스크포스의 팀원들은 각자의 자부심도 컸고, 튀는 주장으로 자기 개성을 돋보이게 하기 위한 제스처도 눈에 보였다.

중간 중간 큰 테두리 안에서 체크하고 최종보고서를 점검하는 역할을 했다.

'대통령의 이미지 관리를 위한 마스터플랜 안'의 개괄적 내용은 이랬다.

전체를 네 개의 단원으로 구성했다.

첫 번째는 이미지 관리의 목적이다. 대통령의 의지 및 향후 국정비전을 고려해 대통령의 바람직한 목표이미지를 설정한다. 또한 대통령에 대해 국민들이 가지고 있는 현재의 이미지 수준을 파악함과 동시에 이러한 이미지를 형성하게 만든 요인과 형성과정을 분석함으로써 대통령의 목표이미지와 현재이미지 사이의 갭(gap)을 확인한다. 확인된 갭을 줄임으로써 목표이미지를 달성할 수 있는 구체적이고 실천 가능한 전략을 수립하고 집행할 수 있다. 마지막에는 전략의 집행에 따른 이미지 변화의 추이를 측정해 피드백시킴으로써 효과적인 이미지 관리체계를 구축하고 계속적으로 발전시켜나가는 데 있다.

두 번째는 이미지 관리의 단계이다. 목표이미지를 설정하고 국민들의 여망 및 기대와 국정과제별 사명. 대통령의 의지와 국정방향을 근간으로 하여 먼저 목표이미지를 설정했다면 다음으로는 현재의 이미지를 평가하는 일이 순서다. 현재 대통령의 전체 이미지와 부문별 이미지, 나아가서 그런 이미지 형성의 요인과 형성과정을 분석하는 단계다.

이 두 단계 작업, 즉 목표이미지 설정과 현재이미지 평가 작업을 통해 양자 간의 갭을 확인하게 된다. 그 바탕 위에서 목표이미지 달성을 위한 실천전략의 수립이 가능해진다. 실천전략 속에는 주요 실천과제의 설정, 목표 소구 대상의 선정, 메시지 전략, 커뮤니케이션 수단의 활용방안 등이 포함된다.

위의 모든 단계를 거쳐 전략이 실행되게 되고, 실행에 대한 평가가 따르게 되며 그 평가내용도 다시 목표이미지 설정을 재정립하기 위한 자료로 활용되는 순환체계를 형성하는 도식이었다.

세 번째는 단계별 세부내용이다.

목표이미지의 설정을 위해서는 먼저 바람직한 대통령상에 대한 다각적 검토가 우선되어야 한다. 도덕성, 신뢰감, 리더십, 친근감, 카리스마 등의 개인적 자질과 정치, 경제, 사회, 문화, 국방, 사회복지, 환경, 통일문제 등의 정책수행 부문에 대한 다양한 기대사항을 분석하고 중점과제와 우선과제별 추진 일정을 구체화한다.

네 번째는 현재의 이미지 분석을 위한 세부 내용이다. 현재 대통령이 갖고 있는 선호도, 친근감, 관심도, 존경심, 신뢰감과 김영삼하면 일차적으로 떠오르는 느낌이나 연상내용 등의 전체적인 이미지를 분석한다. 병행해서 개인적 자질, 정책수행, 관련 인사 및 단체의 이미지, 현재이미지의 강점과 약점 등이 여기에 포함된다.

대통령 이미지의 형성요인과 과정분석 단계에서는 첫째, 대통령 관련 메시지의 주요 정보원 확인 둘째, 주요 매체에 담긴 대통령 이미지 분석 셋째, 매체별 이미지 내용과 형식이 대통령 이미지에 미치는 영향 등으로 세분되어 있다.

특히 두 번째의 주요 매체에 담긴 대통령 이미지 분석에서는 내용상의 특징과 형식상의 특징으로 나누었다. 대통령 관련정보의 유형이나 진실성이 내용상의 특징이라면 논조, 제시방식, 화면처리 방식 등이 형식상의 특징에 속한다.

이미지 관리의 단계 중에서 핵심은 실천전략의 수립이다.

목표이미지와 현재이미지의 갭을 줄이기 위해서 누구에게, 무슨 내용을, 어떤 수단을 통해 전달하느냐 하는 실천 전략을 수립해야 한다. 국민 전체를 대상으로 할 때와 세분화하여 집단별로 소구하는 경우를 다르게 구분하며, 메시지 전략은 어떻게 하겠다는 방안을 구체화시켜야 한다.

누구에게 말할까?
무엇을 말할까?
어떻게 말할까?

한마디로 이 세 가지가 문제의 핵심이고 과제의 전부라고 할 수 있다. 눈만 뜨면 시장을 분석하고, 고객 회사의 제품이나 서비스를 분석하며 경쟁사를 분석하는 곳이 광고회사이다.

우리의 어떤 제품을 누구에게 팔까. 그러기 위해서는 우리 제품과 우리 회사의 무엇을 경쟁상대보다 우수하다고 내세울 것이며, 그 많은 방송이나 신문, 잡지 중에서 어느 곳을 통해 어떤 시간, 어떤 지면을 이용하는 것이 시간이나 경비 면에서 최대의 효과가 있을 수 있을까? 아니, 그보다 더 중요한 것은 같은 메시지라 하더라도 어떻게 말하느냐에 따라 결과는 엄청 달라진다는 사실이다.

'어떻게 말하느냐(How to say)'는 '무엇을 말하느냐(What to say)' 보다 더 중요하고 그런 만큼 더 전문성이 요구되는 영역이다.

오늘날 광고회사들이 '표현전략'에 사활을 걸고 있고, 그 많은 크리에이터들이 시간과 정력을 쏟아가며 아이디어 발상에 골몰하는 이유도 거기에 있다. 기업의 상품이나 서비스, 이미지를 팔기 위해서 출발한 상업적 표현 전략의 여러 전문기법들이 이제 정치의 영역에서도 한몫을 단단히 하게 되었다.

그러나 앞에서도 이런 종류의 일은 광고회사 입장에서는 돈이 안 된다고 한 바 있거니와 이 프로젝트도 전문 인력 6명이 투입되어 외주 여론조사, 매체분석, 전략수립 작업을 수행하면서도 청구금액은 고작 1천7백여만 원이었다.

'대통령의 이미지 관리를 위한 마스터플랜 안'이 받아들여졌으며 구체적 작업에 들어가게 되었다.

그 한 부분을 소개해보고자 한다. 1994년 3월 한 주간을 분석한 내용이다.

현재의 대통령 이미지 형성의 요인과 과정분석을 위해 주요 매체에 담긴 대통령 이미지를 분석한 대목이다.

첫 번째는 각 주별 메시지 내용으로 호소카와 총리와의 통화, 여야 영수회담, 강원도 순시, 지방순시 결산, 미국 시사만화가 루리 씨 접견 등의 내용을 담고 있다.

그중, 여야 영수회담 부문에서는 대통령이 상좌에 앉고 이기택 야당당수가 아래에 위치하는 좌석배치를 함으로써 상하의 느낌을 주었다는 점을 지적했다. 또 회담이 30분이 더 길어진 이유를 "일어나려 했는데 이기택 대표가 자꾸 붙잡아서……." 하고 설명(KBS의 보도 내용)한 부분 등을 예시하면서 결과적으로 좌석배치나 보도내용 등에서 영수회담으로 야당 당수를 존중한다는 느낌보다는 격을 낮추어 야당 당수를 타이르고 훈시했다는 부정적 느낌을 주었다는 점을 부각시켰다.

두 번째는 메시지 전달 방법이다.

대통령이 국민들에게 당부와 협조를 구하는 장면이 많은데 이 경우 '국민'이라는 표현보다는 '국민 여러분께서'와 같은 경어를 사용함이 바람직하다.

'절대' '결코' 등의 단정적 표현이 지난주보다는 줄어들었지만, 영수회담 후 만찬석상 등에서 여전히 사용되고 있으므로 앞으로는 가급적 절제하는 것이 좋을 것 같다.

'혁명' 또는 '혁명적'이라는 용어가 자주 사용되는데, 문민정부에서는 '혁신'이나 '개혁' 같은 용어가 적합하다고 생각된다.

세 번째는 스타일과 제스처이다.

가끔 팔을 45도 각도로 너무 쭉 뻗어서 흔드는 모습이나, 외부 대규모 행사장에서 청중을 대상으로 발표할 때의 모습은 너무 유세적인 분위기가 강하다. 특히 손을 불끈 쥐고 흔드는 모습, 목소리의 높은 톤은 고려의 대상이다.

네 번째는 영부인이 국제화 시대와 다양한 상황에 맞추어 한복차림만 계속하기보다는 경우에 맞춰 양장차림도 효과적일 것으로 본다.

다섯 번째는 보도자료다.

보도자료의 표현이 투박하고 대통령에게 적합하지 않은 용어의 사용이 많다. 이를테면 '바꾸어 타고' '당일치기' '피스톤 식' 등의 용어는 지양하는 것이 바람직하다. 연설문의 경우도 건조하고 감동이 적으며 도식적이고 천편일률적인 느낌을 줄 때가 많다.

이 외에도 여러 가지 문제점에 대해서 우리 나름의 관점을 분석의 틀에 담았다.

나중에 청와대 쪽의 보고서를 본 적이 있다. 우리의 보고서 표지에 있던 우리 회사 이름 자리에 '政務'라고 대치되어 있었을 뿐, 첫 번째부터 네 번째 항목까지의 내용은 대부분 그대로 옮겨져 있었다. 다만 다섯 번째 항목만 '보도자료'라는 소제목 대신 '방송사간 비교'로 되어 있었다. 어쩌면 그것은 당연했다.

'보도자료'에 대한 우리의 지적은 바로 정무비서실의 업무에 대한 지적이었기 때문이다. 우리의 '보도자료'를 빼고 그들이 직접 삽입한 '방송사간 비교'에는 분석대상인 3월 한 주간 있었던 방송사 간의 보도내용에 대한 비교가 있었다.

호소카와 총리와의 전화, 공사졸업식 참석, 여야 영수회담, 강원도 업무보고, 지방순시 결산보도, 기타의 내용들이 열거되어 있었다. 예를 들면 지방순시 결산보도를 언급하면서는 KBS 단독으로만 보도했을 뿐 다른 두 방송은 보도하지 않았다는 분석이 있었다. 기타 부문에서는 KBS의 경우 대통령의 육성이 적게 나온다. 화면만 대통령의 모습이 나오고 아나운서가 설명하는 방식이 잦은데, 필요할 때는 대통령의 육성이 보다 호소력이 있다는 등의 자체 분석이 있었다.

흔히들 정보를 이야기할 때 수집, 분석, 가공, 행사(활용)의 4단계를 언급한다. 정보를 수집하는 사람은 수집 자체만 매달릴 뿐 어떻게 분석되고 가공되는지는 전혀 알 수 없어야 한다는 원칙을 든다. 마찬가지로 분석하고 가공하는 사람도 이 정보가 어떻게 활용될지는 알 수 없어야 한다고 한다.

똑같은 경우는 아니지만 우리가 넘긴 전략과 보고서들이 최종적으로는 어떻게 보고되고 어떻게 집행되었는가를 우리가 독자적으로 확인하고 추적하기란 불가능하다. 정해진 한시적 기간 동안 우리 나름으로는 최대한의 노력을 기울였지만, 어느 시점부터는 전혀 우리와는 관련이 없는 위치로 회귀되고 마는 것이 이런 일들의 특징이라면 한 특징이다.

"내가 앞장서서 뛰겠습니다."
"발상부터 과감히 바꾸어야 합니다."
"일등 국가는 일등 국민이 만듭니다."
"원칙을 지키고 원칙이 통하는 나라가 되어야 합니다."
"국가도 품질입니다."
"국민을 고객으로 아는 정부가 되어야 합니다."

이런 말들이 대통령 특유의 어투로 방송에서 들릴 때나 신문기사로 눈에 들어왔을 때, 여러 감정이 교차되었다. 대통령의 대화나 연설 속에서 자연스럽게 사용되도록 우리가 보고서에 담았던 바로 그 말들이기 때문이었다.

말의 힘은 실로 엄청나다. 대통령이 하는 말의 힘은 더 엄청나다. 자기가 희망했던 그 말이 대통령의 육성으로 전파를 타고 다시 내게로 돌아왔을 때, 스스로 그 말에 설득 당하게 된다. 설득커뮤니케이션, 아니 광고의 옷을 입은 정치커뮤니케이션의 힘이다.

예감, 그리고 떠남

또 한 번의 대통령 선거전으로 거리는 스산스러웠다. 현수막이 너풀거리고 크고 작은 전단지가 발끝에 나뒹굴었다.

외환위기를 맞아 IMF의 구제 금융을 신청까지 한 뒤라 행인들의 표정마저 마른 잎처럼 구겨져 있었다. '캉드쉬'란 낯선 이름이 경제 총독처럼 들렸고, 그의 일거수일투족이 온 나라를 움찔거리게 했다.

12월로 접어들었다. 달랑 한 장으로 남은 캘린더 속의 한 해도 한 증막의 모래시계 속 모래처럼 빠져 내리기 시작했다.

12월은 송년회에다 개인적인 기념일까지 겹쳐서 날짜 위에 동그라미가 많은 달이다. 결혼기념일, 군 입대일, 입사일(入社日), 어머니 기일…….

아침 부서장 회의를 막 마치고 나와 책상 위의 작은 달력을 보며 눈으로 날짜를 찍어가던 순간이었다. 노크와 함께 사보담당 여사원이 들어섰다.

'우리 회사와 함께 살아 온 광고인생'이라는 새해 특집에 원고를 꼭 좀 써달라는 청탁이었다.

지금 걸려 있는 경쟁프레젠테이션이 있고, 거래 광고주들은 다투어 예산을 줄이는가 하면 여기저기서 부도소식이 빵빵 터지는 와중이라 짧은 글도 아니고 50매나 되는 글을 쓸 정신이 없었다. 몇 번 다음 기회로 미루자고 해도 집요하게 졸랐다. 마땅한 대타도 없으니 꼭 써 주셔야 된다는 것이다.

어쩔 수 없이 약속을 하고 말았다. 한편으로는 내심 "까짓것 한 달 남았는데……." 하는 생각이 들면서 쓸 내용까지 퍼뜩 짚어보기도 했다.

예상 밖으로 원고는 빨리 써졌다. 마감이 한참 남은 12월 중순에 넘겨주고는 그 일은 잊어버리고 있었다.

전체 사원 900명 중에 나보다 더 장기근속한 사람은 고작 다섯 손가락 안에 들 정도까지 왔으니 짧지 않은 세월이었다. 청탁된 원고의 성격이 돌아보는 것이어서 어쩔 수 없이 글을 쓰는 동안은 회고조의 심정이 되었다. 그러다 보니 자연 '떠나는 심경의 정서'가 이입되면서 다소 감상적인 방향으로 흘렀다.

예년 같으면 12월 중순에는 임원인사가 마무리되었다. 전보되거나 승진되거나 신임임원 소식이 들렸다. 그러나 그해는 대선 결과와 외환위기 사태로 늦어지고 있었다. 그러다 보니 이런저런 소문이 떠돌았다. '카더라' 통신이 귓바퀴들을 세우면서 건너뛰고 있었다.

19일 아침, 새 대통령의 탄생을 알리는 뉴스가 쏟아졌다. 아침 임원회의 때 눈만 지그시 감고 있던 사장이 평소와는 다르게 몇 마디만 하고는 회의장을 빠져나갔다. 같은 그룹에 속한 일간지가 이번 선거에서 기사로까지 공개적으로 L후보 지지 선언을 했으니, 그것은 그룹 전체와 총수의 의중을 대변한 것과 마찬가지였다. 그런데 엉뚱하게 다른 후보가 당선됐으니 그룹 전체의 분위기가 초상집 분위기였다. 아마 사장의 심기도 그런 연유가 작용했을 거라는 추측들을 했다.

뭔가 화가 잔뜩 난 굳은 얼굴로 사장이 나가자 분위기는 팍팍함에서 벗어났다. 부사장이 이어받아 몇 마디 영양가 없는 말을 이어가고 있을 때였다. 사장 여비서로부터 쪽지 하나를 전달받았다.

'사장님이 좀 뵙자고 합니다.'

회의도 바로 끝이 났으므로 사장실로 갔다. 노크를 하고 들어가자 예의 심드렁한 얼굴로 앉으라는 시늉을 보냈다. 응접 소파로 느릿느릿 그가 걸어왔다.

새로 부임해온 지 꼭 1년이 된, 광고와는 전혀 동떨어진 경력의 사장은 나와는 코드가 잘 맞지 않았다.

부임 초기부터 유난히 그가 찍어놓고 밀어내기 전략을 쓰는 전무 한 사람이 있었다. 나와는 같은 업무 라인에 있는 전무에 대해서 수시로 나의 의중을 떠보는 등 노골적으로 무시하는 태도를 보였다. 전무에 대한 부정적인 여러 가지 귀띔을 기대했던 사장의 기대에서 번번이 비켜나는 대답을 하면서부터 내게 보내는 그의 시선이 냉정해져 감을 느꼈다.

이유는 또 있었다. 9월부터 5~6억 규모의 소형 광고주 두 곳이 부도가 났고, 12월 초순에 40억 규모의 광고주가 끝내 부도에 휩쓸리고 말았다. 긴박하게 돌아가는 상황을 보고하고, 대응조치를 하느라 뛰어다니는 와중에 그가 보인 태도는 싸늘했다. 설상가상으로 내가 담당하고 있는 부서의 질 낮은 광고주 하나가 말썽을 부렸다.

그때 나는 같은 그룹의 회사들, 주로 담당하는 본부를 떠나 그룹에 속하지 않는 소위 비계열 회사들이 올망졸망 모인 본부의 책임자로 있었다.

계열광고주들보다는 훨씬 취급 규모들이 작으면서도 일은 까다로웠다. 대신 시시콜콜 비서실 눈치를 보면서 지침을 따라야 하는 압박감에서 벗어나는 해방감도 있었다.

내 개인적 이력으로는 그때까지 비계열도 많이 맡아온 사내 최고의 베테랑 AE다. 지금의 사장이 부임하기 얼마 전부터 계열사 담당 본부에서 자리를 옮겨온 것이다. 그 전에 있었던 S사의 냉장고 광고 공개경쟁 프레젠테이션의 실패의 책임도 알게 모르게 있었을 것으로 추측됐다.

이제 앞에서 한 '질 낮은 광고주' 이야기를 할까 한다. 전임 사장의 무리한 욕심과 다른 부서 간부의 이기적 공명심이 화근이었다. 그런대로 만족하면서 잘 흘러가던 우리 쪽 대형 광고주인 통신회사 하나가 결국 떨어져나간 것이다. 그 업계에서 가장 큰 회사는 아니었지만 그래도 연간 100억 가까운 규모의 광고를 맡기고 있던 곳이었다. 그러나 새로운 대형 광고주 유치과정에서 같은 업종의 바로 피 튀기는 경쟁사인 업계 1위의 회사가 들어오면서부터 모든 것은 틀어졌다.

일사일업종 원칙을 내세워 끝까지 반대했지만 그 당시의 사장은 막무가내였다. 막말로, 떨어져도 할 수 없는 것 아니냐는 것이 최종 입장이었으니까.

사장 입장에는 고육지책인 면도 있었으리라. 회사 전체의 경영목표를 생각하다 보면 어느 특정부서에는 유불리가 따르게 마련이고, 이는 수시로 일어나는 일이기도 했다. 하지만 불똥이 튄 해당부서나 당사자에게는 커다란 현안 과제로 안겨지게 된다.

100억 고객이 떨어져 나간 공백은 너무 컸다. 우선 개인적으로, 인간적으로 몇 년간 신뢰관계를 다져온 그쪽 회사의 최고경영자를 비롯한 담당 임원들에게 뭐라고 변명하고 고개를 들 수 있을지 알 수 없었다. 당장의 광고물량이 두 배 이상 크다는 눈앞의 실익을 좇아 조강지처를 버린 꼴이었으니…….

그쪽 사장님께 개인적인 편지를 올리면서 어쩔 수 없는 작별의 죄스러운 인사를 드렸다. 짧지 않은 삶 동안 그런 편지는 처음이었다. 고맙게도 나중에 담당 임원으로부터 '고맙다'는 그 사장님의 전갈을 들었지만 두고두고 마음에 걸리는 마디로 남아 있다.

건성으로는 그 공백을 내년 예산에 감안하겠다고 했지만, 신임 사장이 오면서 언제 그랬느냐는 듯 다음 해, 그러니까 1997년의 목표설정에는 반영되지 않았다. 떨어져나간 100억 예산을 고스란히 포함시켜 20% 신장이 취급목표로 주어졌다. 전 사(社)적 목표를 위한 계수 짜 맞추기였다.

새로 사장이 부임했으니 응당 전년도보다는 실적이 높아야 한다는 단순 목표 앞에서 현실적인 광고환경은 철저히 무시되었다. 언제 어렵지 않을 때 있었느냐, 무리하다고 난리를 쳤지만 목표달성 못한 적이 언제 있었느냐는 해괴한 논리로 윽박질렀다.

그러나 1997년의 환경은 달랐다. 기업들이 납작 엎드렸고 신음소리를 내기 시작했다. 덩달아 비계열 회사들 위주의 우리 사업부 경우에는 직격탄을 맞은 형국이었다.

1월부터 실적이 뚝뚝 떨어졌다. 3월이 끝나면서 한 분기의 누적실적은 70%에 겨우 턱걸이를 했다. 입사 이후 이런 일은 전무후무한 기록이었다. 게다가 수금날짜까지 자꾸 늘어지고 뒤로 밀려나면서 위험은 가중되어 왔다.

자연 전 직원이 신규 거래처를 찾아 뛰어다니게 되었다.

대행조건도 평상시의 기준을 지키기 어렵게 되었다. 우선 외형적 계수부터 조금이라도 올려야 하는 것이 급선무다 보니 웬만하면 달려들었다.

그 소용돌이 속에 문제의 '질 낮은 고객'을 태우게 된 것이다. 처음부터 업계의 평판이 좋지 않는 회사여서 꺼림칙하긴 했다. 마치 플리퍼족(flipper, 텔레비전 채널을 여기저기 자주 옮겨 다니며 재미있는 것만 골라 시청하는 버릇을 가진 사람들)처럼 광고회사를 자주 바꾸고, 그 알량한 대행수수료에서 일정 몫을 리베이트로 요구해서 챙겨간다는 소문도 사실이었다. 우리와 계약을 하는 단계에서 그 내용의 명문화를 요구해왔다. 밀고 당기다가 회사 차원이 아닌 본부명의의 이면계약을 체결했다. 매월 총 정산실적의 4%를 리베이트로 돌려주기로 하고 만약의 경우를 대비해서 처리방식까지 철저히 서로 단속했다.

4%라면 족제비 잡아서 꼬리는 다 내주는 꼴이었다. 신문 · 잡지 등 인쇄매체의 경우 거래금액의 평균 15% 수수료가 광고회사의 몫으로 정해져 있다. TV와 라디오의 전파매체는 수수료가 이보다 훨씬 낮은 평균 10% 정도(당시 기준)가 광고회사의 순수입으로 들어왔다. 그러니 4%는 적은 몫이 아니었다.

그들이 요구한 4% 리베이트를 이면계약으로 처리한 가장 큰 이유는 따로 있었다. 방송광고공사의 광고회사 관련 규정에는 광고회사와 광고주 간에 리베이트 거래가 발견될 경우 대행조건에 위반되어 강한 제재를 받게 되어 있었기 때문이다.

계약 직전에는 갓 부임했던 사장까지 상견례를 하기도 했다. 자기가 부임 후 첫 개발 사례라고 흐뭇해하기도 했지만 계약 전재조건에 리베이트 요구가 들어 있다는 사실을 알고는 내내 떨떠름해했던 그였다.

싹수가 신통찮던 출발은 일을 하면서도 계속 까칠하게 굴었다. 제작방향을 누에 똥 갈듯 바꾸질 않나, 제작비 내용을 사사건건 깎으려 들질 않나, 실무자들이 도저히 못하겠다고 하소연해 왔다.

그 다음의 일들은 '광고회사를 가마우지로 여기는 악덕 광고주' 편에서 상세하게 기술했으므로 생략하기로 한다.

담당 부서장까지 소신 있게 중심을 잡으며 대처하지 못하고 휘둘리며, 자기 선에서 일을 끊어 처리하지 못했다. 그러기에는 역부족일 수도 있겠다고 생각했다.

그런 방식으로 성공하고, 지금까지 회사를 키웠는지는 모르지만, 철부지 친족 임원을 내세운 대응방식은 도를 넘어서고 있었다.

그 과정에서 나에 대한 그들의 불만이 쌓인 모양이었다. 물불 안 가리고 뛰어주지 않았다는 앙금이랄까. 그 앙금에 대한 비뚤어진 반사적 행동이 나왔다. 그쪽의 친족인 임원 한 사람이 우리 사장을 찾아와 나에 대한 불만과 험담을 있는 것, 없는 것 다 털어놓고 갔다는 것이다.

왔었다는 사실은 사장 입에서도 나왔지만 거기에 대해서는 더 이상 궁금해 하지 않았다. 상황보고는 수시로 가감 없이 사장에게까지 해왔던 터이고, 스스로도 책잡힐 만한 일은 없다고 생각했기 때문이었다. 또 그 막된 한참 연하를 상대로 구차한 행동을 하는 것도 자존심이 허락하지 않았기 때문이었다.

이야기는 다시 사장실로 돌아가서, 탁자를 사이에 두고 서로 대칭으로 마주앉은 순간으로 이어진다.

의자 등받이로 몸을 젖힌 채 눈을 감은 그의 입에서 꾸물꾸물 덩어리를 이룬 말들이 느리게 나왔다. 마치 봄날 봇도랑의 개구리 알처럼 흐물흐물하게…….

"그간…수고…많았는데…내일자로…비상근 발령이 났으니 그리 아소."

"……."

그때까지도 감았던 그의 눈은 떠지지 않고 있었다.

"다른 말씀 없으시면 그만 가겠습니다."

그가 머리를 약간 끄떡거린 것 같기도 했지만, 그의 반응은 아랑곳없이 일어서서 나왔다. 화가 치밀었다.

'그래, 나가도 좋다. 누군 뼈를 묻냐? 언젠가 한번은 떠나는 거 아니냐. 목을 잘랐으면 잘랐지, 비상근이사 운운은 뭐야. 장난하나? 뭔가 부족하고 사유가 있어서 내린 사약이라면, 당당하게 이야기하고 통보해야 하는 것 아닌가? 가는 사람도 좀 더 당당한 모습으로 떠나게 해줄 수 없나? 20여 년을 시계추처럼 오간, 회사가 곧 내 인생이었던 사람들에게……. 저런 작자 밑에서 짧은 시간이지만 함께 했던 시간들이 분노가 되어 치밀고 올라왔다. 차기 비서실장 자리를 은근히 희망한다던데 저런 작자가 되면 정말 그룹을 말아 먹는 천하의 악수가 될 거야.'

한편으로는 이제 올 것이 다 와버린 홀가분한 기분이 들기도 했다. 무슨 부정중독증(Negaholics, 미국 여성월간지 레이디스 저널에 처음 소개됐던 사고유형으로, 잘못된 일은 모두 내 탓이며 결코 좋은 일이 내 앞에 일어나지 않을 거라고 믿는 심리상태를 말함)에 걸린 것은 아니지만 최근 1년 사이에 세 번에 걸친 상주노릇과 간병과 개발회의, 실적, 구조조정, 인원 감축 문제들로 지쳐버린 심신을 좀 추스를 기회도 절실했기 때문이다.

그렇게 준비 없이 예고 없는 작별의 시간을 맞았다. 황망하게 떠날 차비를 하고 있던 다음 날이었다.

"이사님, 지난번 원고 있잖아요?"

사보 담당 여사원의 전화였다.

"그런데?"

"예정대로 실어도 괜찮겠습니까?"

"왜, 누가 뭐라고 했어?"

"아뇨, 혹시 이사님께서……."

"난 괜찮아요."

편집 책임자로부터 슬쩍 물어보라는 지시를 받았을까. 아니면 그만둬서 껄끄러운 입장이 된 내 자전적 글이 사보에 실리고 사장까지 보게 되면 혹여 느낄지 모르는 일말의 불쾌감을 지레 우려한 그들의 발 빠른 머리회전이었을까.

해가 바뀌고 한참 지난 어느 날, 집으로 두툼한 우편물이 한 통 왔다. 내 글이 실린 그 달치 사보였다.

긴 원고는 내가 쓴 그대로 가감 없이 실려 있었다. 그런데 사진이 빠져 있었다. 별도로 주진 않았지만(통상적으로 보관해둔 사진 컷으로 사용했다) 그건 그럴 수도 있겠다고 생각했다. 그러나 내 글이 토씨 하나도 바뀌지 않았지만 내 원고에는 없던 한 글자가 추가되어 있었다. 그때까지의 내 직함 앞에 '前'자 하나가…….

예감대로 '송별사'가 되어버린 그 글을 다시 읽어보았다.

| 긴 변죽, 비유를 L선배로 한 엽서

(전략)

인생은 '앵글(angle)의 문제'가 아닐까?

어떤 각도에서 바라보느냐에 따라 피사체의 키포인트가 달라지듯이 지난 25년의 회사의 성장 변모나 이제 23년째로 접어든 나의 광고인생의 보람과 성공(?)은 정말 앵글의 문제가 아닐까 싶다.

총인원 100명을 채우면서 입사하던 그 해 취급고가 40억 원이었는데, 이제 총인원 1천 명, 7천억 원으로 성장한 그로테스크한 숲 속에는 또 다른 보람의 새가 날고, 성취의 풀을 뜯는 야생마들의 낙원이 되고 있는지를 관찰하기에는 나의 앵글은 두고라도 셔터 속도가 너무 느리지 않은지 모르겠다.

A. 생텍쥐페리는 〈인간의 대지〉에서 "제국을 창건하는 식민주의자에게는 정복하는 것이 삶의 보람이다. 병정은 식민을 멸시한다. 그러나 그 정복의 목적이란, 이 식민의 정착이 아니었던가? 어떤 사람에게는 거기에 사는 것이 진리이다."라고 앵글의 문제를 역설적으로 찔렀지만 우리에게, 아니 나에겐 무엇이 보람이고 진리였단 말인가?

어떻게 보면 잘 익은 해바라기 씨앗처럼 충일(充溢)하고 빡빡한 날들이었다가도 또 어떻게 생각하면 검둥개 멱 감듯 지나쳐버린 회한이 일어서 오는 때도 있다.

어느 날 집으로 송부되어온 소위 대권주자들의 홍보물을 보다가 저절로 멍하니 창밖으로 시선을 돌리고 생각에 잠긴 적이 있었다. 젊은 한 후보의 약력난이 발단이었다. 병장 모자를 쓴 사진 옆에 쓰여 있는 '1978년 육군병장 제대' 하는 구절이 그 순간 왜 그렇게 강한 힘으로 나를 침몰시켰는지…….

1978년이면 이미 사회 초년생이 되어 무서운 것 없이 뛰어다니던 시절-땅값도 가장 비싼 서울의 한 중심지, 태평로 1가, 견지동, 평동, 을지로 1가, 서린동 등 노른자위 땅만 22년을 뺑뺑 돌았다-아닌가.

그때 제대하고 경기도로, 지방으로 20년도 채 안 된 그 사진 속의 주인공은 우리가 까까머리 시절에 이미 대선배로 존경하던 분을 병풍처럼 뒤로 세우고 대통령이 되겠다고 사자후(獅子吼)를 뿜는 판에, 난 여태 뭘 했단 말인가? '사용한 시간은 생활이고 소비한 시간은 생존이다'라는 말처럼 내 시간들은 한갓 차창의 풍경이었단 말인가? 누구는 역사 위를 걸을 때 나는 고작 생활 위를 걸었단 말인가?

'광고론'을 보면 서구에서는 오늘날 광고인의 원형으로 크라이어(Crier, 廣呼人)를 언급하는데 우리나라에도 유사 형태를 찾는다면 소임(召任)이 여기에 해당되지 않을까 싶다(이건 어디까지나 내 개인적인 견해이지만).

이 '소임'으로 불리는 직책은 1960년대 초까지만 해도 시골마을에는 명맥이 남아 있었다. 5 · 16 혁명이 나고 농어촌 마을 개량 사업이 시작되면서 가설되기 시작한 앰프가 그 역할을 앗아가기 전까지는 그들의 크고 작은 일이나 공지사항이 있을 때면 주민들의 대다수가 들을 수 있는 시간을 택해서, 육성으로 외쳐서 전달하기에 가장 알맞은 지점을 몇 군데 정해두고 큰 소리로 효과적으로 전달사항을 외치는 임무를 맡고 있었다. 이를테면 이장(里長)의 전령 같은 직책이었다. 이장이 수고조로 봄가을에 보리와 쌀을 한 말씩 거둘 때, 소임은 곁에서 제 몫으로 한 됫박씩 챙기는 곳도 있었다.

또 다른 의미에서 아직도 나는 소임(召任)으로서의 소임(所任)을 다하지 못하고 있는 것은 아닐까. 외치는 시간을 잘못 잡았거나, 장소 선택이 틀렸거나, 목소리나 전달내용이 효과적이지 못한 것은 아닐까. 아니면 애초에 소임으로서는 자질이 틀려먹은 것은 아닐까?

L선배께 드리는 엽서

어느 때보다도 뼈까지 시린 세모도 이제 얼마 남지 않았습니다. 크리스마스가 한 주일 뒤인데 정말이지 TV나 라디오로 캐럴송을 들어보지 못하기는 처음이 아닌가 싶습니다. 벌써 지겹습니다만, IMF로 대변되는 경제적 한파와 대통령 선거로 요약되는 정치적 돌풍이 한데 휘돌아 감기는 이 스산한 날을 어떻게 보내고 계시는지요?

몇 달 전인가, 병색이 완연한 모습으로 사무실을 지나가시는 양 얼핏 들르신 뒤로 여태 못 뵈었습니다. 지병이 악화되어 병석에 계신다고 풍문으로 들었지만 안부 한번 못 드렸습니다. 아직 지난날의 유쾌하지 못한 앙금이 남아 있어서만은 아닙니다. 올해는 처음으로 스트레스성 위염이란 판정을 받았습니다. 그만큼 어려웠지만 그것도 이유가 되지는 못합니다.

L선배님!

지금까지 정리되지 못한 감정의 실타래들이 뒤엉켜서 선배님의 보편적 모습을 보지 못하고 있다는, 그래도 옛날에 비하면 조금은 철이 든 마음이 지금의 솔직한 제 속내입니다.

광고인으로서의 그 단호함이나 프라이드, 지기 싫어하는 성격, 항상 중심에 있고자 하는 보스 기질, 가장 크고 어려운 클라이언트를 맡고자 하는 욕심, 확실하게 자기 사람을 키우는 뚝심, 그런 것들이 선배님의 특징이었고 또 그런 것들은 확실한 장점이기도 했습니다.

그러나 저는 선배님을 존경하지는 않았습니다. 어쩌면 지금까지도 마찬가지로 존경하지 않습니다. 다만 미워하는 마음의 분량만 많이 줄어들었다고나 할까요.

사무실의 제 등 뒤에는 두 개의 사진이 나란히 핀 업(Pin up)되어 있습니다. 하나는 노태우 전 대통령의 수의 차림의 사진이고 다른 하나는 어니 엘스(남아공 출신의 프로골프 선수)의 멋진 피니시 동작의 전신사진입니다. 사실 맨 처음 것은 신문에 난 노 전 대통령의 사진을 보며 누군들 죄인이 아니랴 싶은 마음이 퍼뜩 일기에, 제 마음속에 수인(囚人)을 경계하자는 의미로 붙였습니다. 그랬더니 보는 사람마다 왜 붙였느냐고 물어오는 것이 귀찮던 차제에, 마침 어니 엘스의 그 환상적인 사진을 보고는 오렸다가 순간적으로 또 그 옆에 붙였습니다. 붙이고 보니 멋진 콘트라스트로 대칭구도를 이루었습니다. 약국의 매대 위에서 약사들의 지겨운 반복 세일즈 토크를 줄여주는 POP(point of purchase, 상점이나 시장 등의 매대나 매대 가까운 것에 있는 선전물들로, 붙이거나 세워두거나 움직이는 종류의 최종 구매 시점 광고물을 일컬음)물처럼 그때부터 제 설명이 불필요할 만큼 명료해졌습니다. 꿈에도 본받고 싶지 않은 포즈와 꿈에서도 본받고 싶은 포즈의 콘트라스트라는 설명 말입니다.

L선배님! 때로는 이렇게 분명한 것이 좋은 때도 있습니다. 저는 선배님의 지나친 편 가르기 식 언행이 싫었습니다. 누군가를 꼭 곤경에 빠뜨려야 하는 동양적 해학처럼 제물을 정하고 괴롭히면서 희열을 느끼는 습성과 꼭 뒤에서 총을 쏘는 비겁함, 남을 인정하지 않는 독선을 저는 미워했습니다. 지금에 비하면 열악한 환경 속에서도 화제를 만드는 광고에 대한 집념과 몇몇 사례들은 훌륭했습니다.

벌써 공채 22기 광고 신인들을 뽑고 있습니다. 요즘 후배들은 눈빛도 다릅니다. 약간 어수룩한 모습은 처음부터 찾을 수가 없습니다. 저희 때까지만 해도 정통 선배가 있었습니까, 자료가 있었습니까. 장터에 나온 촌닭처럼 어리벙벙해가지고는 장님 밤길 가듯 더듬

더듬 조심스럽던 데 비하면 요즘 후배들은 달라도 한참 다릅니다. 학교에서부터 실습까지 해봤고 서점마다 광고관련 서적도 별도 코너를 차지할 만큼 되었습니다. 마음만 먹으면 자료도 지천이고 전공한 선배도 많습니다.

L선배님!

돌이켜보면 광고사관학교로 불리는 명성에 걸맞게 참 많은 사람들이 명멸해갔습니다. 온갖 특색과 장기와 허물을 가진 사람들이 도도한 흐름 속에서 퍼덕거리고 뛰어오르다가 뛰쳐나갔습니다. 소위 유아독존형(시절이 좋을 때는 누군가는 그들을 A급이라고 부르기도 했고 스페셜리스트라 하기도 했습니다)의 폐해는 아직도 남아 있습니다. 지나가는 말로 A급은 남아 있기 힘든 조직이라고 합니다만 저는 동의하지 않습니다. 진정한 A급이 진정한 스페셜리스트가 아니니 그런 것이 아닐까요.

광고가 과학이냐, 예술이냐를 논하면서 미국 브라니프 항공사의 캠페인을 예로 든 것을 읽은 적이 있습니다. 항공기의 동체를 뜨게 하는 기체공학은 과학이지만, 그때까지 어느 항공사도 하지 않았던 동체 채색이라는 차별화는 예술이라고 한 그 명쾌한 비유를 잊을 수가 없습니다. 그렇습니다. 광고는 과학만도 아니고 예술만도 아니라는 신념을 저는 가지고 있습니다. 한번은 과학으로 되기도 했고 다른 한번은 예술만으로 되었을지는 모르지만 나머지는 두 가지의 적절한 합일도 가능했다고 믿습니다.

일인일색, 십인십색의 다양한 개성들이 만나서 뜨거운 용광로가 되고 거기서 공동의 창작물을 꺼내는 기본적인 프로세스를 잊어서는 안 됩니다. 물론 그 과정에는 1등 공신도 있고 3등 공신도 있기 마련입니다. 그러나 1등 공신이라고 스스로 이름 적던 사람들이 어떻게 되었습니까? 1등 공신이 조용히 있으면 3등 공신도 자기의 분수를 지키게 됩니다. 함께 낚시를 하다가 자기가 주도적으로 낚았다고 월척은 모두 자기 몫의 고기 바구니에다 넣고 앞서서 휘적휘적 걸어간다면 다른 동료들의 낭패감은 어떻게 될까요? 가장 큰 놈은 갖더라도 동료의 바구니에도 부끄럽지 않을 만큼 넣어주었더라면 좋았을 텐데 그렇지 않아서 그 갈등들을 빚었던 게 아닐까요. 저는 문제의 본질을 거기서부터 봅니다. 인인성사(隣人成事)라는 말, 우리 광고인들에게도 금과옥조가 아닐지요.

L선배님! 우리는 변화를 좇는 직업이어서 변화를 못 느낄 때가 있음을 느낍니다. 시장이 변하고 소비자가 변하고 경쟁사가 변하고 경쟁상품이 변하는 것을 좇아가면서 항상 이동표적지에 사격을 해야 하니 스스로의 속도감을 잃어버릴 때가 있습니다. 뿐만 아니라 변하지 말아야 할 것까지 변해버리고도 아무렇지 않게 느끼는 후안무치도 종종 저지르는 일 중의 하나입니다.

L선배님!

이제 속이 좀 후련해지면서 선배님에 대한 미움이 한결 정리되었습니다. 변변치 않은 글을 쓰느라 저는 새벽을 맞았습니다만 혹시 선배님께서는 통증으로 이 새벽을 견디고 계시지는 않으신지 걱정이 됩니다.

L선배님, 생각하면 '광고'라는 이름으로 아마 조(兆) 단위의 돈은 흘려보낸 것 같습니다. 커다란 성공보다는 태작이 훨씬 많았을 제 빈농(貧農)의 들녘에는 보잘 것 없지만 기억나는 낟가리도 있습니다.(중략)

그때는 참 재미있었습니다. 티격태격도 많이 했고 마시기도 많이 했습니다. 툭하면 여관작업으로 꾀죄죄해진 몰골로 드나들었지만 치열했고, 순수했고, 따뜻했고 성취감 하나로 우쭐대던 때도 많았습니다.

변화를 수용하면서 도도한 흐름을 타기도 하고 거스르기도 하면서 강바닥으로는 옛날의 그 전통이 맥맥이 흐르도록 해야 할 무거움을 느낍니다. 이제 주변이 슬슬 장막을 걷어버린 옛날 시골 천변의 가설극장처럼 허전합니다.

어변성룡(魚變成龍)이라고, 이제 후배 광고인들의 눈부신 성장을 즐겁게 바라보며 이형기 시인의 시 '落花'의 제일 좋아하는 구절, 가야 할 때를 아는 낙화의 뒷모습은 얼마나 아름다운 것인가를 떠올려 봅니다. 외람되게도 저의 졸시 '현미경으로 보는 하늘'도 함께 흥얼거립니다.

함께 새벽을 기다리는 사람들도
빛에 대해서 어둠에 대해서
서로 다른 정의(定義)를 가지고 기다린다면
그 새벽은 오지 않는다.

L선배님!

너무 길었습니다.

두서없는 변죽의 글머리에서 '앵글'이란 말을 썼습니다만, 요즘 저는 몇 년 간 현장기자가 찍어대는 스냅사진처럼 앵글을 바꿔놓고 바라보는 고약한 실험도 계속하고 있습니다.

아래의 제 졸작도 최근의 제 심경을 드러내는 적절한 비유 같아 보여드리면서 이만 마칠까 합니다. 관념이 발가락처럼 삐죽이 드러나서 불만이긴 합니다만.

새해에는 정말 차도가 있으셔서, 이제 정말 새로운 의미의 만남을 진심으로 기도드립니다. 새해에는 식인상어까지 제 파도 속으로 불러들일까 합니다.

식인상어

사람을 먹었다는 천인공노(天人共怒)할 죄 때문에
잠행하는 저 흰 이빨의 날카로움,
그러나 억울하다.
바다에 온 색다른 어종(魚種)을 먹었을 뿐
사람을 먹은 적이 없는 흰 이빨은 억울하다.
천인공노라고?
해어공노(海魚共怒)는 왜 없느냐고 묻는
불만이 역력한 그의 지느러미에
죽은 파도가 걸려 있다.

2. 광고 모델과 에피소드

한 가지만 빼고는 모두 내가 직접 캐스팅하거나 섭외를 하면서 만들었던 광고제작물들—CF, 라디오 CM, CM송, 신문 · 잡지광고 등—의 광고모델과의 이야기들이다. 김혜자, 주현, 김상희, 송골매, 고우영, 미당 서정주, 프로권투 세계 챔피언 9명 등, 어떤 곳은 이니셜로, 어떤 곳은 실명으로 밝히면서 당시의 출연료 등의 구체적인 부분까지도 기록으로 남겨보고자 했다. 단순한 흥미 위주보다는 그들의 또 다른 인간적인 한 단면을 스케치로 보여주는 것도 의미 있는 일이 아닐까 생각했기 때문이다.

광고 커뮤니케이션과 모델들

광고 커뮤니케이션은 가격 경쟁 시대에는 그 필요 자체가 없었거나 효용이 극히 제한적 상태에 머물러 있었다. 가격 자체가 이슈일 뿐인 시대였다. 그러나 비가격 경쟁시대로 넘어오면서부터 이미지를 만들어내는 광고 커뮤니케이션이 마케팅의 대표적 수단으로 등장하게 되었다. 가격이나 품질과 기능이 비슷하고 차별적 우위점이 안 보일 때, 소비자의 선택 준거는 그 회사나 그 제품의 이름의 친밀감, 신뢰감, 호의도가 구매의 결정적 요인으로 작용하게 되었다.

월등한 회사, 월등한 제품이라면 회사 이름과 그 제품이나 상품의 실물만을 보여주어도 훌륭한 광고 커뮤니케이션 전략이 될 수 있다. 더 필요하다면 USP(unique selling point), 즉 그 제품의 '차별적 우위점'을 분명하게 나타내주면 된다. 가격이면 가격, 디자인이면 디자인, 기능이면 그 핵심 기능을 명료하게 알려주기만 하면 되었다. 그러나 앞에서 말한 대로 제품 자체가 고만고만해서 차이가 없고 기업의 이미지도 차별화되는 것이 없을 때, 기업의 입장에서 어려움을 겪게 된다. 바로 이럴 때 등장하는 것이 모델 전략이다. 그 모델이 동물이나 다른 상징적인 것도 될 수 있지만 주로 사람을 등장시키며, 많은 경우에서 보듯 평범한 일반인보다는 유명한 사람을 등장시키는 수단을 쓰게 된다.

유명인 모델, 즉 스포츠 스타나 탤런트, 배우, 가수, 개그맨, 학자, 전문가 등을 쓰는 이유는 분명하다. 사람은 사람에 가장 관심이 많고, 일반인보다 유명인에 더 많은 관심을 갖는다는 오랜 원칙이 있다. 우선 관심을 끌고 단숨에 주목을 받을 수 있다는 점인데, 그 모델이 가지고 있는 전문성이나 신뢰성이 기업이나 제품으로 연결되어 생각되게 하기 때문이다.

나아가서 모델 기용은 그 기업이나 제품을 좋아하게 만드는 힘을 가지게 된다. 대중은 자기가 좋아하는 모델과 스스로 동일시시키려는 경향이 있으므로 그 모델이 나오는 광고에 당연히 호의적인 반응을 하게 되기 때문이다. 그러나 유명 모델 전략은 장점만 있는 것이 아니라 문제점도 가지고 있다. 모델과 기업이나 제품의 이미지가 합리적으로 결합되지 않을 때는 이미지의 괴리현상이 일어나서 오히려 선호도가 떨어지는 역기능을 초래할 때도 있다. 또 우리가 실생활에서 경험하듯 유명 모델은 여러 기업이나 제품에 동시에 기용되기도 하기 때문에 고유 이미지에 혼란을 주는 부작용도 있을 수 있다. 뿐만 아니라 지불해야 하는 비용이 너무 큰 데 비해서 결과의 예측은 힘들다는 것도 문제점으로 들 수 있다.

어쨌든 이런 여러 가지의 장점과 문제점이 있지만 모델을 이용하는 전략 중에서도 빅 모델 전략은 광고 커뮤니케이션의 가장 중요한 전략의 하나로 오늘도 위세를 떨치고 있는 것이 현실이다.

그런 측면에서 그 많은 기업들과 제품들의 광고 속에 등장했던 모델들과 그 뒤에 얽힌, 숨은 에피소드들을 일반에 잘 알려진 것 위주로 돌아보고자 한다.

스트레이트 한 방에 날아간 숙녀복 광고

1978년인가로 기억된다.

당시 숙녀복으로는 꽤 인기가 높던 한 브랜드의 모델로 한창 주가를 올리던 가수 N이 선정되었다. 며칠간의 촬영에 이어 녹음까지 마치고 막 광고주 시사회를 했을 때였다.

갑자기 일이 터졌다. 졸지에 대형 사고가 난 것이다. 걸출한 스타, 프로권투 세계 챔피언이었던 S와의 스캔들이 터지고 폭행사건이 드러나면서 앞니가 내려앉았다는 기사가 일간지를 장식했다.

고민하고 어쩌고 할 것도 없이, 다 된 CF를 폐기처분하고 부랴부랴 다른 모델을 선정해서 재촬영에 돌입해야 했다. 직접 내가 겪은 일은 아니었지만 바로 옆에서 벌어지는 이런 일을 보면서 소위 잘나가는 연예인 스타들에 대해서는 풍문과 나름대로의 루트로 전해오는 정보를 가지고 기용 여부를 신중히 판단하려고 애썼다. 그러다 보니 자연 광고계 주변에는 이런저런 '카더라 방송' 식의 정보에서부터 고급정보까지 끊이지 않고 공급되고 확대 재생산되곤 했다.

지금은 고인이 되신 클라이언트 회사의 CEO 한 분은 뵐 때마다 이런저런 세상 돌아가는 얘기 듣기를 좋아하셨다. 그중에는 꼭 인기

모델들의 근황이나 에피소드들을 듣기를 무척 좋아하셔서 방문을 앞두고는 꼭 최신 버전으로 업그레이드 된 '연예가 정보'를 준비해서 가고는 했다. 그분은 즐겁게 들으시기만 하는 것이 아니라 젊은 시절 당신께서 요정(요즘의 룸살롱)에서 만났던 여자 연예인 얘기도 슬쩍 들려주시기도 했다. 특히 기억에 남는 인물로는, 얼마 전부터는 다시 얼굴도 빵빵하게 고치고 연예 프로그램 여기저기서 잘 나가는 이제 중견도 넘은 여자 연기자 한 분이다. 그런 술자리에서 본 연예인 중에 나중에 밖에서 다시 만났을 때 아는 체 인사하는 사람은 그녀뿐이더라고 했다.

또 하나는 방송계의 원로 한 분으로부터 직접 들은 얘기다. 이분도 요즘 예능 프로그램에서 젊은 연기자들 뺨치게 활동이 왕성한 편이라 요즘이 오히려 최전성기가 아닌가 싶을 때가 있다. 병아리 연기자 때의 일이니 이제 까마득한 옛날 얘기다. 대단한 실력자와의 불륜으로 도피성 해외출국을 감행했다가 홍콩공항에서 전격 리콜됐다는 마치 드라마 같은 일화였다. 밝게 웃는 그분의 얼굴 위로 그 일화가 항상 겹쳐지면서 속으로 혼자 웃을 때가 있다. 이런 옛 생각을 하면서 자기의 얼굴을 보는 시청자가 있다는 사실을 당사자는 상상이나 해봤을까 하는 생각으로.

비용과 공력을 엄청 들인 데다 시간상으로도 집행날짜가 딱 정해진 광고물이 모델의 신상문제로 물거품이 된다면 광고주가 지불하는 손실이 너무 크기 때문에 자꾸 뒷조사 아닌 뒷조사를 하게 된다. 몇 년 전 장안을 떠들썩하게 했던 'X파일' 사건 같은 것도 그런 일환으로 이해하면 될 것 같다.

유명 요리전문가들을 싹쓸이 한 전자레인지 광고

1981년 9월이었다.

S전자 전자레인지 제품 신문광고였다. 8단통 지면의 중간에는 전자레인지 제품을 배치하고, 뒤쪽으로 유명 요리전문가들이 병풍처럼 빙 둘러 서 있는 모습을 키 비주얼로 쓴 신문광고였다.

광고 기법으로 보면 추천 광고의 정석대로 구성된 광고였다. 국내 요리연구가 1세대격인 왕준연 선생을 비롯해 그 다음 세대인 하숙정, 하선정 자매, 한정혜, 마찬숙 씨까지 한꺼번에 동원해 다분히 데몬스트레이션 효과를 노린 광고였다.

내로라하는 요리전문가를 다 선점해버렸으니 경쟁사에서 대응할 카드가 마땅치 않았다는 후일담도 있었다. 이를테면 당구로 치면 훼방구까지 쳐서 상대방의 대응화력을 무력하게 만들었다고나 할까.

1회 단발 출연료로 왕준연 선생은 50만 원, 나머지 네 분은 각각 30만 원을 지불했으니 인기모델들과 비교해도 그때로는 적은 금액이 아니었던 걸로 기억된다.

이 광고가 마음에 드셨던지 H회장님께서 우리 팀 전원에게 토스터기 한 대씩을 부상으로 내려 보내셨다. 그 뒤에 또 한 번은 어떤 광고가 헤드라인이 마음에 안 드셨던지 지적이 와서 부랴부랴 수정한 교정지를 들고 출근 시간에 맞춰 집무실 앞에서 눈높이로 받쳐 들고 재가를 받았던 추억도 있다.

직접 업무 라인에 계시지는 않았지만(실은 이 말 자체도 무의미하지만) 특히 S전자 광고만은 그분께서 특별히 관심 있게 보시던 때여서 그랬던 것 같다.

톱클래스 요리 연구가 5명이 한꺼번에 등장하는 전자레인지 광고

만화가 고우영 화백 가족, 컬러 TV 모델이 되다

컬러 TV 방영이 시작된 지 몇 개월 지나지 않은 1981년 3월이었다. S전자는 컬러 TV와 VTR 모델로 인기 만화가 고우영 씨와 그 가족을 캐스팅해 '선명화면'을 콘셉트로 한 대대적인 광고를 전개하기로 했다.

내가 고우영 씨를 적극 제안했던 관계로 직접 만나서 몇 번 설득한 끝에 가까스로 승낙을 받아냈다. 단발 광고계약으로 신문광고 1백만 원, CF 1백50만 원, 총 2백50만 원이라는 적지 않은 출연료를 지불했었다. 그러나 촬영까지는 우여곡절이 많아서 가슴을 졸였다. 일이 꼬이려고 그랬는지 촬영협의차 자택을 방문했던 제작팀과의 첫 대면부터가 그랬다.

초인종을 누르고 "A기획에서 왔습니다." 하자 아파트 문이 열리며 아주머니 한 분이 제작팀을 맞았다.

"사모님 계십니까?"

제작팀 담당자의 헛바퀴 돈 인사에 그 아주머니 안색이 그만 싹 가셨다. 그분이 바로 고우영 화백의 사모님이셨던 것이다. 수수한 차림에 꾸밈없고 세련미가 없는 얼굴, 제작팀 담당자들이 일하는 아주머니로 착각하고 그만 큰 실수를 저질렀던 것이다.

어찌 보면 자칫 그런 오판을 할 수도 있어 보였다. 고우영 화백은 남자 치고도 말끔한 귀공자풍의 동안에 항상 웃음기까지 깃든 얼굴이라 사모님도 그 이미지와 연동해서 생각했던 것이 결례의 발단이 된 것이다.

첫 대면을 그렇게 시작해서였을까? 일은 계속 잘 풀리지 않았다. 남대문 시장에서 의상을 준비하기 위해서 제작팀과 다니면서도 불협화음을 일으켜 나에게 급히 연락이 오기도 했다. 이런 일을 처음 겪은 사모님으로서는 이왕 구입하는 의상이라면 본인이 의상구입비 일부를 부담하더라도 촬영 후에도 입을 수 있는 것을 원했던 것이다. 그러나 의상구입비를 예산 한도에서 써야 하고, 의상은 촬영 효과만을 우선으로 할 뿐, 그 후의 용도는 전혀 고려대상이 아닌 제작자의 의도가 서로에게 잘 전달되지 않았던 것이다. 알뜰 주부라면 누구나 가질 수 있는 작은 욕심으로, 탓할 만한 일도 아니었다. 제작자의 입장 또한 일차적으로는 너무도 당연한 것이긴 했지만 출연자의 캐릭터를 충분히 배려한 임기응변이 부족했던 책임이 더 컸다고 할 수 있었다.

그렇게 두 번이나 엇박자를 낸 끝에 가까스로 촬영에 들어갔지만 몇 가지 의견 조율이 원만하게 진행되지 않아서 촬영장으로 내가 뛰어가고, 중재를 하고 마음을 풀어준 다음에야 제대로 돌아갔다.

이제 고인이 되신 고우영 화백의 나직한 음성이 귓가에 선연하다. 그때 함께 광고에 출연했던 두 아드님도 이젠 어엿한 40대의 장년이 되었을 테고…….

프로권투 세계챔피언 9명을 한 링 위에 올리다

1981년 10월, 가로수 잎에도 초가을의 완연한 빛깔이 일렁였다.

옛 TBC 메인 스튜디오, 불과 얼마 전까지만 해도 화려한 면면들이 들락거리며 그 많은 프로그램과 드라마를 제작하던 뜨거운 산실

삼성전j자 '이코노빅' CF 촬영 장면. 프로권투 챔피언 9명이 한 링 위에 서 있다(서소문 옛 TBC 스튜디오 가설 링).

(産室)이었던 장소가 지금은 바닥의 동선(銅線)까지 알뜰히도 철거해버린 휑뎅그렁하고 썰렁한 공간으로 변해 있었다. 전두환 신군부의 언론 통폐합 정책으로 TBC가 KBS로 강제 통합되는 바람에 인력과 모든 장비까지 깡그리 넘어갔다. 건물은 바닥 동선까지 훑어간 뒤여서 흉물스러웠고, 황폐해진 고향을 보는 것 같은 짠한 마음을 불러일으켰다.

그 공간에 특설 링이 만들어지고 조명이 환하게 설치되면서 링 사이드에는 동원된 엑스트라로 가득 차서, 전체 건물이 열기로 가득했다. 지나가던 직원들도 적막강산이던 스튜디오에 오랜만에 조명이 번쩍이자 무슨 일인가 하고 기웃거렸다. 임시 CF 촬영장으로 변신한 것을 알고는 몇몇은 "파이팅!" 하고 외치며 지나가기도 했다. 강제 통합으로 인해 응어리진 울분과 아쉬움의 간접 표출이 아닌가 싶었다.

S전자의 획기적 절전 컬러 TV 새로운 모델의 론칭광고(launching Ad, 론칭은 배의 진수식(進水式)을 뜻하는 말이었지만 광고에서는 신제품 고지광고란 뜻으로 쓰임) CF였다.

광고의 콘셉트를 '절전 챔피언'으로 정하고 프로권투 역대 세계챔피언과 현 세계챔피언 10명을 몽땅 모델로 기용하자는 획기적인 전략을 세웠다. 컬러 TV도 크기 별로 구색을 맞추고 있었으므로 권투 체급과 화면 크기를 짝지어 표현하는 방안까지 확정해놓고 섭외에 들어갔다.

우리나라 프로권투 첫 세계챔피언이었던 김기수 씨부터 유제두, 홍수환, 염동균, 김상현, 박찬희, 김성준, 김태식, 김철호, 김환진 등을 섭외하기 위해 백방으로 뛰었다.

내가 낸 아이디어가 덜컥 브레인스토밍에서 채택되었고 광고주까지 결재가 떨어진 사안이기 때문에 누구에게 맡길 수도 없어 그들을 섭외하기 위해 직접 뛰었다. 제작팀의 입장에서 보면 직접 낸 아이디어도 아니고, 빅 모델 여러 명을 동시에 섭외한다는 것이 불가능할 것이라는 나름대로의 예상 때문에 적극 나서지 않는다는 느낌을 받고, 내가 오기로 팔을 걷어붙인 것이다.

스포츠 신문 기자를 만나기도 하고 원진체육관으로, 극동체육관으로, 챔피언 다방으로 며칠을 밤낮으로 뛰었다.

나는 3월에 차장이 되면서 비로소 팀장이 되어 사내에서는 가장 큰 광고주를 맡았다. 명실상부한 독립 AE가 된 다음 의욕적으로 기획한 야심작이었기 때문에 꼭 성공 캠페인으로 만들겠다는 의지가 강했던 때이기도 했다.

먼저 김기수 전 챔피언부터 섭외를 해두기로 전략을 세우고 명동에서 그가 운영하는 챔피언 다방으로 찾아갔다. 흰 바지에 흰 구두를 신고 잔뜩 스포티한 멋을 낸 건장한 그가 나를 기다리고 있었다.

이미 거절하기로 작정을 하고 있었는지 아무리 설득해도 요지부동이었다. 이제 천만금이 문제가 아니었다. 아무리 대우해주더라도 다시 유니폼 입고 까마득한 후배들과 광고를 찍기 위해서 같은 링 위에 올라선다는 것은 도저히 상상도 할 수 없는 일이라고 고개를 가로저었다. 벽이었다. 돌부리나 가라앉은 침전물에 된통 걸린 낚싯줄처럼 도저히 당겨지지 않는다는 느낌이 강하게 왔다.

'MBC 권투'라는 인기 장수 프로그램에서 간판선수로 활동했을 당시의 일화도 들려주었다. 라이벌 TBC에서 옮길 수 없겠느냐는 유혹이 좋은 조건과 함께 몇 번 왔지만 MBC와의 신의 때문에 거절했었다고 했다. 일본 고라쿠엥 특설 링에서 동양 챔피언 방어전이 치러질 때면 링 사이드 특석에 계시다가 금일봉으로 격려해주시고 가던

'이코노빅' 신문광고 시리즈

그룹 회장님 얘기까지 슬쩍 곁들이면서도 끝내 거절했다.

이러다 이번 프로젝트가 무산되는 것 아닌가 하는 불안감으로 실망해서 일어서 카운터로 가는 나의 옷자락을 뒤에서 그가 강하게 잡았다.

"아니, 여긴 우리 집인데 손님이 내서야 되겠습니까?" 하면서 그가 카운터로 갔다.

바지 주머니에서 돈을 꺼내더니 그가 계산을 했다. 거스름돈을 받고, 영수증을 받아서는 또르르 말더니 윗주머니에 따로 찔러 넣던 인상적인 모습이 왠지 잊히지 않는다. '철저하구나.' 하는 느낌이 들었다. 매스컴에서 간간이 보았던, 선배 권투인으로서 김기수는 아쉬움이 크다는 식의 기사가 잠시 떠올랐다. 어느 골프 클럽의 아마추어 챔피언에다 경제력까지 갖춘, 성공한 사업가로서의 이미지를 갖고 싶어 한다는 투의 기사가 전혀 틀린 말만은 아니었구나 하는 느낌이 확 풍겼다. 전설의 챔피언과의 첫 대면이자 마지막이 된 대면은 그렇게 끝났다.

당시 현역 챔피언이었던 김철호 선수가 속해 있는 극동 프로모션으로 발길을 돌렸다. 극동 프로모션 전호연 회장님 방으로 안내되었다. 국제전화로 현지 프로모터와 통화를 하는 것 같았다. 영어로 하는 것 같더니 이내 유창해보이는 스페인어로 제스처까지 써가며 열정적으로 통화하는 모습이 놀라웠다.

통화가 끝나는가 싶더니 금방 다른 전화가 울렸다. 수화기를 든 그의 음성이 쩌렁쩌렁 울렸다.

"아니, 생각해봐요. 시합 얼마 앞둔 챔피언을 당신들이 오히려 보호해줘야지. 출연을 조르면 어떡하자는 거야? 절대 안 돼요."

수화기를 탁 소리가 나도록 내려놓으며 우리 쪽으로 왔다. 공손하게 인사를 드리고 사정을 말씀드렸더니, "그래, K사장도 알고 있소?" 하고 대뜸 묻는 것이었다.

나중에 안 일이었지만 S전자 K사장과는 일본 유학시절부터 공학도로서 서로 아는 사이였고, 놀랍게도 전호연 회장은 우리나라 전기전자협회 초대회장을 맡기도 한 이력이 있는 분이었다.

그런저런 사정을 감안했는지 일이 일사천리로 쉽게 풀렸다. 챔피언 방어전을 앞두고 있다며 방송 출연까지 거절하신 분이 돌아서서는 흔쾌히 CF촬영을 승낙했나 하면 소속 선수인 김상현 선수나 여타 다른 선수들까지도 도와주라는 지시를 관장에게 바로 내렸다. 사람 좋은 김종수 관장은 그분의 사위되는 분이었는데 그것이 인연이 되어 나와는 한동안 친분을 유지하기도 했었다.

개런티가 후한 것도 아니고, 그렇다고 전 회장님께 별도로 갈비 한 짝 선물할 줄도 몰랐던 나에게 보낸 그분의 특별한 호의로 원진

체육관까지 쉽게 섭외가 되었다. 대전에서 이제 막 프로모터로서 흥행에 뛰어든 염동균 선수와도 티켓을 플러스알파로 구입하는 조건으로 합의가 되었고 홍수환, 박찬희, 김성준, 김환진 선수까지 일사천리로 섭외를 마쳤다. 홍수환 선수의 시원시원하던 태도는 왜 그가 사랑받는 선수인가를 알 것 같아서 잊을 수 없다. 유제두 선수는 차마 선수라는 호칭으로 부르지 못하고 관장님으로 부르면서 한동안 설득해서 성사시키기는 했지만, 김기수 챔피언을 빼고는 전부 출연하는데 당신만 빠져서야 되겠느냐고 집중적으로 설득한 부분에 마음이 움직였던 것 같다.

가장 힘들었던 선수가 김태식 선수였다. 신반포에 있는 한신아파트에서 잠복까지 하면서 여덟 시간여를 꼬박 기다리다가 겨우 그를 만났다. 잠복이란 말을 했지만 당시 그는 방어전에서 참담하게 무너져 돌주먹의 명성에 큰 금이 간 충격 속에 대인기피증까지 겹쳐 있어 보였다. 초점 잃은 눈으로 다소 횡설수설한다는 느낌이 들 정도로 대화의 포인트를 맞추기가 어려운 상태였다. 느닷없이 박찬희도 나오느냐고 다짐을 받는가 하면, 박찬희가 나오면 자기도 나가겠지만 안 나오면 자기도 안 나오겠다고 하다가는, 만약 거짓말로 나온다고 했을 경우는 책임을 묻겠다는 투로 나왔다.

과민반응이라고 여겨졌지만, 세간에는 박찬희 선수와 은근히 라이벌로 부추기는 기류도 있음을 알던 터라, 지금 패자로 추락한 챔피언의 불안정한 입장을 감안해서 끝까지 설득했다. 가까스로 OK를 받아내긴 했지만 충격의 늪에서 퀭하던 그의 눈과 강남의 산뜻한 새 아파트와 반쯤 열린 현관문 너머로 보이던 얼마 전에 이사 오면서 옮겨온 세간들의 이질적 풍경이 아직도 대조되며 떠오른다.

섭외 과정에 대한 이야기가 길었지만 총출연료 8백만 원으로 아홉 사람을 다 불렀으니 놀라운 성과였다.

막상 촬영 날이 되어 모든 무대준비를 마치고 엑스트라의 함성연습까지 마쳤다. 이제 선수들의 도착만을 기다리는 시간, 숨죽인 팽팽한 긴장감이 감돌고 있었다. 김상현 선수는 마산에서 비행기로, 염동균 선수는 대전에서, 한 사람 한 사람 도착할 때마다 박수와 환호가 터졌다. 요즘처럼 휴대폰이 있던 시절도 아니어서 달리 연락할 방법도 없으니 오겠지 하는 믿음을 가지고 마냥 기다릴 수밖에 없었다. 고대하며 기다렸는데 시간이 지나도 나타나지 않으면 모든 스태프들의 시선이 나에게로 집중되는 것 같아 속으로는 더 초조하고 불안했지만 내색하지 않으려 무진 애를 쓰면서 기다렸다.

그런 보람이 있었던지, 족히 한 시간 반이 지나서야 홍수환 선수가 들어오면서 긴장이 풀렸다.

촬영장이 갑자기 활기가 돌며 아홉 명의 챔피언이 한꺼번에 올라간 링 위가 파도처럼 출렁거렸다. 각자 섀도복싱을 하는데 혹시 무대가 무너질까 걱정이 되기도 했다. 장관이었다. 신이 난 스태프들이 일사불란하게 움직이면서 촬영이 진행됐고, 마침내 끝났다.

김성준vs김상현 김환진vs김철호 홍수환vs염동균 박찬희vs김태식 유제두

개런티를 받아들고 밝은 표정으로 나서던 홍수환 선수가 내게 한마디 툭 던졌다.

"수고 많았습니다. 오늘 대단했어요. 아마 WBA나 WBC 총회를 서울에서 한다 해도 이렇게 동시에 모이기는 어려울 텐데……."

그랬다. 지나고 나서 돌아보니 참으로 아슬아슬하고 무모한 기획이었다.

불과 몇 달 전에 '신용판매 안내' CF와 신문광고 모델로 탤런트 이정길 씨를 캐스팅하면서 6개월 계약에 4백만 원을 지불했던 것을 감안하면, 그 정도 개런티로 9명을 한꺼번에 링 위에 올린 것은 곡예와 같은 일이었다.

그러나 이 캠페인은 예정된 기간을 다 채우지 못하고 모든 CF를 방송에서 내리게 되었다. 원래 계획도 신제품 론칭 광고로 제품고지만 충실히 하는 것에 광고 목표를 설정하긴 했지만 그래도 예정보다는 앞당겨 방송을 중지한 것이다.

이 아이디어를 낸 브레인스토밍 때 스태프 한두 사람에게 슬쩍 귀띔으로 한 말이긴 했지만, 회장님께서 프로권투를 좋아하신다니 이 아이디어 한번 밀어보자고 했던 나의 은근한 기대가 영 빗나갔던 것이다.

나중에 그 배경 이야기를 건너서 들었다. 회장님께서 "컬러 TV 광고에 무슨 권투선수들이 우르르 다 나오나?" 하고 한마디 하셨던 모양이었다. 지나가는 투의 한마디라도, 그건 아니니 고치라는 추상같은 지시와도 같은 것을 아는 고위 임원들이 "앗, 뜨거." 하면서 서둘러 후속조치를 취하게 된 것이라고…….

우리의, 아니 전적으로 나의 오판이었던 것이다. 헝그리 스포츠였던 시절의 권투를 개인적으로 좋아했고, 훌륭한 선수를 이국 경기장에서 격려까지 했지만, 첨단 인텔리전스 제품을 상징하는 모델로 그 권투선수들을 등장시키는 것은 전혀 마뜩하지 않다는 생각을 하신다는 뜻이었다. 어떤 의미에서 그 생각이 이치에 틀린 말이 아닐 수도 있었다. 첨단 제품과 모델 사이의 '이미지의 부조화'를 우려할 수도 있을 것이다.

그러나 다행히도 광고전문가 집단들의 평가나 판매본부의 피드백에서도, 론칭 광고가 경쟁사에 일격을 가하는 성공적이었다는 평가를 나중에 들었으니 천만다행이었다. 개인적으로도 가슴을 쓸어내린, 가장 잊지 못할 추억 속의 광고이다.

송골매, 카세트 광고로 날아오르다

1981년 3월 중순이었다.

점심을 먹고 좁은 골목을 빠져나오면서 인간미 만점인 H부장이 장난기 섞은 뚱한 표정을 지으며 내게 한마디 툭 던졌다.

"우리 카세트 광고는 만날 이렇게 서자처럼 둘 겁니까?"

회의를 끝내고 늦게 시작한 점심이라 그런지 우리가 나올 때는 점심 피크 타임 때와는 다르게 골목이 한산했다. 왼쪽으로는 낡은 단층집들이 늘어서 있는데 대낮 도심에서 호객의 눈초리로 아래위를 훑는 윤락녀들이 더러 눈에 띄었다.

조선시대로 치면 성곽 바로 밖의 위치였을 이 일대에 옛날의 일부 풍속이 아직 이어져 오고 있다는 글을 어디선가 읽은 기억이 났다.

그랬다. S전자의 마이마이(mymy) 카세트 광고는 그렇게 어둡고 축축한 골목에서 번쩍! 하고 내 머리를 스친 영감과 자신감으로 태어났다.

그해 S전자의 카세트 판매목표는 30만 대였고 시장점유율이 40%, 브랜드 인지율이 80% 정도였다. 제품 라인업 모노(mono) 9개 모델 중에서 레저용과 대중용 한 기종이 주력제품이었고, 스테

CM송 콘테스트 론칭광고

레오는 8개 모델이 있었다.

그때까지만 해도 모든 카세트 업체들이 똑같은 광고 패턴을 유지하고 있었다.

봄이면 입학과 졸업을 테마로, 여름이면 바캉스, 겨울이면 크리스마스와 연말 선물을 타깃으로 한 이벤트성 제품광고를 똑같이 펼치는 되풀이가 고작이었다. 이제 그 스크럼을 깨고 선두를 치고 나가 변화를 이끄는 주역으로서의 역할을 주문받았고, 그 주문에 멋진 화답을 보내야 할 때가 온 것이다.

회사로 돌아오자마자, 그 사이 머리에서 정리된 캠페인 내용을 써 내려갔다.

일사천리로 정리된 캠페인의 기획안은 1주일 뒤 제출되었고 바로 승인이 났다. '작은 예산으로 최대한의 효과를 겨냥한 아이디어가 넘치는 제안'이란 찬사와 함께 액션 플랜에 돌입했다.

맨 먼저, 카세트의 심벌 모델과 펫 네임(pet name, 사람이나 동물의 애칭으로 쓰이나, 광고와 마케팅에서는 제품의 별칭을 의미함) 선정을 위한 중학교, 고등학교, 대학교 총 3백50명을 대상으로 한 면접 설문조사에서 카세트와 어울리는 가수로 '송골매 그룹'이 가장 많은 추천을 받은 것으로 집계되었다. 설문지를 작성한 우리도 전혀 예상하지 못한 결과였다.

광고주 담당자들의 반응도 놀라움 그 자체였다. 불과 보름 전쯤, '송골매' 멤버들이 판촉팀을 방문해서 제안한 공연 팸플릿 협찬 광고도 거절했는데 어찌 이런 결과가 나왔는지 황당하다는 반응이었다. 불과 몇 년 전에 대학을 졸업하고 사회생활을 시작한 신참 직장인들인 초년병 담당자들까지도 기저에서 형성되고 있던 새로운 시대의 흐름을 감지하지 못했던 것이다.

70년대 말부터 80년대 초반까지도 철저히 기성세대 중심의 문화였다. 10대, 20대가 끼어들 틈이 없었던 그때 '송골매'가 록(rock)으로 그런 질서를 뚫고 젊은 층의 정서를 대변하는 세력으로 막 변화를 유도하기 시작했던 것이다.

'송골매'에 대한 나름대로의 분석 작업이 진행되었다.

1979년 TBC 해변가요제에서 '런웨이'(활주로)라는 팀명으로 출전했던 항공대의 록 동아리 배철수 등과 '블랙테트라'라는 팀으로 출

캠페인 시리즈 광고

전했던 홍익대의 구창모 등이 함께 모여 새로 출발한 그룹이었다.

모델로 계약할 때는 배철수, 구창모, 김정선, 이봉환, 오승용, 김상국 등이었으며 아마 송골매의 최전성기 진용이 아니었을까 싶다.

국내 최초로 카세트만의 전속 모델로 '송골매'를 기용해 그들이 부를 CM송 가사와 곡 모집, 카세트 편지 콘테스트 등의 이벤트를 펼쳤다. 방송에서는 군부의 정통성 없는 집권에서 오는 젊은 층의 저항정신을 누그러뜨리기 위한 정책적인 영 프로그램(Young Program)이 서서히 늘어났다. 보기만 하는 것이 아니라 직접 참여하는 프로그램과 이벤트가 점점 물결을 타던 때라, 송골매를 심벌 모델로 등장시킨 카세트 캠페인의 '느끼고 반응하자'는 슬로건은 딱 맞아떨어졌다. 캠페인 슬로건으로서의 요건들, 이를테면 짧고 명확하게, 적절하게, 흥미롭게, 독창적이며 기억하기 쉽게 등을 갖춘 재치 있는 슬로건이었다. 캠페인에 대한 참여와 관심은 판매로 이어졌고, 판매목표도 달성되었다.

1차 캠페인의 성공은 내가 떠난 그 후로도 1984년의 '카세트 거리' 캠페인, 1986년의 '마이마이 카세트 불우학생 돕기, 들국화 자선 콘서트'로 이어지며 당시로서는 최대 히트 이벤트를 탄생하게 하는 디딤돌 역할을 했다. 그 발판을 누가 만들었는지는 까맣게 잊고 당시의 자기들 실적에 들떠 도취되어 있던 담당자들을 회상하며 혼자 웃을 때가 있었다.

여담이지만, '송골매'는 이제 추억 속의 그룹이 되었지만 '송골매'를 실질적으로 리드했던 배철수는 요즘 와서 활짝 인생의 전성기를 꽃피우는 느낌이 든다. 7080세대의 추억의 불쏘시개가 되어 소박하고 담백한 입담으로 가까이 다가서는 그의 편안한 모습에 모두가 친근감을 느끼는 것이리라.

배철수의 목소리를 흉내 내는 배칠수란 개그맨의 인기가 치솟고, 영화배우 송강호와 함께 어느 '엔진오일 CF'에서 "차 값이 얼만데?" 하는 목소리만으로 송강호와 똑같은 모델료를 받았다니 30년 전에 그를 모델로 끌어들였던 당사자로서는 어쩐지 만감이 교차하면서 보람도 크게 느껴진다. 게다가 요즘 어느 CF에서는 캐리커처만 화면에 나오는 고품격(?) 모델광고 전략까지 구사하고 있다.

"저희 여섯 명이니까 계산하기 쉽고 똑같이 나누게 6백만 원쯤 주세요."

이 한마디로 출연료 합의를 끝내고 씩- 웃던 그때의 풋풋하던 웃음이 아직도 그의 얼굴 한편에 그대로 남아 있는 것 같다.

Y양의 미스터리

1982년 가을이었다.

이제 막 새로 출범한 신생화장품 회사를 새로운 클라이언트로 맡게 되었다. 쟁쟁한 선발 경쟁사들 틈바구니에서 이제 갓 태어난 가냘픈 후발 화장품 메이커의 조심스러운, 그러나 분명한 탄생을 알리는 차별화되고 개성적인 목소리가 필요한 때였다.

제품이라야 겨우 기초화장품 6종 세트 한 가지였다. 콘셉트는 '피부미인'이고 모델은 Y양. 모델은 이미 그쪽에서 정해져 왔으므로 선택의 여지가 없었다. 얼굴선이 확실하게 목으로 내려가지 못한 아쉬움에다 약간 부자연스런 눈매가 첫눈에 잡히는 데뷔 2년차 신인이었다.

여성미(女性美)의 기준으로 흔히들 꼽는 CPCP, 즉 charming(매력), personality(개성), culture(교양), proportion(신체적 균형미)이 화장품 광고 모델을 뽑는 하나의 척도라면, 어딘가 모르게 조금씩 아쉬움을 주던 Y양이었다.

화장품 광고 모델은 언제나 최고의 모델만이 할 수 있고, 광고 수준 또한 가장 세련된 카피와 사진, 레이아웃 등이 어우러진 하나의 작품으로 경연장을 이루던 때였다.

'피부미인'이라는 콘셉트에 어울리게 대구 근교의 9월 사과밭에서 빛깔 고운 홍옥(紅玉)을 따들고 얼굴에 살포시 갖다대는 이미지 컷 촬영을 끝내고, 제품촬영은 스튜디오에서 계속되었다.

8시가 되었을까. Y사의 홍보팀장이 스튜디오로 들어섰다. 두리번거리더니 내게로 왔다. 계약도 했고, 이제 우리 식구가 됐으니 윗분께서 저녁식사 한번 하고 싶어하신다면서 좀 데려가려고 왔다는 것이었다. 난감했다. 감독이나 촬영 스태프들이 무슨 이런 경우가 있나? 하는 뜨악한 얼굴로 서로를 쳐다봤지만 보낼 수밖에 없었다. 오늘 촬영은 끝내고 다음날 다시 해야 하니까 그로 인한 모든 문제는 우리에게 책임이 없다는 점을 분명히 한 뒤, 홍보팀장이 Y양을 데리고 사라졌다.

며칠 후 다시 촬영 날짜를 잡았고 입이 한 뼘이나 나온 감독이 다시 레디 고를 외치는 한쪽에서 나와 Y양의 매니저격인 이모가 만났다. 지방에 있는 부모님 대신 이모님이 Y양을 돌보고 있었다.

한 두어 해, 팔자에 없는 탤런트 매니저 역할에 이모님은 지쳐 있었고, 불안감마저 내비쳤다. 방송국 주변에서 채홍사(採紅使)란 악명이 솔솔 풍겨 나오던 모 PD가 계속해서 좋은 역을 맡게 해줄 테니 파티 좀 안 가겠느냐고 노골적으로 눈치를 몇 번 주더라고 했다.

'응하지 않았더니 고만고만한 배역만 자꾸 감질나게 들어와서 집어치울 수도 없고…….'

Y양의 이모님은 그저께 밤에 있었던 얘기를 꺼내면서도 놀라움과 분노가 교차되는 표정을 지었다.

홍보팀장과 Y양이 함께 탄 차를 택시로 뒤따라갔더니 한남동 모한정식 집으로 들어가더라고 했다.

일단 확인하고 밖에서 한 시간을 기다렸다가 그 한정식 집으로 전화를 걸어 Y양 이모인데 Y양 좀 바꿔달라고 했더니 첫 번째는 오지 않았다고 하더란다. 무슨 소리냐, 함께 와서 들여보내고 지금 밖에서 기다리다가 전화한다고 했더니, 그제야 한참 만에 Y양을 바꿔주더라고 했다.

밖에 보호자가 기다리는 것을 알고부터는 집 안에 있던 Y양에 대한 태도가 바뀌었던 모양이었다.

Y양의 말에 따르면, 큰 방에서 마담으로 보이는 여자와 높은 분과 Y양 셋이서 저녁을 시작했지만 사이사이 마담은 자리를 뜨며 두 사람의 분위기를 유도하더라는 것이다. 튼튼한 스폰서가 밀어주시니 이제 톱스타가 될 날이 금방 올 거라는 등 바람잡이 역할을 충실히 하면서.

화장실을 갔던 그분이 가만가만 뒤로 와서 어깨를 양손으로 툭 치면서 "놀랐지?" 하는 어색한 스킨십도 슬슬 걸어오고.

그러던 차에 이모님의 전화가 덜컥 걸려오는 바람에 산통이 깨져버린 것이었다.

결국 Y양은 그 선망의 화장품 모델을 재계약 없이 1년으로 끝내고 말았다. Y양과 그 이모님의 힘겨운 행보와, 그래도 바른 길로만 가보려는 안간힘이 옆에서 보기에도 힘들어 보였다.

그 인연으로 몇 번 단발모델로 기용도 했고, CF에서나마 톱스타와 짝을 이룬 역할을 맡기기도 했다.

그러던 어느 날, 막 출근을 해서 자리에 앉자마자 전화가 울렸다. Y양의 이모님이었다. 긴급해서 그러니 이해 바란다면서 마땅히 어디 부탁하기도 두렵고 해서, 믿고 내게 전화한다고 했다.

용건을 듣고는 나도 금방 묘책이 떠오르지 않았다. 어떤 잡지 표지 촬영차 수원 쪽인가로 간다고 나간 뒤 만 하루가 지나도록 연락이 없다는 내용이었다. 아주 비밀리에 신고를 좀 하는 방법이 없겠느냐면서.

그래도 명색이 탤런트로, 어느 정도 얼굴이 알려진 터에 괜히 신고했다가 아무 일 없이 돌아오면 어떻게 될까, 그 점이 마음에 걸렸다. 난 직감으로 말했다. 신고가 능사가 아닌 것 같으니 오늘 오후까지만 기다려보고, 저녁때쯤 신고여부를 결정하자고 권하면서 무슨 나쁜 일이야 있겠느냐고 안심을 시켜 드렸다.

오후 3시쯤 되었을 때, 이모님이 다시 전화를 걸어 왔다.

"혹시 신고 안 하셨죠? 없던 일로 해주세요. 우리 아이 들어왔으니까요."

신신당부하며 서둘러 전화를 끊으셨다.

그 뒤로는 Y양과 이모님이 다시 연락한 일도 없고 안부를 전한 일도 없이 오늘까지 흘렀다. 미국으로 갔다는 풍문을 얼핏 들은 것 같기도 하지만, 평범한 주부가 되었을 Y양이 가끔 생각날 때가 있다.

커피 CF에 출연할 뻔했던 미당(未堂) 선생 이야기

18세기 프랑스 외교관이었던 탈레랑(Charles-Maurice de Talleyrand-Périgord, 1754~1838 프랑스 정치가 외교관 파리 출생. 주영대사)의 커피 예찬 시는 유명하다.

커피의 본능은 유혹
강한 향기는 와인보다 달콤하며
부드러운 맛은 키스보다 황홀하다
악마(惡魔)같이 검고
지옥처럼 뜨거우며
천사같이 순수하고
사랑처럼 달콤하다

The instinct of the coffee is temptation.
Strong aroma is sweeter than wine,
Soft taste is more rapturous than kiss.
Black as the devil,

Hot as hell,
Pure as an angel,
Sweet as love.

커피 CF에 미당 서정주 선생님이 출연할 뻔했던 일이 있었다.

D사의 냉동건조 커피는 종래의 분무건조 커피와는 차별되는, 구수하고 진한 맛과 향으로 국내 인스턴트 커피시장의 최고급 브랜드로 자리 잡고 있었다.

커피의 대명사라고 해도 과언이 아닐 정도로 확고한 위치를 다지고 있었다. 그 맥심 CF와 신문광고 캠페인을 기획하면서 문화예술계의 '명사 편'에서 미당 선생을 모시기로 내부적으로 결정했으니 선배님이 좀 도와달라면서 담당 AE가 나를 찾아왔다.

아마 1987년이었던 것 같은데 계절은 딱히 기억이 나지 않지만 초가을쯤이 아니었을까 싶다. 마침 나도 그 회사를 담당했던 적이 있는 선배 AE이기도 했고, 또 개인적으로도 미당 선생님께 내가 말씀을 드릴 수 있지 않을까 하고 그 후배가 기대했던 모양이다.

그가 돌아가고 난 뒤 곰곰이 생각해보니 쉬운 일은 아닐 것 같았다. 어떻게 말씀을 드릴까? 아무리 생각해도 뾰족한 묘안은 없었다. 일단 전화를 드린 다음 찾아뵙고 보자는 마음을 굳혔다.

다음날, 선생님께 전화를 드렸다. 퇴근 때 오면 좋겠다는 대답을 주셨다. 예술인 마을에 있는 자택으로 갔다. 손수 대문을 열어주시며 사모님께서 내 손가방 쪽으로 몇 번 눈길을 주셨다. 나중에 듣고 보니 당시에는 선생님께서 '절대 금주'를 권고 받고 있던 상황이어서 사모님 모르게 제자들을 시켜 술을 가져오는 경우가 종종 있던 터라 또 그러시지나 않나 하고 의심이 나서 그랬던 모양이다. 그러고 보니 몇 해 전에 뵈었을 때보다는 약간 수척해 보이셨다.

바로 그 전해, 도쿄 행 비행기 안에서였다. 좌석을 확인하며 들어가고 있는데, 앞쪽 이코노미 클래스에 선생님이 사모님과 나란히 앉아 계셨다. 일본을 들렀다가 유럽을 돌아오는 원행이라고 했다. 두고두고 선생님이 비난받는 빌미가 되었던 바로 그 '범세계 한국예술인총연합회'를 결성하려는 목적으로 나선 길이었던 것 같다. 새로 출범한 전두환 정권이 조국의 정치 현실과는 반대의 입장에서 활동하는 해외예술가들을 화합적 차원에서 다독거려보려는 다분히 정치적 목적의 앞자리에 한동안 미당 선생님이 계셨던 그 시기였던 것으로 생각된다. 일본을 거쳐 프랑스로 가서 윤이상 선생을 만날 스케줄을 갖고 있다고 얼핏 말씀하셨던 것도 기억난다.

나리타공항 입국심사대 앞에서 작별인사를 드리고 헤어졌는데, 다음날 저녁 우연히도 신주쿠에 있는 유명한 한국음식점에서 선생님을 다시 조우하게 되었다. 아주 반갑게 손짓을 하시기에 무슨 일인가 했더니, "자네 특별히 짐이 되지 않으면 이 책들 좀 가져갔다가 집으로 갖다 주겠나?" 하시면서 책 보퉁이 하나를 내미셨다. 그제야 책과 선생님 일행을 번갈아 보니 일본 문인들인 것 같았고, 얼핏 본 한 얼굴은 매스컴에서 본 이시하라 신타로가 틀림없어 보였다. 숙소에 와서 보니 예상대로 책이 여섯 권이었는데 〈태양의 계절〉도 이시하라의 사인과 함께 들어 있었다.

이때의 친 전두환 정권 행보 때문에 미당 선생님은 아끼는 제자들과 후배 문인들의 등 돌림을 겪었고 오랫동안 철저히 소외된 위치에서 쓸쓸하게 보내셨다. 한 달쯤 뒤, 자택으로 책 보퉁이를 들고 다시 방문했다. 2층 서재의 작은 안상에 마주 앉아 맥주 한 잔 주시던 기억도 떠오른다. 중간 중간에 사모님께서 서제로 올라오셨다가 내려가시곤 하셨는데, "할망구가 나 술 마시지 말라고 감시하는 거야." 하고 어린애 같은 천진한 표정을 지으시던 일이 엊그제 같다.

가져간 CF 콘티를 개략적으로 말씀드리고, 절대로 선생님 명예에 손상을 입게 하지 않을 것이라는 점을 누누이 강조해드렸다. 일본이나 외국에서도 CF에 유명 인사들이 출연한 사례를 줄줄이 예로 들면서…….

"집 할망구가 뭐라고 할지 모르니 빨리 찍어버리자."고 하시는 선생님의 허락을 등 뒤로 하며 가벼운 발걸음으로 돌아왔다.

다음날 그 후배를 불러, 선생님 마음 변하시기 전에 빨리 성사시키고 한 컷을 우선 찍으라고 일러줬다. 그러나 며칠 후에 미당 선생님을 찾아뵌 실무 팀들의 부주의가 일을 그르치고 말았다. 그렇게 신신당부했건만 선생님을 찾아뵌 AE와 카피라이터, CF 감독 일행이 방문 목적과 본분을 잠시 깜빡 놓치는 바람에 모든 것이 허사가 되고 만 것이다.

난생 처음 대시인을 자택에서 뵙게 된 경력 짧은 프로들이 그만 미당 선생님의 말씀과 한 순배 맥주와 기념촬영에 정신이 빠지는 바람에 방문 시간이 길어져버렸던 모양이다. 사람이 그립던 시절의 선생님께서 예의 바른 젊은이들을 앞에 두자 이야기보따리가 터지셨던 걸까.

계약금을 드리고 정원에서 스틸 사진 몇 커트라도 우선 맛보기로 후닥닥 찍고 왔어야 하는 건데……. 며칠 후 다시 방문을 하겠다고 약속드리고 돌아온 다음에 사태를 파악한 사모님께서 '절대불가'를 선언하신 바람에 일은 틀어져버렸다.

"이군! 미안하지만 없던 일로 해야겠어. 할망구가 펄쩍 뛰어."

다음날 내게 전화 주신 이 한마디로 모든 것이 종료되고 말았다.

급기야 조병화 선생님 쪽으로 방향을 틀어 맥심 CF는 빛을 보게 되었다. 작가 김은국 선생, 가야금 명인 황병기 선생으로 명사 편은 이어졌다.

나중에 황병기 명인께서 어느 글에서 그때의 소회를 남기셨는데, 불발탄이 된 미당 선생님의 지난 스토리와 겹치면서 나 혼자 웃을 때가 있다.

"뜨거운 맹물만 마시면서 커피광고를 찍는데, 30초짜리를 그렇게 며칠을 두고 찍는 줄은 몰랐지. 우리나라의 가야금격인 일본 고토(箏) 명인이 출연한 CF를 보여주면서 설득하는 바람에……. 어쨌든 가야금으로 커피 광고를 한 게 아니라 커피로 가야금 광고를 한 거지 뭐."

그 뒤로 생전의 미당 선생님께서 맥심의 명사 편 광고가 줄줄이 이어지는 것을 보셨다면, 어떻게 말씀하셨을까?

"에이, 고것 안 하길 잘했군!" 하셨을까. 아니면 "할멈, 거봐. 해도 괜찮았을 것을 그랬어!" 하셨을까.

고향 고창의, 천지가 진동하는 국화꽃 향기 속에 편안하게 누워 계실 미당 선생님께 오늘은 뜨거운 커피 한 잔과 차가운 맥주 한 잔을 동시에 올리고 싶다.

주현, 김혜자 남편이 되다

우리나라의 조미료 광고는 일대 전쟁이라고 불러도 좋을 만큼 치열했던 역사를 가지고 있다. 시장 일선에서는 경쟁사 판촉 직원들끼리 각목이 난무하고 급기야 사망자까지 속출한 것이 매스컴에 대대적으로 보도될 정도로 과열 상태였다.

자연히 광고도 서로 달아오르고 경쟁적이고 자극적인 메시지를 날리게 되었다.

화학조미료 시장에서는 열세를 면하지 못하는 J사였다. '뭐니 뭐니 해도 미원!'이란 이 한마디 슬로건의 메가톤급 위력에 소비자의 마음을 다 빼앗긴 후발주자의 설움은 백방으로 묘안을 짜도 속수무책이던 시절이었다. 그러나 80년대가 되고 경제적 기지개가 켜지고 소득수준이 높아지면서부터 건강에 대한 관심이 부쩍 높아지게 되었다. '화학'보다는 '천연', '인공'보다는 '자연'이란 콘셉트가 힘을 얻는 시대로 하루가 다르게 옮겨가는 것이 마케팅의 새로운 추세로 등장한 것이다.

J사가 그렇게 힘을 들여도 안 움직이던 천연조미료 시장에서 변화가 일어나기 시작했다. 1975년 11월에 첫 출시를 한 '다시다'가 서서

히 움직이기 시작했다. 화학조미료 시장에서는 열세였지만, 천연조미료 시장에서만은 다시다가 No.1 브랜드로 앞서가는 입장으로 역전되었다.

J사로서는 절호의 찬스를 맞이한 셈이다. '쇠고기 국물 맛, 쇠고기 다시다'라는 콘셉트를 내세워 경쟁사 '맛나'의 추격을 철저히 따돌리는 새로운 마케팅 전략이 필요하게 된 시점이었다.

'새 술은 새 부대에'란 말처럼 모델 전략도 새롭게 세웠다. 그때까지 김혜자라는 빅 모델이 고군분투해오고 있었다. 최고의 톱 모델로도 열세에 있는 상품 이미지를 끌어올리는 데는 효과적인 처방전이 되지 못했다. 게다가 남자 모델은 딱히 정해져 있지 않아서 그때그때 상황에 따라 무명 모델이나 심지어 아마추어 모델까지 등장시키던 실정이었다. 그래서 김혜자 씨에게 어울리는 남자 모델을 새로 선정하기로 했다.

한동안 J사 내부에서나 우리 쪽에서도 집중적 검토에 들어갔지만 이거다 하는 해답이 나오지 않는 과제였다. 시간에 쫓기기 시작했다. J사 마케팅실에서도 왜 빨리 후보자를 제시하지 않느냐고 독촉이 빗발쳤다.

그러던 1984년 4월 초 어느 휴일이었다. 마땅한 사람이라도 어디 없나, 하는 마음으로 텔레비전 채널을 이리저리 바꿔가면서 보고 있었다. 우리끼리 하는 말로 신문을 봐도 밑에서부터 보고, 텔레비전을 봐도 CF부터 본다고 하지만, 그날은 적당한 모델을 찾느라 드라마 프로그램들을 집중적으로 보고 있었다.

KBS의 '불타는 바다'라는 프로그램도 그중의 하나였다. 현대의 중동건설 현장을 테마로 한 다큐멘터리 스타일의 특집 프로그램이었다. 별 기대는 하지 않았지만 남자 탤런트들이 많이 등장하기에 채널을 돌리지 않고 보고 있었다.

그중의 한 사람에게로 내 눈길이 갔다. 헬멧을 쓴 투박한 얼굴에서 강렬함이 풍겼다. 텔레비전에서 자주 본 것 같지는 않았지만 그래도 낯익은 얼굴이었다.

한번 눈길이 가는 바람에 그 프로그램을 끝까지 봤다. 마음속으로는 김혜자 씨 옆에 그가 서 있는 영상 커트를 그려가면서 그의 특징적인 부분을 눈여겨봤다. 속으로는 "됐다!" 하는 생각이 퍼뜩 들었다. 그 생각은 더욱 확신으로 변하면서 스스로 자기 암시를 키워갔다. '월요일 아침이 빨리 왔으면…….' 하고 기다려졌다.

출근하자마자 스태프들을 회의실로 소집했다. 나 외에는 카피라이터나 PD, 디자이너, 어느 누구도 그 프로그램을 본 사람이 없었다. 답답했다. 그때 발행되던 〈TV가이드〉가 생각났다. 지난 호부터 최근호까지 가져다 놓고 뒤졌다. 마침 거기에 '불타는 바다'를 소개하는 주말 프로그램 코너에 주현 씨의 사진이 곁들여 있었다. 여권사진보다도 작은 흑백사진이었다.

어렵게 찾았지만 스태프들의 반응은 심드렁했다. 주현이란 인물 자체에 대해 갖고 있는 이미지가 없는 데다 그 프로그램을 보지를 않았기 때문에 더욱 그랬다.

고작 눈앞에 내민 조그만 흑백사진 한 컷으로는 느낌이 공유되고 합의를 받기 어려운 것이 어쩌면 당연했다.

할 수 없이 어제 그 프로그램의 녹화테이프를 구해오도록 했다. 몇 시간 후에 다시 모여 그 프로그램을 본 몇 사람의 눈에서 긍정적인 흐름이 보였다. 다른 대안도 없는 데다 절대적으로 시간이 없기 때문에 더 그랬을지도 몰랐다.

간단한 프로필과 함께 녹화 테이프를 검토한 J사 쪽에서 일단 섭외에 들어가라는 사인이 떨어졌다. 결자해지, 내 몫이었다.

우리 회사가 있는 빌딩의 지하 커피숍에서 만난 주현 씨는 한눈에도 소탈함이 넘쳤다. 그도 아주 적극적으로 응해왔다. 본론에 들어가서 계약기간과 모델료 얘기가 나왔다. 나는 속으로 모델료가 높으면 안 된다고 사전지침을 준 J사 실장의 말을 머릿속에 빙빙 돌리며 먼저 그쪽에서 제시하도록 밀어보았다.

누가 먼저 가이드라인 제시를 했는지는 확실한 기억이 없지만 뜻밖으로 아주 쉽게 예상 금액 밑으로 얘기가 진행됐다.

광고주의 최종합의도 쉽게 떨어졌다. 계약기간은 4월 15일~12월 31일까지, 총액 1천1백만 원, 거마비 회당 10만 원, 녹음료 회당 15만 원. 그랬다, 그 정도면 사실 쾌재를 부를 금액이었다.

나중에 그에게서 들은 얘기지만 그 당시는 화급한 용도로 쓰기에 딱 필요했던 만큼의 액수였고, 또 한 가지는 프로그램에서는 한 번도 같이 출연해보지 못한 최고의 탤런트 김혜자 씨의 상대역을 맡는다는 것이 더 없는 영광이어서 더 길게 생각할 것도 없이 결정했었다고 했다.

CF나 인쇄광고물을 찍으면서 두 사람의 호흡도 점점 더 맞아갔고, 다시다의 시장 상황도 괄목할 만한 성장이 있었다. 결과적으로 주현 씨의 캐스팅은 성공적이란 평가가 내려졌고, 그 뒤로도 한동안 해마다 계약 연장이 되면서 자연히 모델료도 높아져 갔다.

내가 가지고 있는 1987년 자료에는 다음과 같이 남아 있다.

지나간 시절의 자료이고, 이 내용은 당시로는 대외비로 했지만, 그 내용 자체는 공식적으로 계약을 하고 세무처리까지 하는 자료이기 때문에 지금 와서 밝힌다고 해서 무슨 문제가 있으리라고는 여기지 않는다.

얼마를 받고, 세금으로 얼마를 내는지 궁금해 하신 분들에게는 작은 의문이 하나 풀리는 셈일지도 모르겠다.

1987년을 예로 보자.

김혜자 씨는 총액이 7천만 원(거마비 제외)이었다. 그중에 소득세, 교육세, 방위세가 합해서 1천115만6250원이니, 실제 수령은 5천884만3750원이었다. 물론 이듬해 내는 종합소득세는 별도이다.

주현 씨의 경우는 총 3천5백만 원이었고, 똑같은 항목의 세금을 뺀 3천455만3750원이 실수령액이었다.

인기와 지명도에 따라 이렇게 개인별 편차가 많은 것은 당연한 것이며, 이런 추세는 요즘에는 훨씬 더 양극화 현상을 이루고 있는 것이 현실이다. 물론 모델료 상한선도 엄청 높아져 있다.

당시로도 김혜자 씨가 받는 모델료 7천만 원은 엄청난 금액이었다. 결재서류에 쓰인 계약금 금액을 보고는 사인을 획 돌리며 가벼운 "젠장!" 소리와 함께 안경 너머로 짧게 나를 건네 보던 당시 CEO의 표정이 묘하게 찌푸려져 있었다.

아마 대기업 CEO인 그의 연봉을 떠올리지나 않았을까?

참고자료

*1987년 국내총광고비 : 1조 원

*1987년 12월 필자의 급여명세(당시 부장 직급)

본봉 : 687,500

직무수당 : 100,000

기타수당 : 237,500

계 1,025,000원

*1987년 7월, 당시 광고료 최고 단가 Program

MBC-TV 드라마

'사랑과 야망' (토, 일 60분)

CM 15초 운행 1회 광고비 : 4,290,000원

최고 인기 여가수 L에서 김상희로 바뀐 조미료 광고

1986년 11월 27이었다.

강남의 어느 고급 빌라 촌에 있는 L씨 자택으로 갔다. 크고 조용한 빌라에서 첫 인사를 나눴다. 요즘 표현으로 '쌩얼'이었다. 얼굴에 얼핏 흉터 같은 것도 감춰지지 않았던 것으로 기억된다.

J사의 신제품 조미료 광고의 캠페인 모델로 전혀 뜻밖의 인물을 기용하는 깜짝 쇼를 연출하기로 하고, 고심 끝에 한 번도 광고에 등장한 적이 없는 가수 L씨를 점찍었던 것이다.

쉽게 섭외가 될 거라고는 생각지 않았지만 막상 마주 앉고 보니 역시 숨이 꽉 막히는 느낌이었다. 이제 관록이 붙어서 몇 마디만 나눠보면 아, 이건 되겠구나, 어렵구나 하는 느낌이 금방 오는데, 어렵겠구나 싶었다. 팔씨름을 하기 위해 서로 손을 잡는 순간 바로 승패가 직감되는 것과 똑같은 느낌이랄까.

해도 좋고, 안 해도 좋다는 식으로 이미 마음속으로 딱 선을 그어놓고 있는 것이 표정과 말투에 강하게 드러났다. 6개월 단발광고이니 그만큼 부담이 적다는 점을 내세웠다. 내심 이 정도면 하는 회심의 금액을 먼저 제시했건만 냉담한 반응이었다. 그 액수보다도 배

정도의 액수를 요구했다. 내 개인적으로는 요구한 액수가 커서 놀란 것보다도, 그분의 다음 말이 마음에 두고두고 걸렸다.

"돈 많은 재벌 그룹에서……."

그 정도 생각하면 쓰든지, 싫으면 그만두라는 것으로밖에 느낄 수 없는 그때의 팍팍한 분위기가 싫어서 일어서 나왔다.

차선책이 최선책이 되어 다행히 그 자리를 김상희 씨로 선회했다. 만남부터 OK까지가 시원시원했다. CF 1편, 신문 2회의 출연료로 2천2백만 원에 합의했다. 촬영장에서는 알이 없는 까만 뿔테 안경으로 바꿔 끼면서까지 적극적이고 즐겁게 응했다. 몇 번이고 반복하는 단순한 동작에도 얼굴 한번 찡그리지 않았다. 따뜻한 인품이 더욱 그분의 노래를 돋보이게 했다.

역시 어떤 분야에서든 프로와 프로가 만나서 하는 일은 양보할 것과 양보하지 말아야 할 것은 분명하게 구분하면서도, 상대에게 따뜻한 배려를 잊지 말아야 한다는 것을 그때 깊이 깨달았다.

그래서 탐험가는 발견하고, 과학자는 발명하고 AE는 발탁한다고 했던가!

대형 클라이언트의 AE가 아니면 불가능했던 만남들

밤낮없이 힘들게 뛰어야 하고 스트레스가 극심한 자리였지만, 지금 와서 돌아보면 그래도 국장 때까지는 보람 있고 행복했던 시절이었다. 국내에서는 최고의 빅 클라이언트를 담당했기에 맛볼 수 있었던 성취감도 많았다. 그 많은 제품들과 변화무쌍한 마케팅 상황에 따라 수시로 전략전술이 바뀌면서 뛰어가다 보니 언제 그렇게 세월이 흘러버렸는지도 모를 만큼 정신없이 보낸 것 같다.

참 많은 사람을 만나기도 했고, 칵테일파티에서의 잔 부딪힘처럼 금방 금방 또 돌아서기도 했다.

항상 일에 치여서 살다 보니, 일이 끝나면 또 다른 사람, 당장 필요한 사람을 좇아 뛰게 된다. 그러다 보니 좋은 인연을 이어가지 못한 아쉬움과 내 부족함이 커다랗게 뚫어진 동공처럼 보인다.

언뜻언뜻 옛 하늘을 살별처럼 스치는 얼굴들이 있다.

S전자 CF를 찍고 여의도 포장마차에서 소주잔을 연신 털어 넣으며 밤늦게까지 어울렸던 임채무 씨, 젊은 날의 추억을 털어놓다가 화장실에서 크레졸을 마셔버려 혼비백산 했던 J양 이야기까지 쉿!

하면서도 쏟아놓고 말았던 일…….

이산가족 방송으로 유명세를 탄 유철종 선생님을 '신용판매 론칭 광고'에 모셨던 일도 생각난다. 한참 선배이시면서도 끝까지 흐트러짐 없이 대하시면서 최고의 음식점까지 불러주셨던 일도 잊지 못할 추억들이다.

냉장고 광고를 위해 이상벽 씨와 오미희 씨를 섭외했던 일, 김창숙 씨가 운현궁 스튜디오에서 촬영을 하는 동안 부군께서 승용차 속에서 밤을 새우며 기다리던 일, 사미자, 김용림, 정혜선 세 분이 한꺼번에 출연해서 세 분의 마음이 상하지 않도록 균형적인 배려에 힘들었던 조미료 광고도 바로 엊그제 일만 같다. 제품은 또렷이 기억나지 않지만 전양자 씨와도 즐겁게 일했던 기억과 함께 그분의 따뜻한 마음씨가 아직도 잊히지 않는다. 또 이경진 씨도 광고에 출연했던 인연으로 자신이 운영하던 대형 음식점으로 우리 스태프들을 초대했던 일도 즐거운 추억이다.

또 S제약 광고 때문에 만났던 임하룡, 박미선, 박규채, 오지명, 김진해, 서승현, 이영후 씨 등과의 만남도 잊을 수 없다. 특히 이영후, 서승현 두 분과의 오랜 작업과 해외 로케이션 후일담은 따로 이야기하려고 한다.

3. 어느 날의 토모그래피(Tomography)

시인이 괴로워하는 사회는 병든 사회이고
토끼가 괴로워하는 환경은 오염된 환경이고
AE가 괴로워하는 분위기는?

옛날 자료들을 간추리다가 눈에 띈 1979년 업무수첩 한 귀퉁이에서 발췌한 낙서 구절이다.
아마 부서단위의 '개발회의'를 하다가 쌓인 갑갑증과 스트레스를 그런 푸념으로 끼적거렸던 것 같다. 새로운 거래를 탐색하고 효과적인 유치 전략을 세우기 위해 정기적 또는 수시로 열리는 회의를 개발회의라고 불렀다. 주로 부서장이 목표를 부여하고 중간 중간 체크를 하며 진행 상황을 독려하는 자리여서 엄청 스트레스를 받게 된다. 현재 업무가 목표 미달일 경우에는 새로운 개발 실적으로 채워야 하기 때문에 스트레스의 무게는 더 커진다.
그야말로 '영업용 빈 택시처럼 오라는 데는 없는데도 가야 할 곳은 많은' 처량함을 뼈저리도록 느끼는 시간이다. 그래서 광고회사의 AE들에게 '신규개발' 또는 '경쟁프레젠테이션'이란 말은 귓가에 스치기만 해도 움찔할 만큼 지겨우면서도 피하지 못할 터널과 같은 것이다.
어느 시대, 어느 자리인들 어렵고 힘들지 않은 곳이 있을까만, 광고회사 AE가 순간순간 만나는 괴로움은 어떤 것들이었을까? 그 많은 군상들의 모습을 단층촬영(Tomography)하듯, 지난날의 내 비망록에서 발췌해보았다.

쥐포수

포수(捕手)라면 그래도 멧돼지까지는 안 되더라도 적어도 꿩이나 산토끼쯤은 잡아야 할 것 아닌가. 그런데 고작 잡는 대상이 쥐라고 한다면 그게 어디 포수라고 할 수 있겠는가.

'쥐를 잡는 포수'라는 의미의 '쥐포수'란 말은 대의(大意)보다는 소의(小意)를 좇아 행동하거나 아주 작고 하찮은 눈앞의 이익만을 탐해서 좀팽이 짓을 하는 사람을 가리켜 비유적으로 하는 말이다. 특히 사내답지 못하고 쩨쩨한 소인배를 지칭할 때, '꼭 쥐포수 같은 인간'이라는 표현을 쓸 때가 있다.

입사 후 얼마 동안 한 부서에 근무했던 F가 꼭 그런 범주에 들어맞는 인물이었다. 꼭 친칠라 토끼 눈 같은 노란 눈을 쉴 새 없이 좌우로 뱅뱅 돌리는 습성하며 신뢰성이라고는 어디에도 없어 보이는 감탄고토형의 인물이었다.

한번은 매체부〔(광고회사의 매체부는 말 그대로 방송(TV, 라디오)과 인쇄(신문, 잡지) 등의 매체를 담당해서 광고 시간이나 지면을 확보하는 일을 하는 부서를 말함)〕에서 업무를 보고 나오는데 뒤에서 누군가가 불렀다. 부서장인 L부장이었다.

"당신 부서에 있는 F 그 친구, 꼭 쥐포수 같은 놈이야! 아니, 글쎄 신규 청약할 땐 한 달 고작 2백만 원짜리 라디오 의뢰서도 상무 결재를 받아 내리꽂더니, 이번엔 천만 원짜리 광고 중지하는 것도 제멋대로 전결로 처리하는 자식이 어디 있어?"

꽤 흥분해 있었다. 다른 직원들이 몇 사람 있는데도 책상 앞으로 다가간 나를 쳐다보면서 L부장이 언성을 높였다. 나를 향한 고성이나 욕이 아니고, 같은 부서에 있는 그 당사자를 향한 분노라는 것을 알아차린 나는 빙긋이 웃고 말았다.

내 웃음을 이심전심의 동조로 받아들였는지, L부장도 어이없다는 듯 헛웃음을 터뜨렸다.

L부장의 지적은 충분히 이유가 있었다. 그간 한두 번의 반복되는 업무행태가 못마땅했지만 참고 처리했는데, 오늘 또 F의 얍삽한 업무처리에 드디어 울화통이 터진 판에, 그와 한 부서 AE이면서도 평소에 친밀감 있게 대하던 나를 보자 다들 들으라고 목소리를 좀 높였던 모양이다.

군대를 안 간 덕에 좀 일찍 들어왔고, 광고 분야가 주목받지 못할 때 어디 중소업체에서 근무했던 경력이 밑천 되어 운 좋게 초급간부가 되어 있긴 했지만 나보다도 나이로는 불과 두어 살 위밖에 되지 않은 그의 평판은 안팎으로 좋지 않았다.

AE가 일을 하면서 가장 윗사람으로부터 점수를 따고 평가를 받은 것 중 하나가 바로 새로운 거래처를 확보하는 일이다. 다른 광고회사와 거래를 하고 있던 회사를 우리 쪽으로 유치해오거나 아니면 처음으로 광고를 시작하는 회사와 신규계약을 체결하는 일은 AE에게는 포경선이 고래를 한 마리 잡는 것과 같은 기분이다. 그러다 보니 신규 광고주와 합의된 새로운 매체확보는 자랑스러운 전리품(戰利

品) 같은 존재여서 때로는 최고 윗선까지 결재를 맡거나 담당 임원까지 결재를 맡아서 담당부서로 의뢰하는 것이 일반적인 업무기준이었다.

즉 어느 회사가 광고하기 위해서 텔레비전 프로그램을 확보해달라거나 라디오 프로그램을 청약해달라는 업무의뢰서를 매체담당부서로 정식으로 띄우게 된다.

이와 반대로 현재는 프로그램 스폰서 자격으로 광고 청약을 하고 있거나 프로그램 사이에 스폿(spot)광고를 청약해 운행하고 있지만 어떤 경우에는 그 프로그램을 중지하고자 할 때도 있다. 이럴 때는 무슨 프로그램이나 스폿광고 시간대를 언제부터 중지해달라는 의뢰서를 보내게 된다. 모든 일이 그렇듯, 광고비가 증가되어 취급고가 올라가는 신규청약에 비해 이런 중지해약은 바로 실적 감소로 이어지게 되므로 결재서류를 들고 상사에게 가는 일이 유쾌하지 않은 발걸음이다. 시기적으로 보너스 사정을 위한 업무고과(考課) 철이라면 더욱 그렇다.

그런 중지통보를 윗사람의 결재 없이 F차장이 자기 전결로 처리해 보낸 행위는 매체부장으로서는 화가 치밀 만도 한 일이었다.

세월이 한참 흐르고 직장은 바뀌어도 그런 천성은 잘 바뀌지가 않았던 것 같다.

옮긴 직장에서 좋지 않은 일로 사표를 쓰고 또 어디로 옮겼다가 거기서도 썩 좋은 뒷모습을 남기지 않고 떠났다는 소문이 들렸다.

무교동 활극

커피회사를 담당하던 신참 AE시절이었다. 나의 업무 상대는 K대리였다. 날카로운 인상에 검정 뿔테안경까지 쓰고 앞니 두 개가 어긋나게 겹치며 포개진 모습이 첫 대면인데도 모질게 느껴졌다.

나보다는 서너 살 위였고, 대학을 마치지 않고 회사생활을 시작한 터라 직장 경력으로는 5년 정도 선배였다.

몇 달 함께 일을 하다 보니 까다로움 뒤로 자상하고 정도 많은 편이어서 퇴근 때면 가끔 어울렸다. 물론 업무상 서로가 친해지고 익숙해질 필요가 있기 때문이기도 했지만, 고향도 비슷하고 어느 정도 대화도 통했기 때문이다. 한 잔 들어가면 그의 특수부대 근무 시절의 무용담이 빠지지 않았지만 충분히 맞장구를 쳐주면, 웃으며 견딜 만한 범주 내에 있었다.

그럭저럭 1년이 지났을 때였다. 어느 날 슬쩍 지나가는 소리로 "이 형이 우리 회사 출입한 지도 벌써 13개월이오. 귀사와 대행하면서 5년 동안 담당 AE가 이 형까지 여섯 번 바뀐 것 같은데……. 아마 최장수 AE일 거요. 축하합니다." 했다.

엷은 웃음까지 띠며 불쑥 그가 꺼낸 말에 순간적으로 나의 뇌 회전 속도가 평소의 두 배는 빠르게 돌았다.

전적으로 이 친구의 까다로운 요구를 배겨내지 못한 전임자들의 잘못도 있었지만, 내가 들은 바로는 K대리의 묘한 이중 플레이도 큰 원인이라고 했다. 그러고 보니 그의 말이 약간은 귀에 거슬리게 들렸다. 어떻게 보면 그게 다 자기가 도와준 덕이라는 뜻이 바닥에 깔려 있는 것 같은 어감으로도 들렸기 때문이다.

그러고 난 며칠 뒤였다.

직속 부서장이 점심시간도 한참 지나 외출에서 돌아왔다. 낮술을 한잔 한 모양으로 목 부위가 불그스름했다. 눈이 마주치자 손짓으로 나를 부르더니 회의실로 먼저 들어갔다. 무슨 업무지시가 있으려나 하고 수첩을 들고 따라 들어가 앉았다.

"지금 K대리하고 점심 먹고 오는 길인데, 우리 회사나 담당 AE한테 불만이 많더라구. 담당 AE도 나름대로 노력은 하지만 아직 자기네 회사를 위해서 뭘 해야 할지를 잘 파악하지 못하고 있고, 보완점이 많다고 하던데……."

쌍꺼풀이 선명하고 큰 눈의 L국장이 나를 건너다보면서 꺼낸 첫마디였다. 뭔가 둘 사이의 불협화음이 있었는지, 아니면 보고하지 않은 결정적 사건이 있는지를 은근히 추궁하는 느낌이었다. 평소에는 부하직원들이 뛰는 거래처에 대해서 별 관심도 없이 방기하듯 맡겨두고 있으면서도 어쩌다 한번 담당자도 모르게 슬쩍 들어가거나 약속한 점심을 하면서 몇 마디 업무 얘기 나누고 들어와선 그 잣대로 담당자를 불러 은근히 깨는 것이 그의 업무 장악 스타일이었다.

드디어 내게도 이런 식의 사람 관리를 하는구나, 생각하니 갑자기 열이 확 뻗쳤다. 그와 동시에 13개월이면 최장수 AE라고 하면서 묘하게 웃던 그의 표정이 겹치면서 심한 배신감과 모멸감 같은 것이

들었다. 순간, 펴놓았던 수첩을 탁 소리가 나게 닫으며 일어서고 말았다.

"제가 가서 K대리를 만나고 오겠습니다. 뭐가 불만인지 알아보고 둘 중 한 사람은 응분의 책임을 지도록 하겠습니다."

뒤돌아보지도 않고 회의실 문을 열고 나와 버렸다. 잽싸게 책상 정리를 하고 윗저고리를 걸치며 나오는 내 등 뒤로 L국장의 다급한 목소리가 들렸다.

"그러면 안 돼! 이리 와요. 내가 당신 나무란 게 아니야."

택시로 30분을 달려서 M사로 갔다. K대리가 있는 5층으로 가니 그는 외출 중이었다.

그의 빈 책상 위 유리판 밑으로 준비해간 쪽지 한 장을 끼워두고 나왔다.

그것은 몇 달 전 그가 내게 건네준 쪽지를 복사한 것이었다. 새로 입주한 그의 자택 집들이에 필요하니 이왕 협조해주려면 언제 몇 시쯤, 냉장온도 얼마에서 몇 분간 냉장되었던 맥주 4박스를 자기 집 앞 슈퍼에 부탁해뒀다가 집으로 좀 보내달라는 내용과 함께 약도가 자세히 그려진 손바닥 크기의 쪽지였다.

밖에서 서너 시간쯤 배회하면서 기다린 뒤, 공중전화를 걸었다. 신호가 울리면서 그가 받았다.

"예, OOO입니다."

"접니다. K대리께서 AE가 담당회사를 위해서 뭘 해야 할지도 모르고 있다고 했다고 하시기에 우선 그 답으로, 보내주셨던 오더를 카피해서 되돌려드립니다. 나는 그런 일까지도 귀사를 위한 일로 알고 했습니다. AE대리께서 우리 부서장께 그렇게 물었다니까 일단 K

대리께 그렇게 대답을 드립니다만, 혹시 그쪽 과장님이나 부장님께서 똑같은 질문을 하신다면 똑같은 대답을 해드리려고 합니다. 이 귀중한 쪽지는 카피하면 얼마든지 똑같이 준비되니까요."

"당신, 비겁해. 만납시다. 만나서 얘기해요. 난 그런 뜻으로 한 말이 아닌데. L국장 그 양반 참! 내가 그렇게 알아듣게 얘기했는데도 엉뚱하게 처리하고 말이야. 오해하지 말고 만납시다!"

"이미 오해할 것도 없고요, 그런 식으로 뒤통수 칠 줄은 정말 상상 밖이야."

"이 형, 국장한테서도 전화 왔어요. 어떻게 그런 식으로 일을 처리하시느냐고 항의했더니 자기도 그런 뜻이 아니었는데 오해하고 그리로 갔으니 셋이서 만나자로 하던데, 이 형! 거기 어디요? 퇴근 때 남자끼리 만나서 얘기합시다."

퇴근 후에 만나기로 약속했다. 그 전에 가끔 가던 무교동에 있는 비어 홀 '동호(東湖)'에서였다.

스프링코트를 비스듬하게 걸친 그가 나타났다. 서로가 상대방의 눈을 노려봤다. 마치 싸움을 앞둔 복서들이 기선제압을 하기 위해 눈싸움을 하듯이…….

"당신, 어떻게 나한테 그렇게 할 수 있소. 그래도 겉으론 내색 안 하려고 했지만 속으론 몇 살 아래지만 좋은 친구를 하나 얻었다고 생각하며 최대한 우의를 키워가려던 참이었는데……. 당신 문학하는 사람이 직관도 없소? 섭섭한 것을 넘어 괘씸하오. 그 사람 L국장 참 이상한 사람이야. 어째 말을 그딴 식으로 옮겨버려!"

그날 K대리와 나는 서로가 움켜쥔 주먹에다 맥주잔을 실어서 무수히 상대편을 향하여 펀치처럼 날렸다. 차마 날리지 못하는 주먹의 불끈거림이 찬 맥주의 분수 속에서 꺾어져 내리고 있었다.

그때 꿩 대신 닭으로, 옆자리의 군인 장교 둘과 시비가 붙었다. 양쪽 테이블을 오가던 여종업원 문제였던 것으로 기억이 나지만, 그건 한갓 핑계에 지나지 않고, 우리 두 사람에겐 뭔가 폭발시켜버릴 다른 대상이 필요했다고 하는 것이 맞는 설명이었으리라.

선제공격은 K대리가 했다. '날았다'는 말이 정확할 것 같았다. 주먹을 날리고 의자를 던지며 상대방 두 사람을 동시에 제압하곤 밖으로 후닥닥 튀면서 내 팔을 끌던 그의 비호같은 동작에 홀 안에 있던 10여 명의 손님들의 입이 쩍 벌어졌다. 왕년의 특수부대원 얘기가 거짓이 아니었다.

함께 도망가지 못한 나만 애꿎게 그 두 장교에게 잡혀 통금까지 마셨던, 마치 영화의 한 장면 같은 추억이 있다.

그 일이 계기가 되어 나는 담당 AE에서 자진 교체됐고, 한참 뒤 그도 그 부서를 떠나 지방영업점으로 전보되었다.

나중에 퍼즐을 맞추어보니, 그의 의도는 정기적인 형태의 지원을 기대하면서 L국장에게 짐짓 불만을 토한 것이었는데, 결과는 엉뚱한 데로 빗나가버린 것이었다.

그렇게 헤어지고는 K대리와는 영영 풍문마저 끊겼다, 젊은 혈기의 초짜 AE로서 안간힘 쓰며 지키려던 자존심의 잔영에는 두고두고 후회스러움과 부끄러움이 헛웃음이 되어 떠오른다. 완전한 '을'이 되기에는 아직 소금에 푹 절지 않아 퍼덕퍼덕한 배추 같았던 그 초년병 시절이 쑥스러우면서도 웃음이 난다.

K형! 우리 인생에는 왜 리턴 매치가 없는 겁니까?

대형 냉장고는 돈 먹는 하마

CF촬영을 위해서나 잡지, 신문광고 촬영을 위해서는 냉장고 속을 가득 채워야 할 때가 많다. 냉장실은 냉장실대로, 냉동실은 냉동실대로 푸짐하게 채워야 시각적 효과를 낼 수 있기 때문이다.

대형 냉장고는 엄청 들어간다. 육질 좋은 쇠고기도 넣어야 하고 우유, 치즈, 맥주, 청량음료, 고급 아이스크림, 여러 가지 색깔의 야채 종류들, 고급 과일 종류 등등을 넣으면 적지 않은 금액이 들어간다. 물론 어떤 종류는 속은 없고 겉으로 보이는 팩이나 용기, 패키지만으로도 감쪽같이 효과를 내기도 한다. 몇 번을 되풀이해서 사용하기도 하지만, 촬영용 조명등이 강렬한 열을 발산하는 스튜디오에서 몇 시간 준비하고 촬영하다 보면 색깔과 신선도가 떨어져 다시 재활용하기에는 어려운 품목들이 더 많다.

CF제작비나 인쇄광고물들의 제작비를 청구해서 광고주 담당자와 합의할 때는 이 물품들에 대한 구입비 때문에 옥신각신 할 때가 많았다.

제작팀에서 넘어온 정산자료들을 1차적으로 살펴보다 보면 AE들이 보기에도 이건 좀 지나치다 싶을 때가 있다. 조금만 더 신경 쓰면

재활용을 하기도 하고 딱 필요한 품목만 구입해서 구입비를 절약할 수 있을 텐데 하는 마음이 들어서 어느 때는 광고주 클레임을 상기시키며 아끼라는 주문을 하기도 한다. 그러나 어쩌면 지엽적이고 감정 상하기 쉬운 일들이라 꾹 눌러 참는 경우가 더 많다.

CF 제작팀과 인쇄광고물 제작팀이 서로 조금만 협의를 하면 중복 구입도 줄이고 촬영 날짜도 맞출 수 있을 텐데, 그런 것은 처음부터 서로 검토조차 하지 않는다. 촬영이 끝나면 고깃덩어리는 고깃덩어리대로 없어지고 맥주나 음료수, 고급 과일들도 모두 사라져버린다. 불과 하루 이틀 후 촬영 때는 또다시 구입해서 채워놓는 일을 아무렇지도 않게 여기는 담당자들이 많다.

촬영이 끝나고 '일부는 야참으로, 일부는 손상이 되어 소모품으로 처리되었다'는 데야 작업을 함께 하는 동료의식 때문에 더 이상 할 말이 없어진다. 제발 일만 잘 끝나면, 하는 심정으로 광고주 담당자와 합의 때의 어려움쯤은 뒤로 제치게 된다. 그러나 엉뚱한 곳에서 엉뚱한 일이 벌어질 때는 속이 미어터질 것 같았다.

한번은 남산 어디에서 전화가 왔다고 해서 요란을 떤 적이 있었다. 신문에 나간 냉장고 광고의 사진이 시빗거리였다. 우리 국산품이 뭐가 모자라서 외제 맥주, 외제 우유, 외제 잼 라벨들로 꽉 채운 냉장고를 보여줘야 되느냐는 것이었다.

또 몇 달 전에는 남성복 광고 카탈로그 중에 남성 모델 드레스 셔츠 윗주머니에 켄트 담배 곽이 비치니 수정하라고 시비를 걸어왔다고 담당 AE가 허탈하게 푸념하는 것을 본 적이 있었다. 이제 냉장고의 외제 식품까지 문제가 된 것이다. 어찌 보면 참 한심한 발상이고, 그렇게 한가한 곳이냐고 감자를 한 방 먹이고 싶은 기분이었다. 그러나 당시로는 무소불위의 권력을 휘두르던 곳이라 고치라면 고치는 수밖에 없었다.

아무튼 대형냉장고 광고를 해야 할 때가 되면 은근히 걱정이 되던 그런 때도 있었다.

선게재(先揭載) 원칙이라는 족쇄

지금도 마찬가지겠지만 대기업 선단(船團)에서는 서로 끌어주고 밀어주기 위한 기본 원칙들이 있었다. 사원이라면 의무적으로 특정 신문을 몇 부씩 할당받아 구독하도록 하는 캠페인에 동참해야 하고, 컬러 TV를 몇 대 권유해서 팔아야만 하는 시절이었다.

광고도 그중 하나였다. 타 매체보다는 모든 면에서 우선적으로 배정하고 단가도 경쟁지에 밀리지 않아야 했다. 신문은 발행부수에서부터 소비자 조사 지표까지 불리한 노출이 없도록 배려해야 했고, 사전 조율 또한 철저했다.

신문광고도 그랬다. 다른 회사의 광고까지도 최대한 특정 신문에 가장 먼저 게재되도록 노력해야 했고, 같은 그룹의 회사들은 특정 신문 선 게재 원칙을 끝까지 지켜야만 했다. 각각의 회사 입장에서는 석간인 특정신문보다 다른 조간신문에 먼저 광고를 실으면 훨씬 효과적일 테지만 몇 단계를 거치며 구차한 양해를 구하는 것이 번거로워 포기해버리는 사례가 많았다. 일선 담당자들로서는 불필요한 통제라고 그에 대한 불만이 들끓었다.

관계사인 Q사의 홍보부장은 그룹 홍보 파트에서 그 업무를 주관

하다가 내려온 친구였다. 알량한 끗발을 가지고 아전노릇을 하는 통에, 우리 회사의 직원들 사이엔 기피 대상으로 낙인이 찍혀 있던 인물이었다. 나도 업무 때문에 어쩔 수 없이 만나더라도 적당한 거리에서 공식적인 협의만 하고 돌아서 오길 거듭한 지 몇 달째였다.

그쪽 실무자와 우리 쪽 실무자 사이에 벌어진 일이 내게로 넘겨져 왔다. 선 게재 원칙 때문에 실무자끼리 밀고 당겼던 모양이었다. 그쪽에서는 외국의 동포 과학자를 등장시켜 새로운 분야의 앞선 기술력을 과시하고자 하는 의도가 강한 이번 광고를 조간신문 C부터 게재하고자 했다. 바로 모두 1면을 잡으라는 요구였다.

그렇다면 그쪽에서 그룹 홍보팀에다 조치를 좀 취해달라는 것이 우리 쪽의 부탁이었다. 더구나 R부장이 바로 얼마 전까지 본인이 하던 업무이니 우리보다는 더 용이하게 처리할 수 있는 것 아니냐고 하면서.

분명 마음속으로 만만하게 여기고 있던 터라 그랬겠지만, 거기까지의 보고에 발끈한 그가 내게 전화를 걸어왔다.

"아니, 조간신문부터 내보내라는데 무슨 협조가 그리 안 되는 겁니까?"

"J신문 선 게재는 R부장께서 꼭 지키라고 강조하던 원칙 아닙니까?"

"당신 지금 뭐라는 거야?"

"당신 지금 누구한테 당신 하는 거야?"

"뭐 이 따위 친구가 있어!"

"이 따위라고 했냐? 그 따위로 하지 말라구."

제대로 한판 붙었다. 오랫동안, 아니 정확하게는 몇 년을 속으로 벼르던 것이 비록 전화상이긴 했지만 폭발했다.

"당신 거기 있어. 지금 바로 갈 테니까."

함께 일을 하지 않을 때도 왠지 눈에 딱 거슬리던 참이었다. 어쩌다가 우리 회사로 일을 보러 왔을 때 보면, 걸음걸이부터 거드름을 잔뜩 피우는 모습이었다. 목에 힘을 끝까지 주고, 항상 담당 임원 방으로만 돌던, 뻣뻣한 그의 태도가 아니꼽기 그지없었다.

담당 AE를 대동하고 한걸음에 들이닥쳤다. 맨 뒷자리에 앉아 있던 그와 부서 칸막이 문을 밀며 들어서는 내 눈이 마주쳤다. 그는 무시하듯 시선을 돌리더니 서류를 뒤적거렸다. 아는 척도 하지 않겠다는 태도였다.

"좀 봅시다."

내가 그의 책상 앞으로 바짝 다가가면서 던진 말이었다.

"지금 근무 중이니까 업무방해 하지 말아요."

"업무방해? 어디다가 당신, 당신 그러는 거요. 서로 연배 사이에……."

앞자리의 과장이 이러지 말고 앉으시라고 말렸다. 칸막이 너머 다른 부서 사람들이 이쪽을 힐끗힐끗 보는 것을 다분히 의식하곤 내심 곤혹스러워하는 것 같았다.

그가 더 현실적인 처신을 하고 있다는 생각은 들었지만, 이왕지사 여기까지 온 마당에 더 잃어버리더라도 그냥 물러서진 않겠다는 생각이 강하게 들었다.

"서로 창피하니, 나가서 얘기합시다."

"……."

묵묵부답이었다. 서류 위로 시선을 꽂고는 반응이 없었다.

순간 더 이상 상대할 가치가 느껴지지 않아서 돌아서 나왔다.

끝까지 비겁한 진면목은 숨길 수 없었던지, 내 윗선으로 전화를 해서 왜곡된 자기항변을 하면서 단단히 항의를 해온 모양이었다. 그 일로 윗분들께 몇 차례 자초지종을 설명하고서야 흐지부지됐다. 나중에 전모를 전해들은 직원들 사이에는 몇 년 묵은 체증이 내려가는 것처럼 시원하다는 반응들이었다고 했다.

참, 사람의 일은 요상해서 이듬해 그가 우여곡절 끝에 우리 회사로 전출을 와서 한솥밥을 먹게 되었다. 부서장 회의에서나 복도에서라도 만나면 한동안 어색해하던 그의 쭈뼛거림…….

언젠가 어느 회식 자리에서 맞은편에 앉은 그에게 슬쩍 2차 한 잔 더 어떠냐고 의중을 떠보았더니, 꽤 당황하면서 꽁무니를 뺐다.

한번은 풀어버리고 싶었던 내 진심이 기회를 만나지 못해 묻혔지만 그의 옹졸한 몸 사림은 씁쓸한 기억 속에 선명하게 남아 있다.

텔레비전 메인 뉴스를 잡아라

광고에 대해서 조금이라도 아는 사람은 텔레비전의 저녁 8시나 9시 메인뉴스 프로그램의 스폰서가 되어 '뉴스 앞이나 뒤에 자사(自社)의 광고를 내보내는 것'〔(프로그램 앞에 나가는 CM을 전CM, 뒤에 나가는 것을 후CM이라고 한다)〕이 얼마나 어려운 것인가를 알고 있다.

텔레비전 프로그램은 저마다의 특성과 시청률, 시청자 층의 구성에 따라 기업이나 상품의 선호도가 달라지지만 저녁 메인 뉴스 시간은 광고시장에서는 언제나 최고의 상품이다. 시간대도 골든타임인데다 수목 드라마나 주말드라마처럼 노출 횟수가 적은 것도 아니어서 한 달 광고비로 치면 가장 비싼 프로그램이다. 그런데도 그 프로그램의 스폰서가 되기 위해서는 치열한 경쟁을 뚫어야 한다.

한국방송광고공사(전두환 정권이 신문사 방송국을 통폐합한 이른바 언론 통폐합 조치 이후, 방송광고를 총괄해서 판매대행하는 단일 창구를 설립키로 하고 1981년 1월에 출범한 회사)가 태어나기 이전에 방송국들이 각 사별로 판매할 때나 설립 이후 광고공사에서 판매를 하고부터나 프로그램을 확보하기 위해서는 전쟁을 치러야 한다.

판매의 칼자루를 쥐고 있는 쪽의 입장에서는 이런 인기 최상의 프로그램뿐 아니라 아무도 거들떠보지 않는 시청률 최하위 프로그램까지 팔아야 하니 판매에도 치밀한 전략을 행사하게 된다. 이를테면 '뉴스데스크'를 청약하려면 일정 부분의 비인기 프로그램을 옵션으로 청약해야 하는 요구를 들어줘야 했다. 소위 끼워 팔기 행태이다. 어느 때는 텔레비전뿐만 아니라 인기 없는 라디오 프로그램까지 패키지로 구매하라는 요구에도 응해야 한다. 뿐만 아니라 시청률이 낮은 특정 종교방송 프로그램까지 울며 겨자 먹기로 팔아줘야 했다. 그러다 보면 배보다 배꼽이 더 커져서 그 텔레비전 메인 뉴스 프로그램의 한 달 광고비보다 패키지로 의무 청약한 프로그램의 한 달 광고비가 더 많아지는 황당한 경우도 비일비재했다.

그러나 이런 단순한 구조만으로 결정한다면 웬만한 기업들도 청약 대열에 서보겠지만 사정은 전혀 딴판으로 복잡하게 얽혀 있다.

새로 프로그램을 청약하려는 기업이 지난 몇 해 동안 얼마만큼의 광고비를 해당 회사에 쏟았으며, 인기의 고하를 막론하고 수시로 편성되는 특집 프로그램이나 기획 프로그램의 스폰서 참여 횟수와 금액은 얼마인지를 따지는 기여도 등이 평가의 주요 항목이 된다.

여기까지도 어디까지나 기본 중의 기본이다. 요즘 들어 회자되는 현역 국회의원 물갈이처럼 어느 날 프로그램의 기존 광고주들을 50% 확 갈아 치우는 그런 획기적인 조치가 있는 것도 아니고 보니 1차 관문을 통과한 기업들끼리의 본격적인 경쟁은 더욱 치열하다.

갑자기 경영이 악화되거나 내부 사정으로 광고비를 줄여야 하는 방침 때문에 어느 스폰서가 떨어져 나가는 때도 있다. 예를 들면 모라면회사의 우지파동처럼 회사의 존폐가 걸린 사건이 터져 하루라도 광고를 더 내보내는 것이 불가능하다는 판단을 내린 경우이다.

이런 일은 참으로 드물지만 목을 매고 기다리는 입장에서는 남의 불행이 나의 행복인 셈이다.

새로 들어오겠다는 회사는 많고, 스스로 그만두는 광고주는 없는 상황이 계속되면 언젠가는 또 다른 수단이 동원된다. 마치 프로 스포츠의 리그운영처럼 일정 기간 동안을 평가해서 기여도가 상대적으로 가장 낮은 기업을 탈락시킨다든지 CM의 길이를 쪼갠다든지 묘책이 동원되게 된다. 30초를 20초로, 20초를 15초로 줄인다든지 하여 새로운 스폰서를 더 끼워 넣는 식이다. 당시의 방송 법규상 지상파 방송의 경우 광고 허용 시간은 프로그램의 100분의 8(현재는 100분의 10임)로 제한되어 있기 때문에 무한정 시간을 늘릴 수 없어 동원되는 고육지책이다.

이렇다 보니 대기업의 잘 나가는 주력회사나 광고비를 펑펑 쏟아부으며 잘 나가는 광고계의 태자당(太子黨, 중국 당 · 정 · 군 · 재계 고위층 인사들의 자녀를 일컫는 말) 그룹이 아닌 이상 이 대열에 합류하기는 언감생심이다.

이런 모든 자격을 갖추고 있는 기업들이, 한때 미국 비자를 받기 위한 인터뷰 순서를 기다리는 긴 행렬처럼 수십 개 줄을 서서 청약 대기 상태에 있다. 그냥 조용히 대기만 하고 있는 것이 아니라 저마다 온갖 유혹들을 날리며 안간힘을 써대고 있다. 요청하는 조건은 무엇이든 다 수용할 테니 OK만 해달라는 무조건파도 있고, 요소요소에다 힘을 쓰면서 물을 흐리는 무리들도 있다.

기업들은 기업들대로 힘을 쏟지만, 실제적으로 그 일을 위탁받고 있는 곳은 광고회사들이다. 대형 광고회사부터 중소 광고회사까지 자기의 모든 역량과 라인을 총동원해 전략전술을 구사한다. 특정 프로그램 하나를 따내느냐, 못 따내느냐에 따라 연간 수십억에서 수백

억 원을 대행하는 스폰서가 떨어져 나가기도 하고 새로운 파트너가 되기도 한다. 절체절명의 순간이 아닐 수 없다.

담당 AE는 하루하루 입술이 바짝바짝 마른다. 한순간에 연간 목표가 초과달성 될 수도 있고, 20% 목표미달이 될 수도 있다. 그러나 따지고 보면 경쟁상대는 밖에만 있는 것이 아니지 않는가.

같은 조직 안에서도 몇 개의 광고주가 힘 싸움을 벌이고 있다. 다른 사업부끼리는 물론, 같은 사업부 내의 부서끼리도 경쟁 속에 있다. 임원회의 때나 부서장 회의 때 회사 내부적으로 가이드라인을 만들어서 교통정리를 해보지만 시원한 해결책은 없다. 그러나 회사 내부적으로는 우선순위를 정하고 전략을 세워야 한다. 로비를 하든, 물량으로 밀어붙이든 우리가 강력히 미는 광고주를 내세워야 하기 때문이다.

그런 관계로 담당 AE나 부서장은 윗선이나 매체본부에다 경쟁적으로 노력을 쏟아 붓는다. 호가호위(狐假虎威), 딱 그대로다. 자기가 맡고 있는 광고주의 힘을 빌려 공격적인 주문도 하고, 또 한편으로는 광고주에서 생산하는 고가 신제품으로 요소 요소에 윤활유를 뿌리기도 한다.

매체본부와 사장간에 어떤 사인이 오가는지도 신경을 곤두세우게 한다. 사장 입장에서는 전사적 차원에서 최종 순번을 결심하고 뛰게 하겠지만, 그 전사적 입장이 꼭 공정하고 합리적인 기준 위에서 이루어진다는 보장은 없다. 광고주 톱과의 친밀도도 작용할 것이고, 담당임원이나 담당 AE와의 신뢰관계도 고려될 것이며 매체본부의 자의적인 부채질과 끊임없는 감언이설도 보태질 것이다.

옛날 군대 경험으로 보면 진급심사 때 연대나 사단에서 진급후보 1순위로 올라간다고 군단이나 군사령부에서 그대로 결과가 확정되는 것도 아니었다. 대기업에서도 회사 내에서 정해 올라간 임원 진급 순위가 그룹인사에서는 거꾸로 뒤집혀지는 경우도 많듯이 말이다.

보통의 기준으로 보면 회사 내부적으로는 비열한 방법으로까지 경쟁하는 것을 자제한다. 객관적으로 판단해서 우선순위를 정할 수 있는 너무도 뚜렷한 기준들이 있기 때문이다. 그 광고주들과 우리 회사와의 여러 가지 접점들을 비교 평가해보면 이번엔 어느 곳이 1순위인가가 한눈에 보이기 때문이다. 그런 평가 자료를 톱 라인에서 알고 있을 것이므로 공정하게 처리해줄 것으로 믿기 때문이다.

그러다 막상 결과를 보면 악! 소리가 나올 만큼 엉뚱할 때도 있다. 주로 경력으로 입사한 간부급 AE나 팀장들이 있는 부서에서, 객관적인 잣대로는 후순위로 처지는 광고주와 합동작전으로 술수를 부렸기 때문이다.

광고주 사장 명의로 몇 차례 정식 공문을 보내오게 해서 무력시위를 하는가 하면 오히려 광고주 대표가 우리 쪽 사장과 매체담당 임원을 초청해서 골프를 친다든가 하는 꼼수를 쓰도록 요청하기도 했다.

조직사회에서는 모든 것을 지키면서 기다리면 순리의 편에서 결정 나겠지 하는 생각은 순진하고 어리석은 일일 때가 더 많다. 과정이나 인간을 보기보다는 일의 끝에서 나타난 수치나 목표 달성%로 A, B, C 평가가 매겨지기 때문이다.

광고회사 사람들, 그중에서도 AE를 오래 한 사람들은 방송 프로그램을 볼 때도 그 프로그램의 내용을 보기 전에 그 프로그램의 제공 스폰서 타이틀을 더 유심히 확인하는 버릇을 갖게 된다.

잘 팔리는 프로그램의 스폰서 타이틀을 볼 때, 저 회사들이 요즘 잘 나가고 힘깨나 쓰는 회사들이구나, 한다면 반대로 시청률이 바닥을 기는 프로그램의 스폰서 타이틀을 볼 때는 언뜻 강남의 어떤 동네가 떠오르기도 한다. 최고급 주상복합 아파트가 있나 하면 그 울타리 바로 밖으로는 언제 철거될지 모르는 무허가 판자촌이 모여 있는 풍경이 있듯…….

인기 없는 프로그램의 같은 스폰서라도 누구는 골든타임의 메인 프로그램을 확보하는 옵션으로 마지못해 들어온 잘나가는 기업이고, 누구는 광고는 해야겠고 예산은 작은, 어쩔 수 없이 그나마 감지덕지 이름을 올린 중소기업이다. 요즘은 중소 신규기업에 대해서는 지원제도도 갖추어져 있고, 광고 청약기준이나 관행도 획기적으로 개선되어 앞에서 든 예화들과는 사뭇 다른 환경이 조성되었고, 종편 출범이 바로 금년 12월 1일로 코앞에 닥쳤나하면 새로운 미디어 랩 제도가 시행을 앞두고 있어 광고계가 또 다른 변화를 앞에 두고 있는 셈이다.

CF 스토리보드에도 함정이 있다

CF 제작회의를 하다 보면 참 여러 유형의 CF 감독들을 만나게 된다. 처음부터 끝까지 자기 아이디어는 없으면서도 브레인스토밍 중에 나온 여러 아이디어 가운데 하나를 얼른 제 것인 양 낚아채서 더 발전시키는 타입은 그래도 괜찮은 편이다.

일본 CF연감을 뒤적거리며 책장이 너덜거리도록 칼질을 해서 베껴온 아이디어를 오리지널 아이디어인 양 행세하는 부류도 많았다. CF는 두고두고 감상하는 것이 아니라 6개월이나 길어야 1년쯤 해서 상품만 팔면 그만이라는 잘못된 인식 때문에 모방이나 표절 작품이 많았다. 엄격하게 제재를 가하고 불이익을 주는 제도적 장치도 없었다. 광고주가 오히려 일본의 이런 CF처럼 만들어달라고 요구를 하는 경우도 있다 보니 한마디로 아이디어를 먼저 베끼고 써먹는 것이 장땡이라는 한심한 분위기도 없지 않았다.

이런 분위기는 우리나라에 텔레비전 방송이 시작되면서부터 시작된 일본방송 베끼기와도 같은 현상으로 볼 수 있을 것 같다.

방송 초기의 실무자들이 무용담처럼 하는 얘기를 들은 적이 있다. 봄이나 가을 개편 시기 몇 달 전부터 부산으로 출장을 가서 일본방송이 잘 잡히는 해변에 장기투숙을 하면서 모니터링과 프로그램 제작 아이디어 회의를 했다고 한다. 자연 베끼기 프로그램이 나오고, 그것이 버젓이 인기 프로그램이 되기도 했다는…….

CF에서도 아이디어 베끼기 때문에 웃지 못할 일이 일어나기도 했다. 똑같은 시기에 각각 다른 CF감독들이 그들의 광고주들에게 베끼고 모방한 아이디어를 팔아서 비슷한 CF를 만든 경악스러운 일이 벌어져 난리가 난 거짓말 같은 일도 있었다.

이런 일이 벌어지면 가장 큰 곤경에 처하는 자리가 바로 AE들이다. 함께 제작회의를 하고 A, B, C 세 가지 최종안으로 제시할 때도 감독이 이실직고하지 않으면 그 아이디어가 표절인지, 일부 차용한 것인지 얼마 동안은 AE도 모를 때가 많다.

함께 태스크포스가 되어 일하는 팀원들끼리는 같은 배를 탄 사람들이다. 평소의 신뢰와 직업관, 프로페셔널로서의 기본적인 수칙 같은 금과옥조를 함께 울타리로 두르고 일하는 동료들이기 때문에 결정적인 하자를 은닉하면서까지 아이디어라고 내놓지는 않을 것이라는 믿음이 있다.

그렇더라도 AE는 광고주의 제작여건에 맞추어 작업을 진행해야 한다. 아무리 훌륭한 아이디어라도 우선 시간과 비용이 맞아야 한다. 광고의 전체 톤도 지금까지의 그 기업과 상품에서 크게 벗어나지 않는 분위기여야 한다.

오늘날에는 크리에이터로 불리는 사람들이 수많은 분야에 있다. 광고의 세계에서도 카피라이터, CF 감독, 그래픽 디자이너 등을 크리에이터라고 부르며 그들이 만들어내는 창의력을 크리에이티브라고 한다.

높은 크리에이티브를 지향하는 크리에이터들에게는 남다른 소질과 노력이 공통적으로 발견된다. 타고난 소질 위에서 오랫동안 피나는 노력을 기울일 때 한 사람의 우뚝한 프로페셔널이나 스페셜리스트가 된다.

그러나 그들이라고 해서 모든 면에서 언제나 완벽하다고 할 수는 없다. 때로는 가장 기본적인 것, 1차적인 것을 놓치는 일도 많다. CF를 너무 개인 창작물처럼 여기고 몰입한 나머지 제작 목적인 '상품이나 서비스를 파는 일'에 소홀해진 결과물을 낳을 때도 있다.

반대로 20~30초의 그 짧은 시간에 너무 많은 것을 담도록 주문하는 광고주의 요구 때문에 뭔가 하나의 메시지도 전달하지 못하고 마는 최악의 작품이 되기도 한다. 그러나 이것마저 AE의 책임이다.

광고주의 요구와 제작팀의 브레인스토밍 사이에서 AE는 필터와 같은 존재이기 때문이다. 어떤 것은 걸러주고, 또 다른 것은 이해시키고 설득해 최종방향을 조정해서 합치시키는 것이 AE의 소임이기 때문이다.

또 다른 측면에서 AE가 살펴야 할 체크 포인트가 있다.

꼭 필요하지 않은 요소를 찾아내어 비용을 줄이는 일이다. 가전제품이나 식품, 제약광고 등에서 자주 경험했던 스토리보드 내용이다. 필연성도 없이 맨 마지막 장면에 제품과 함께 다수의 일반 모델을 등장시켜 '~좋습니다' 하고 추천하는 데몬스트레이션(demonstration) 형식의 광고를 보자. 그런 마지막 장면 처리는 회의 때도 없었던, 감독의 단독적인 처리가 많다. 무명 모델이라 1인당 20만 원으로 치더라도 10명이면 2백만 원이다. 그 무명배우 중에는 감독이 온정으로 쓰는 모델이 있을 수도 있고, 모델 에이전시와의 관계 때문에 부적절하게 집어넣은 것일 수도 있다.

배경음악이나 소품이나 의상 등에서도 알게 모르게 외부 입김이 작용해서 끼어드는 경우가 많았다. 그 효과가 엄청나다는 것을 실증적으로 알기 때문이다.

또한 로케이션을 가지 않아도 될 것을 굳이 고집하는 경우도 있다. 스튜디오 촬영만으로도 충분한 것을 오픈 세트로 설정하거나 국내에서 촬영장소를 헌팅할 수 있음에도 해외 로케이션을 설정해 시간과 비용을 낭비하지는 않는가를 판단해야 한다.

언젠가는 선배 CF감독 한 분이 음료 CF의 스토리보드에서 '홍도'를 촬영장소로 설정하고는 끝까지 고집을 부렸다.

다음날, 그 선배가 내 자리로 커피 두 잔을 들고 왔다.

"이 콘티로 좀 밀어줘! 사실 홍도 꼭 한번 가보고 싶어. 잘 찍어올 거야. 약속!"

콧수염과 큰 눈망울이 그 순간에 개구쟁이 악동처럼 순수하게 보이면서 그만 AE로서의 기준도 풀썩 주저앉아버려, OK하고 말았다. 알고 보니 그 '홍도' 아이디어는 서너 차례 이미 여기저기서 퇴짜를 맞았던 소재였다던가.

CG(컴퓨터 그래픽) 작업도 내가 겪던 어려움 중의 하나였다. 어떤 팀장은 걸핏하면 CG작업이 필요한 제작 시안을 내밀곤 했는데, 90년대 중반만 해도 CG작업은 해외시스템을 이용하거나 몇 개뿐인 국내 제작사를 이용해야만 했다.

엄청나게 비용도 많이 소요될 뿐만 아니라, 컴퓨터 그래픽 효과를 빌리지 않더라도 다른 방법이 있을 텐데 부득부득 우기니 결정 내리기가 힘들었다. 게다가 한쪽에서는 리베이트 문제가 있다는 은근한 귀띔까지 있었고……. 그러나 따지고 보면 언제 어느 분야인들 이런 불합리한 요소들이 없었으랴? 오히려 광고 쪽이 상대적으로는 순수했을지도 모른다는 자위를 해본다.

말 바꾸기, 일사일업종(一社一業種) 원칙

사장실에서 찾는다는 전갈이 왔다.

"부르셨습니까?" 하고 들어섰다. 작은 체구의 상체를 커다란 책상에 묻고 서류를 뒤적거리면서도 한동안 반응이 없었다.

부임한 지 겨우 두 달 정도여서 부서장인 나와는 아직 개인적인 대면은 없던 사이였다. 어색한 침묵의 공간, 의도적으로 앞에 세워두고 뜸을 들이는 것 같았다. 다소 불쾌감도 들면서 일부러 벌을 세우는 것으로 느껴졌다.

긴 시간 같았지만 실제로는 길어야 20여 초 남짓했던 것 같다.

"아, 이 국장, 어서 오소."

약간 머리를 들고 돋보기 너머로 바라보면서 그제야 입을 열었다.

"이 국장, 당신은 어느 쪽이오? 전무는 D제약을 영입하면 안 된다고 하고, 상무는 영입해도 괜찮다고 하니……."

이제야 나를 부른 연유가 바로 이것 때문이었구나 하고 직감했다. 영문도 모르고 호출되어 사장 앞에서 벌서듯 서 있었던 것이 이 일 때문이었다니!

R전무와 G상무는 애초 스타일도 다르고 일하는 방식도 영 딴판이었다. R전무가 좀 즉흥적이고 귀가 얇은 면은 있지만 순수한 편이라면, G상무는 뜸을 들이면서 철저히 자기 이익을 따져 거리를 재면서도 겉으로는 허허실실로 보이는 무서운 면이 있다고나 할까. 그러나 두 사람이 전무나 상무로 직급은 비록 차이가 있었지만 맡고 있는 일은 서로 다른 사업본부장 직책이어서 결재라인으로 상하관계에 있지는 않았다.

그 두 주요 임원의 입장이 서로 판이하다고 신임 사장은 판단한 것이다.

광고회사의 입장에서도 해마다 높은 성장을 하기 위해서는 기존 광고주들의 예산이 증액되기도 해야 하지만, 새로운 광고주를 개발하지 않으면 안 된다. 그러다 보면 항상 맞닥뜨리게 되는 어려움이다. 이미 확보하고 있는 거래처와 서로 경쟁 상태에 있는 회사가 신규 영입 대상이 되었을 때이다. 광고회사 쪽에서 양쪽의 양해를 받아서 추진하는 경우도 있고, 어느 한쪽에서 밀고 들어와서 어쩔 수 없이 검토하게 된 경우도 있다.

현재 광고주로 있는 회사보다 규모도 크고 마켓셰어도 앞선 No.1 브랜드가 영입가능한 단계로 다가오면 광고회사는 흔들리게 된다. 새로 영입할 때는 '귀사와 경쟁되는 회사나 제품은 절대로 우리가 취급하지 않을 것'이라는 맹세를 했지만 새롭고 훨씬 매력적인 상대를 앞에 두고는 마음이 슬슬 달라진다.

실적 경쟁에 시달리다 보니, 다른 본부에서 하고 있는 회사와 경쟁관계에 있어서 새로 영입하게 되면 분명 시끄러운 사태가 올 것을 알면서도 일단 추진하기도 한다.

다른 경우로는 우리 회사와 찰떡궁합이 되어 잘하고 있는 회사를 쫓아내기 위해서 제 발로 문을 두드려 오는 때이다. 나쁜 의도인 줄도 알고, 이미 계약관계에 있는 광고주에겐 신의를 저버리는 행위라는 것도 잘 알면서도, 어찌어찌 되는 수가 없을까 하고 두리번거리게 된다.

이러저러한 어떤 경우든 AE만 중간에서 죽을 맛이다. 샌드위치 신세라도 이보다 더한 경우가 있겠는가 싶은 느낌이지만, 위에서는 바득바득 조여 온다. 그러나 어찌 AE가 스스로 하늘같은 거래처에다 제 입으로 "저희 회사에서 이번에 귀사의 경쟁사인 다른 회사를 신규로 영입하려 하니 좀 허락해주십시오."라고 하겠는가. 그 말을 하고 허락을 받아오라는 지시를, 그러면 영웅이 된다고 부추기더라도 순순히 이행할 수가 있겠는가 말이다.

사장도, 전무도, 상무도 다 기회주의자들이요 무책임한 인물들이란 생각이 들었다. 사실 G상무는 불과 몇 달 전까지도 내 위의 직속상사였다가 R전무와 서로 본부를 바꾸었다. 그 바람에 지금은 R전무가 나의 직속상사가 된 입장이었다.

Z제약은 오랫동안 내가 맡아왔던 곳으로, 회사 입장에서는 좋은 거래처가 아니었지만 그쪽 CEO와는 좋은 유대를 견지해오고 있던 곳이었다. 국내에서 톱 브랜드도 몇 개 있었지만, 지극히 열세인 분야에서도 전략을 세워 최강자를 겨냥한 추격전을 벌이고 있었고, 그 결과로 상대가 위협을 느끼게 될 만큼 시장이 움직이고 있었던 때였다. 그렇게 되자 D제약 쪽에서 연줄이 닿던 R전무 쪽으로 신호를 보냈던 모양이다. R전무는 당연히 유치하고 싶어서 사장께 보고했고, 사장은 K전무에게 Z제약을 잘 설득해서 되도록 해보라고 회의석상에서 교통정리를 했던 것이다. 그러나 Z제약 AE인 나의 완강한 반대에는 K상무도 같은 입장이어서 강하게 불가 쪽으로 이미 결론이

났던 일이다.

그랬던 것이 이제 다시 입장이 바뀌어 K상무가 다른 본부에 가서 새삼 그 일을 되는 쪽으로 추진하려고 불쏘시개를 지피고 있는 것이다. 아이들 소꿉장난처럼 내 쪽으로 온 R전무는 이번엔 아이로니컬하게도 반대를 해야 하는 입장에 선 것이다. 공수교대가 된 셈이다.

그랬다. 바로 그 상반된 갈등과 묘한 입장 바꾸기의 진실을 확인하고 싶어서 지금 사장이 나를 부른 것이 틀림없어 보였다. 내 입에서 떨어지는 한마디로 그 두 사람은 물론 나의 첫인상과 앞으로의 입지까지 그려지는 순간이었다.

"제 생각으로는 두 분 입장이 서로 다르지 않은 것 같습니다."

"……."

의외의 대답이다 싶었는지, 사장은 상체를 의자 뒤로 젖히며 나를 똑바로 건너다봤다.

"R전무께서는 신규영입으로 방향을 세우되 시간을 갖고 설득해나가자고 하면서 금방 결론을 독촉한다거나 나갈 테면 나가라는 식으로는 곤란하지 않느냐는 생각이신 것으로 압니다. 또 K상무께서는 우리 쪽에서 먼저 Z제약에서 수용할 카드를 만들어서 제시하자는 입장인 것으로 저는 알고 있습니다."

사실과는 조금 다른 보고였지만 어느 쪽으로도 치우치지 않으면서 양자택일의 답변에서 벗어나는 묘수풀이 같은 최선의 처신이었다고 생각된다. 요즘 표현으로, 공은 가볍게 내 코너에서 넘어간 셈이었다.

그 뒤 여러 반전을 거듭하다가 D제약이 신규로 영입되어 두 개의 경쟁사를 우리 회사가 함께 대행하게 되었다. 그러나 D제약은 내심 노렸던 것처럼 Z제약이 제 발로 뛰쳐나가지 않자 오히려 몇 년 후에는 스스로 떨어져나가고 말았다. 다른 이유도 있었겠지만…….

실적에 목을 매고, 경쟁에 피를 말리는 광고회사들은 오늘도 복수의 경쟁회사도 한 품에 안으려고 갖은 노력을 다하고 있을 것이다. 본부를 나누고 분사(分社)를 해서 비밀유지 차원에서 부서끼리 빌딩을 달리하는 등의 노력을 기울이면서 말이다. 하지만 AE의 자존심을 걸고 말할 수 있다. 일사일업종을 캐치프레이즈로 거는 광고회사도, 고집하는 광고주도 그런 표면적인 것에 너무 매달리지 말라고 조언하고 싶다. 광고주의 비밀이나 정보가 무슨 선풍기 바람도 아니고, 빌딩을 따로 둔다고 차단되고 보호되겠는가.

일은 결국 사람이 하는 것이다. 대형 광고회사에 일을 맡기더라도 전 사원이 1천 명이면 그 1천 명의 맨 파워로 일을 하는 것이 아니라, 전담 팀이나 핵심 담당자 몇 명의 열정과 노력으로 끌고 가는 것이다. 얼마나 그들이 우리 편인지 지켜보면서 믿고 다독거려주는 것은 어떤가.

신뢰와 격려만이 AE와 크리에이터를 우리 편에서 마음껏 뛰게 하는 트랙이고 환호성이다.

'옳지 않습니다!' 여사원의 용기

광고회사라는 조직이 의리와 결속력에서 다른 일반 조직에 비해서는 다소 떨어지는 특성이 있다고 고백한 바 있다.

서로 같은 일을 조직만 다르게 나눠서 하다 보니 항상 서로가 비판적이면서 잠재적 경쟁자이기도 하다. 또 항상 '을'의 입장에서 살다 보니 '갑'은 말할 것도 없거니와 '갑 비슷한 대상'만 만나도 저절로 일단은 움츠러드는 잠재의식을 가질 때가 있다.

하늘같은 광고주, 힘 있는 매체사, 막강한 코바코(KOBACO, 한국방송광고공사의 약칭) 등등 사방이 '갑'뿐인 정글이다. 불행하게도 '갑'은 내부에도 있다.

광고의 '광'자와도 거리가 먼 경영자가 낙하산으로 오고, 오로지 실적과 효율성이라는 구조조정 전 단계의 잣대로만 상대를 평가하고 마름하는 분위기가 쥐포수 같은 협력자들을 앞잡이 삼아 서서히 몰려오기 시작했다. 제조업이나 일반 회사의 경영방식에 오래 젖은 경영자의 눈으로 보면, 똑같은 공정에 똑같은 원재료만 투입하면 최종 생산품은 모두 똑같아야 하는 것이 맞는 것이지만, 광고회사의 시스템은 그와는 전혀 다르다는 것을 몸으로 체득하지 못한 그들의 판단으로는 우리가 '이상한 나라의 앨리스'가 되곤 했다.

정리해고의 칼바람이 구조조정이라는 미명하에 슬금슬금 불어왔다. 1997년 12월 말부터 속도를 내기 시작해 다음해 12월까지 수백 명이 떼거리로 내쫓겨도 다들 찍소리 없이 떠났다. 마치 늦은 밤 서울역 광장으로 빠져나온 그 많은 승객들이 하나둘 뿔뿔이 흩어지듯……. 숨죽인 '을'로 살아온 습성 때문인지, 모두가 자존심 하나로 사는 크리에이터 같은 성향의 광고회사 사람들 특성 때문인지 에이! 더럽다, 여기 아니면 다닐 데 없냐는 얼굴로 꼬박꼬박 걸어 나갔다. 오히려 매번 경우의 수를 따져야 하는 한국 축구처럼 저항의 강도에 따른 상황별 시나리오까지 마련했던 사장이 외려 조용한 상황 앞에 뜨악해질 정도였다.

그런 기류를 읽어서 그랬을까. 참으로 못할 짓인 구조조정이라는 맨 마지막 출혈까지 쏟아내는 과정에 최소한의 도덕과 윤리도 철저히 외면 받는 일도 있었다.

가능하면 한 사람이라도 해고자를 줄이고자 온힘을 다해야 할 순간에 사장이라는 위치에 있는 사람이 자기 딸을 입사시키는, 상식으로도 용납되지 않는 일이 있었다. 아무리 공채형식으로 뽑았고, 충분한 자격이 있었다 치더라도 그런 환경에 새로 뽑은 신입사원 중에 자기 딸도 포함되어 있다는 것은 정상적인 판단력을 갖춘 사람의 행동일 수 있겠는가?

숨죽이고 고개 숙인 직원들은 또 다른 '갑'의 거대한 비상식 앞에서 꿀 먹은 벙어리마냥 화석이 되어가고 있었다. 노조가 없고, 오직 어용 노사협의회뿐인 허점투성이 조직, 아니 그렇게 철저하게 순치된 조직이 갖는 허상의 본모습이었다고 할 수 있다.

그때 용기 있는 한 사람의 여사원이 나타났다. 그 많은 남자들도 비겁해져 비실비실 뒷걸음으로 숨은 광장에, 혈혈단신 필마단기로 한 여전사(女戰士)가 진검을 뽑아 들었다.

사내 전산망을 통해 일종의 당당한 공개 도전장을 던진 것이다.

밖에서 지켜볼 수밖에 없던 내게도 그 글의 원문이 날아들었다. 바짝 움츠렸던 지난해와는 달리 캐럴송이 거리 여기저기서 흘러나오던 크리스마스 며칠 전이었다.

옳지 않습니다.

등 뒤에서 총 쏘듯이 갑자기 '정리해고' 통보를 하는 것이 옳지 않고, 자유마당 게시물을 게시자 동의도 없이 삭제하는 것 역시 옳지 않으며 그전부터 사측에서 원했던 대로 속 시원히 '자유마당'을 없애버려 준 '노사협의회'의 '충정'인지 '저항'인지 불분명함이 옳지 않습니다.

① 구조조정

정리해고…… 구조조정……

납득할 수 없습니다.

올해에는 그 어느 때보다 이익을 많이 내서 이 빌딩을 구입하려고 계획 중인 것으로 알고 있습니다. 대표이사께서도 창립기념식에서 경영상의 지독한 수지악화나 국가경제의 흔들림 같은 불가항력적 상황이 닥치지 않는 한 2~3년 정도는 현재의 인원을 그대로 끌고 갈 생각이라고 말씀하셨습니다.

이번 구조조정, 정리해고의 명분,

납득되지 않습니다. 해명해주시기 바랍니다.

대표이사는 정치가가 아닙니다.

그렇게 아무 말 없이 '공약' 을 깨지 마십시오.

② 게시물 삭제

클린턴의 탄핵도 그의 부적절한 관계보다는 '위증' 이 더 중요한 탄핵 사유였습니다.

내용보다는 형식이 중요할 때가 있고, 실질적 민주주의보다 절차의 민주주의가 중요할 때가 있습니다. 미국 대통령도 그렇고, 게시물을 지운 그 누군가의 결정도 그렇습니다.

옳지 않습니다.

'자유마당' 게시물은 '본인' 이 삭제해야 하는 것으로 알고 있습니다.

누가, 왜 게시물을 삭제했는지 해명해주십시오.

③ 노사협의회

(전략)

당신들은 어떤 사람입니까?

노사위원장은 어디에 있습니까?

오랫동안 우리들은 억압에 시달려온 민중이기에 억압의 기미만 보여도 민감한 것이 사실이지만, 반면에 지독히 억압에 비굴한 것도 사실입니다. 그 비굴함을 뚫고 제 생각을 적습니다.

몇 번이고 마음속으로 응원의 박수를 보냈다. 그 젊은 용기가 가상했고, 혼자 무거운 가시 짐을 지기를 자청한 당당함에, 이미 떠난 선배지만 부끄러웠다.

아무리 개성이 강하고 자존심 하나로 버티는 모래알 같은 조직이더라도 더 이상 비겁해지지 않기를 기도했다.

몇 년 전인가, 한 불미스런 일로 특별 검사실의 카메라 앞에 선 그 때의 장본인을 언뜻 텔레비전 화면으로 보았다. 무슨 확신범이라도 되는 양 냉소 띤 표정으로 카메라를 노려보는 모습이 진정 그다웠다.

'옳지 않습니다' 그 천만번 당연한 플래카드를 들고, 천안문 광장을 짓밟아 오는 진압군의 탱크 앞에 처절하게 혼자 맞서던 한 청년처럼 막아 선 후배 사원의 후일담을 나는 알지 못한다.

아무런 도움도 못된 입장에서 혹여 흥미로만 바라볼까 봐 스스로 경계한 이유도 있지만, 또 한편으로는 그에게 가해졌을 보복적 조치를 내 귀로 확인하고 싶지 않았던 부끄러운 이기심 때문인지도 모르겠다.

K대리의 그 용기가 내게도 큰 힘이 되었음을 고백하면서, 어디에 있든 그 패기로 스스로의 길을 꿋꿋이 가면서 건승하리라 확신한다.

광고회사를 '가마우지'로 여기는 나쁜 광고주

이미 전설이 된 광고인 데이비드 오길비(David Ogilvy, 1911~1999 영국 옥스퍼드대 중퇴 후 호텔 요리사, 방문판매원, 갤럽 이사를 거쳐 37세에 뉴욕에서 광고회사를 설립, 명 카피라이터이자 크리에이티브 최고경영자로 명성을 날렸다. 1762년에 쓴 〈어느 광고인의 고백〉은 광고의 고전으로 평가받고 있다)가 말했다.

"새로운 어카운트(account)를 얻는 데는 피나는 노력이 필요하지만, 어카운트를 잃을 때는 지옥에 떨어지는 기분이 된다."

광고회사에서 새로운 광고주를 유치하는 것과 잃어버리는 것은 천당과 지옥을 오가는 일이다. 그러나 새로운 광고주를 얻었다고 해서 다 희열을 느끼고 환호성을 지를 일은 아니다. 그중에는 계륵 같은 존재도 있고 늪처럼 발이 빠져 헤어나기 어려운 상대를 만나기도 한다.

그렇기 때문에 광고회사들은 새로운 광고주를 맞아들이는 저마다의 기준이 내부적으로는 마련되어 있다. 외국의 사례와 지금까지의 실제 경험을 거울삼아 어떤 어카운트는 받아들이고, 어떤 어카운트는 거절하겠다는 기본 지침이다.

오래전 내가 받았던 '클라이언트 선택 기준'이란 지침서를 보자.

① 자랑스럽게 느낄 수 있는 훌륭한 제품이 아니면 맡지 않는다.

② 우리보다 먼저 맡았던 회사보다 더 훌륭히 일할 수 있다는 확신이 서지 않으면 맡지 않는다.

③ 장기간 매출이 지속적으로 줄어드는 제품의 광고대행은 하지 않는다.

④ 광고회사의 이익에 관심이 없는 회사는 맡지 않는다.

⑤ 수익금은 크지 않더라도 훌륭한 제작물을 만들 수 있는 기회가 되는 회사를 맡는다.

⑥ 광고에 대해서 단시간 내에 지나치게 큰 성과를 바라는 회사나 너무 많은 제품을 동시다발로 광고하는 회사는 주의를 요한다.

⑦ 광고 평가를 너무 많은 사람이 하는 회사는 고려한다.

⑧ 특정인의 채용을 반대급부로 요구하는 회사는 맡지 않는다.

⑨ 과거 광고회사를 자주 바꾼 전력이 있는 회사는 거절한다.

이것은 어디까지나 참고자료일 뿐, 그야말로 탁상공론이다. 우리나라뿐만 아니라 세계 어느 나라의 광고환경도 이런 원칙을 엄격하게 지키는 광고회사는 없다고 해도 과언이 아니다.

국내의 현실은 더 열악하다. 외환위기를 겪고, 기업들의 시스템이 글로벌화 되어감에 따라 광고환경도 많이 개선되었지만 획기적으로 달라지지는 않았다.

성장목표에 쫓기다 보면 옥석을 다 구분해서 일을 하기란 쉽지 않다. 찜찜하면서도 실적이 급하니 덜컥 계약을 하고 만다.

천신만고 끝에-경쟁프레젠테이션일 수도 있고 단독프레젠테이션이나 수의계약 등-새로운 광고주를 얻었다고 하더라도, 기쁨은 순간이고 바로 그날부터 항상 '대행중지'라는 압박감에 시달리게 된다.

1년 단위의 계약 원칙에다 계약기간 중이라도 언제든지 결별통보를 일방적으로 해오더라도 계약 조항을 내세워 버틴다는 것은 현실적으로 어렵다. 일종의 횡포인 그런 대접을 받고도 법적 조치 한번 취하지 못하는 것이 우리의 현실이다. 다른 광고주에게 미치는 영향을 우려해서 참거나 당하고 마는 것이다.

거기다 광고회사끼리의 페어플레이 정신도 실종되어, 경쟁이 붙으면 수단방법을 가리지 않고 이기고 보자는 심산으로 뛴다. 실제로 내가 공개경쟁 프레젠테이션에서 실패했던 어느 대표적 우유회사는, 경쟁프레젠테이션은 형식으로 받고 뒤로는 돈을 챙긴 파렴치한 짓을 하기도 했다. 신문에까지 크게 보도가 되고, 해당 광고회사 임원이 구속되는 초유의 사태까지 벌어졌다.

계약기간 중에도 잘 있는 남의 고객을 온갖 방법으로 유혹하는 판이니 계약만료가 되기 몇 달 전부터는 가관이 아니다. 그 비열한 짓거리는 지면으로 소개하기도 망설여진다. 물론 여러 가지의 문제로 서로 코드가 맞지 않았거나 광고회사에서 최선을 다하지 못해 부족한 성과 때문에 떠나는 경우도 많다.

1993년 6월에 241개 광고주를 대상으로 A사에서 '광고대행 만족도 조사'를 실시한 적이 있다.

종합평가를 보니 '계속하고 싶다'가 173개 회사로 72%였고, '옮기고 싶다'가 60개 회사 25%, '무응답'이 8개 회사 3%였다.

현실적으로 마음대로 옮길 수 없는 계열 광고주들을 감안하면, 세

곳 중 하나는 옮기고 싶은 의사가 있다는 뜻으로 볼 수 있는 내용이었다. 그 주된 이유로는 '참신성이 떨어진다', '기대치에 비해 대처하고 해결하는 능력이 부족하다', '자만심이 보이고 소홀한 느낌을 받는다'였다.

1992년 3월의 광고학회 발표 자료도 같은 맥락을 보여준다.

고려대학교 경영학과 이두희 교수가 '한국의 광고주와 광고회사의 관계연구'란 제목으로 발표한 내용이다.

광고주들의 광고회사 평가요인으로는 능력요인을 가장 중시하고 다음으로는 관계요인, 거래요인, 기타의 순이었다.

광고회사를 교체하는 이유로는 크리에이티브 부족(44.3%), 마케팅 능력 및 서비스 부족(14.8%), 광고효과 및 성과 부족(13.1%), 매너리즘(11.5%)을 꼽았다.

광고회사의 AE에게는 새로운 광고주를 얻는 것이나, 잘 있던 광고주를 빼앗기거나 잃어버리는 것이 병가지상사이다. 지옥과 천당을 수시로 오간다는 의미다. 그만큼 심한 스트레스에 시달리는 직업이다.

앞에서 예를 든 '클라이언트 선택 기준'을 철저히 제쳐두고, 구멍난 실적의 땜질 때문에 무리한 줄 알면서도 대행계약을 했던 F등급(이런 표현을 써보기도 처음이다) 광고주 이야기를 하나 할까 한다.

일사일업종 원칙을 스스로 걷어차 버리고 더 큰 광고주를 영입함으로써 어쩔 수 없이 우리를 떠난 'S통신'의 빈자리는 너무 컸다. 12월 말로 떠난 그 공백만큼은 신년도 목표예산에서 빼주거나 감안하기로 한 묵시적 약속은 지켜지지 않았다. 그건 지난해의 일이고 전임 최고경영자 때의 일이라면서 먼 산을 봤다.

떨어져나간 그 회사의 작년도 실적까지를 포함한 전년도 실적을 기준으로 20% 성장 목표치를 얹어서 목표를 어깨에 지우니, 죽으라는 꼴이다.

바다라면 건너야 하고, 산이라면 넘어야 하는 것이 기업의 목표치 아닌가.

그때 한 부서에서 들고 온 카드가 예의 그 계륵이었다. 내가 계륵이라고 부른 이유는 그들은 파트너인 광고회사의 이익은 처음부터 철저히 관심이 없는 회사였기 때문이다. 광고대행을 하지 말아야 할 네 번째 항목에 딱 걸릴 뿐만 아니라 아홉 번째 항목에도 해당되는 광고주였다. 평판도 영 좋지 않았다.

프레젠테이션이 끝나고 계약단계로 들어가자, 그들은 본색을 드러냈다. 광고대행계약을 체결하면서 이면계약을 들고 나오는 곳은 처음이었다.

방송광고 수수료(당시 수수료 기준으로, 방송광고공사로부터 광고회사가 받는 거래액의 10%)의 4%, 인쇄매체 수수료(신문사나 잡지사로부터 받는 15%)의 10%를 리베이트 형식으로 되돌려달라는 요구였다(방송광고 수수료는 방송광고공사로부터 받는 광고대행사의 수수료는 1981년 1월 공사 설립 이후 몇 번의 변화를 거쳐, 2008년 4월 현재는 TV의 경우, 최초 2억 이하의 거래액은 12%, 2억 초과 8억 이하에는 11%, 8억 초과분은 9%이다. 신탁 액에 따라 차등 적용되는 슬라이딩 시스템을 적용하고 있다. 라디오는 13%임).

거기다 자기들이 발행하는 잡지에 매월 일정분의 광고를 유치해주고 연간 샘플 사이즈 1천 명 이상의 시장조사를 서비스로 제공한다는 전무후무한 요구였다.

실적이 최악인 1997년이므로 가능했다. 울며 겨자 먹기 식으로 일단 받았다. 돌이켜보면 내 뼈아픈 실수였다. 실적이고 뭐고 볼 것 없이 딱 잘랐어야 했던 것인데, 담당 부서장 입장을 너무 고려했던 내 불찰이 컸다.

IMF 외환위기로 기업들의 생존기반이 뿌리째 흔들리던 시절이다. 광고비를 반으로 줄이는 곳은 그나마 양호한 편이고 아예 중단하는 기업들이 하루가 다르게 늘어갔다. 불과 1년 전까지만 해도 인기 없는 변두리 프로그램들도 광고주가 꽉 차 있었는데, 이제는 방송광고가 총량의 70%대까지 내려왔다. 이런 분위기를 먼저 악용한 무리한 요구였다. 종전 광고회사와의 이면계약서까지 증빙으로 들이밀어 왔다.

회사 차원의 결론이 필요한 시점이었다. 이렇게까지 실적에 내몰리게 된 원인을 제공한 입장에서 '노!'라고 할 수 없는 일 아닌가.

계약은 체결됐다. 그러나 역시나 그랬다. 제작물 하나하나에 불필요하고 이치에도 맞지 않는 간섭이 심했고, 방향도 수시로 바뀌었다. 제작팀에서는 도저히 못하겠다고 두 손을 들었지만, 상황이 상황인 만큼 다독거리며 넘겼다. 그러나 결정적 시련은 외부로부터 왔다.

모 방송의 8월 23일, 토요일 9시 메인뉴스 시간—

· 앵커 : 침대생활을 하는 사람들이 늘면서 침대 회사들의 광고전도 치열해지고 있습니다. 녹슨 침대라느니 예방 주사를 맞혔다느니 하는 내용의 광고인데 '1원의 경제학' 오늘은 OOO기자가 침대를 실제로 뜯어봤습니다.

· 기자 : 침대를 쓰는 사람이라면 일생의 3분의 1을 보낸다는 침대, 깨끗하고 위생적이어야 하지만 속을 들여다보면 대부분 스프링이 녹슬었고 매캐한 곰팡이 냄새가 코를 찌르고 있습니다. 스프링은 땀과 수분

을 만나 녹이 슬기 시작합니다. 그래서 위에서 힘을 가하면 녹가루가 떨어져 먼지와 섞이고 녹이 슨 스프링은 강도가 떨어져 부위별로 소리가 나고 변형이 일어납니다.(중략) 이 때문에 외국과 일부 침대업체는 스프링에 도금을 처리해서 녹이 슬지 않도록 하고 있습니다. 실제 도금된 스프링을 사용한 침대는 10년이 지나도 원래 상태를 유지했습니다.(중략) 100% 양모만을 썼다는 A사 제품, 양모와 인조섬유를 섞은 다음 스펀지를 두 겹으로 붙여 놓아 겉으로는 영락없이 100% 양모처럼 보입니다. 겉감의 원단도 순면이 아닌 합성 섬유제품이고 스프링도 도금을 하지 않은 일반제품을 쓰고 있습니다. 원자재 값만 따져보면 O사 제품은 25만 원, O사 제품은 25만 원, O사 제품은 23만 원, 하지만 소비자 가격은 오히려 원자재 값이 덜 들어간 O사 제품이 90만 원으로 O사보다 30만 원 정도가 더 비쌉니다 .(후략)

발칵 뒤집어질 만한 내용이었다.

토요일 밤에 벌어진 사태여서 일요일까지는 비상연락망으로만 발을 동동 구르다가 월요일 아침 일찍부터 담당자들이 대책회의에 불려갔다가 돌아왔다.

그쪽의 입장과 윗선의 지시사항, 우리 쪽의 협조 요청사항을 자세히 기록한 리포트를 들고 팀장이 숨넘어가듯 보고를 했다.

전 일간지에 침대 스프링은 도금이 불필요하다는 기술 내용을 퍼블리시티로 게재하도록 하고, KBS나 SBS를 섭외해 신문내용에 준하는 프로그램을 제작, 방영토록 하라는 지시가 있었다고 했다.

자기들 입장에서 봤을 때는, 방송국에서 야적장 등에 쌓아놓아 비를 맞히는 등 인위적으로 녹이 슬게 하여 뜯어본 것으로 생각된다, 가정용은 실내에서 사용할 뿐더러, 인산열처리나 기름피복 등으로 방청 처리되어 10년 가까이 되어도 녹스는 것이 별로 없다, 또 양모층은 한쪽에 따로 있는데, 다른 것을 태우면서 100% 양모가 아니라고 했다. 방송 내용을 보면 경쟁사 한 업체가 해당 방송국을 섭외해 비방기사를 기획토록 하여 방송한 것으로 생각된다. 해당 기자와 관련 라인의 인맥과 상황을 파악해 방송내용이 설제와 다를 때 공문을 보내 실익이 되는 프로그램을 제작토록 요청할 것 등이 기본 입장이라고 했다.

그들의 입장까지는 백 번 이해한다 하더라도, 대처방안이라는 것이 가관이었다. 대부분을 우리 쪽으로 떠넘기고 책임지우는 무리한 요구였기 때문이다. 결국 이 대목이 불씨가 되고 앙금이 되어 돌아왔지만…….

KBS나 SBS를 섭외해서 반론보도를 할 수 있는 프로그램을 제작토록 해달라는 요구를 끝까지 굽히지 않았다. 설령 아무리 타 방송의 보도 내용이 엉터리라고 하더라도 어디서 한 꼭지 짚어주는 해명도 쉽지 않은 판에 완전히 프로그램 하나를 만들게 하라니……. 방송국을 가지고 있어도 그건 어려운 요구 아닌가.

그럭저럭 그쪽에서 원하는 신문 퍼블리시티까지는 내보냈지만, 방송 프로그램은 여의치 않았다. 굳이 타방송의 보도내용을 자기들이 다시 검증까지 하거나 정정보도 성격의 방송을 해줄 필요가 없다는 것이었다. 누가 봐도 당연한 논리였다. 그렇게까지 해야 할 가치가 있는 내용으로는 보기 곤란하다는 원칙론에는 우리도 더 이상 어쩔 수가 없었다.

그러나 막무가내였다. 추진비로 1천만 원까지 팀장에게 입금시켜 놓고는 해내라는 것이었다. 최종적으로 어렵다는 우리 측의 입장을 담당임원인 내 입으로 전달했다.

뒤통수를 치는 비난의 말들이 빗발치게 날아왔다. 무대응 전략으로 일관했다. 더 열이 나 있다는 보고가 계속 들어왔다.

10월 16일인가, 그 달 말일자로 대행중지를 하겠다는 공문이 날아들었다.

나흘 후 회신 공문을 띄웠다. 대행기간은 12월 31일까지이고, 기간 만료 전에 중단하려면 만료일 30일 전에 쌍방 합의가 있어야 한다는 계약 조항을 들어 일방적 계약 해지 통보는 받아들일 수 없다는 내용이었다.

이미 위로부터는 상황별 대응 시나리오에 대한 승인을 받아놓고 있었기 때문에 내 판단으로 대응해나갔다. 이렇게 강하게 받아쳐 본 것도 처음이었다. 그간 부글부글 끓던 '을'의 울화를 한편으로는 시원하게 분수처럼 뿜어버리는 후련함도 있었다.

결국은 12월 1일자로 해지하는 데 합의했다. 그들이 꼬박꼬박 챙겨가던 리베이트 문제, 진행 중이던 제작 건이나 중단된 제작 건에 대한 정산 등의 문제에도 끝까지 양보하지 않고 정당하게 원칙을 관철시켰다. 우리 쪽의 해지 동의가 없으면 현실적으로 다른 광고회사로 옮겨갈 수 없는 전파광고의 규정 때문에 그들도 어쩔 수 없는 선택이었다.

자기들 마음대로 유린하지 못한 것이 분했던 모양이었다. 아니면 '광고대행'이라는 '갑'의 위력 하나로 안 되는 것이 없었던 그들이 처음 맛본, '을'의 예상 밖의 응수가 참기 어려운 수모였던지…….

계약이 끝나고도 나에게 해코지를 해왔다. 담당 임원이 우리 사장을 방문해서 있는 얘기, 없는 얘기 다 하고 갔다고 했지만 뭐라고 했든 관심 두지 않았다. 떳떳했고, 상대가 안 되는 인물이라고 여겼기 때문이다.

지나가는 소리로, 사장이 시큰둥하게 한번 말했던가.

"저놈들 그러고도 가만 둘 거요? 세무조사라도 한번 시켜버리든지 말이야."

아마 그 임원의 해코지가 그의 뇌리에 깊이 각인되었던 12월의 인사철, 그의 눈빛이 묘하게 나를 피하고 있었다.

중국의 계림에 갔을 때 이강(離江)에서도 보았고, 일본의 기후(岐阜)현에서도 본 '가마우지'라는 새가 떠오른다.

목이 길고 부리 끝이 갈고리처럼 굽어 있으며 발가락 사이에 물갈퀴가 있는 새였다. 작은 쪽배 위에 놓인 둥근 대나무 바구니에 넣어져 주인 따라 강으로 고기잡이를 나왔는데, 물속으로 들어갔다가는 금방 은빛 물고기를 한 마리 물고 올라오면 얼른 주인이 고기를 빼낸다. 긴 목 가운데가 끈으로 묶여 있어 고기를 삼킬 수도 없다.

광고회사를 소중한 동반자 관계로 대접하고, 오히려 광고주 자신들을 위한 정예 참모부대라는 인식을 하지 못하는 구닥다리 광고주와의 만남은 불행한 만남이다.

광고회사를 '가마우지'쯤으로 여긴다면 그 광고주 또한 누군가의 '가마우지'밖에 더 되겠는가.

(후기 : 몇 년 전, KBS의 '소비자 고발' 프로그램에서 '재생 매트리스 편' 을 우연히 보았다. 침대 가격의 70%가 매트리스 가격인데 커버만 새로 바꿔서 불량 재생 매트리스를 신제품으로 둔갑시켜 유통시킨다는 고발이었다. 녹이 슨 스프링은 그대로 두고 겉만 바꾸는 악덕 업체들의 생생한 현장을 보여주었다.

그 프로그램을 보면서 불과 15년 전 다른 방송국의 비슷한 내용을 취재팀이 사전에 알았더라면, 하는 혼자만의 아쉬움이 있었다. 최근에도 또 다른 불미스런 문제가 불거져 검찰수사로 이어진다는 보도를 보며, 사람이고 기업이고 바탕은 참 버릴 수 없는 것이라서 자꾸 되풀이되는구나 하는 연민을 느꼈다.)

4. 병아리 광고인, 아이스크림에 빠지다

1975년에서 1978년 사이의 경험담으로, '어시스턴트 AE' 에서 이제 막 '독립 AE' 가 되어 겪었던 일들이다. 낯선 환경에 적응하기 위해 나름대로아둥바둥 날갯짓을 했던 사회 초년병의 가감 없는 자화상인 셈이다.

어시스턴트 AE의 설움

1975년 10월 초, 2개 중앙 일간지와 8개 대학신문에 실린 '제1기 수습사원 공채광고'가 신문방송학을 전공한 문학청년 한 사람을 생각지도 못한 광고인으로 끌어당긴 셈이다.

대기업에서 만든 광고회사로 이제 막 걸음마를 시작한 단계였다. 국내의 종합 광고회사로서는 역사상 처음으로 공개채용 방식으로 뽑은 1기생이어서 그런지 사내외적으로 매우 큰 관심을 받고 있었다.

필기시험을 거쳐 1차 합격자 22명의 수험번호가 신문지상으로 발표되었다. 대략 30:1 정도였던 것으로 기억된다. 그리고 또 두 차례의 면접을 더 거쳐 최종합격자로 8명이 뽑혔다. AE 3명, PD 2명, 카피라이터 2명, 매체 1명.

1주일 간 총 63시간의 신입사원 입문교육은 사내 간부들이 강사로 짜인 기초과정이었지만 긴장되었다. 처음 듣는 낯선 용어들과 내용들이 흥미롭기도 했지만 확신도, 준비도 덜 된 채 덜컥 입사를 한 우리들은 불안감 또한 감출 수 없었다.

입문교육을 마치고 일선부서로 발령이 난 것은 크리스마스 전날이었다. 사실 나는 처음에는 카피라이터를 지원했다. '대학신문 기자경력이 있거나 문학적 소양이 뛰어난 사람'을 원한다는 카피라이터직 모집요강을 보는 순간, "어라! 저거다." 하며 마치 나를 위한 '위인설관'쯤으로 생각하고 불쑥 원서를 냈다. 그렇게 자신했던 방송국 PD 시험에서 면접 낙방을 하고 허탈하던 참이어서 부전공으로 몇 학점 땄던 광고 쪽으로 시선을 돌렸던 것이다. 우선 졸업하면 경제적 독립이 최우선이기에 취업재수란 생각지도 못할 일이었다.

최종면접에서 카피라이터가 아닌 AE직으로 돌려졌다. 당시 사장님께서 "군(君)은 AE를 하면 잘할 것 같군 그래. 카피야 자네가 담당하는 클라이언트 것은 AE하면서도 직접 쓰면 돼." 하신 말씀이 아직도 엊그제처럼 생생하게 기억난다.

어시스턴트 AE, 말 그대로 '보조 AE'로 첫 인사발령을 받은 부서는 부서장을 포함해 나까지 총원이 10명이었다. AE 5명, 그래픽 디자이너 5명으로, 10명이면 회사 전체 직원이 100명쯤이었으니 10퍼센트였다. 몇 개의 중소 광고주는 구색 갖추기였고 가장 큰 주거래 회사는 D유업이었다. 어쩌면 참 희한한 운명이었다고나 할까. 그 추운 엄동설한에 유명한 아이스크림 회사를 맡아 뛰어다니게 될 줄은 입사할 때까지는 생각지도 못했다.

1970년대 중반은 이제 본격적인 아파트 문화가 시작되는 때여서 겨울에도 실내가 따뜻하고, 식습관도 서구화되어가고 있던 때였다. 가족들이 거실에서 아이스크림을 즐기는 소비 패턴이 생기면서, 성수기가 지나면 아이스크림 광고를 전부 중지하던 관행을 벗어나 겨울에도 제품광고를 내보내고 있었다. 그로부터 30여 년이 지난 요즘에는 통 아이스크림이나 샌드류 아이스크림은 겨울에 더 인기가 있고 매출액도 성수기(5~9월)보다 더 팔린다고 한다. 나아가 겨울용 아이스크림까지 출시되고 있으니 소비패턴의 놀라운 변화다.

송아지 먹이를 탈취해서 사람이 먹는 것이 우유라면, 아이스크림은 유제품의 종착역에 해당한다고 할 수 있다. 아이스크림은 목구멍으로 넘어가는 시원한 맛, 입술에 닿는 부드러운 맛, 입 안으로 퍼지는 달콤한 맛 때문에 누구나가 선호하는 기호식품이다.

크고 작은 5~6개 회사가 다양한 제품군을 생산하면서 매년 큰 폭으로 성장하며 시장에서 치열한 공방전을 벌이고 있을 때였다.

크런치바, 마이초코, 키스파, 비비빅, 미스타콘, 미스차, 싸만코, 보비콘, 필릴리, 바난자, 반반이, 새타치, 차차차, 초코바, 해피랜드 등 엉뚱하고 기발한 이름들도 따지고 보면 콘(cone), 카턴(carton), 바(bar), 컵(cup) 등으로 형태에 따라 네 가지로 나누어진다.

계절에 따라 제품별로 주력 경쟁상대가 달라지고 경쟁제품의 상대적 우위가 확고한 경우는 추종제품을 만들어 시장교란을 일으키고, 우리가 앞선 제품은 No.1을 지키는 전략을 구사하게 된다. 예를 들면 '크런치바'나 '차차차'가 선발로 나와 시장점유율이 강세라면, 경쟁사는 '그렁지바'와 '차디차'를 내놓아 제품 이름부터 혼란을 일으켜 선두의 바짓가랑이를 잡아당기는 식이다.

라이벌 간의 선두경쟁은 광고에서 더욱 치열한 공중전을 치르게 된다. 텔레비전 광고나 라디오 광고로 경쟁하는 것을 업계에서는 공중전이라고 부르고 신문, 잡지 등의 인쇄매체 광고를 지상전으로 부른다.

서로가 당시로는 최고의 젊은 스타들을 모델로 등장시켰다. 청바지에 티셔츠를 입는 노주현과 김자옥이 명동거리를 걸어가며 아이스크림을 먹는 CF가 전파를 타면서, 대도시 거리에서도 아이스크림을 먹으면서 걷는 젊은이들이 급속히 늘어나기 시작했다. 그 전까지만 해도 대도시의 번화가에서 꼬마들이 아닌 성인들이 무얼 드러나게 먹으면서 걷는 것은 일상적인 장면이 아니었다. 광고가 우리의 라이프스타일을 바꾸는 촉매로서 얼마나 영향력이 높은가를 보여준 사례였다.

1976년 1월이 되면서부터 발바닥에 땀이 난다는 말이 실감났다. 군대 신병보다도 더 뺑뺑이를 돌리는 느낌이었다. 사내 스태프 회의 소집, 업무의뢰, 제작회의 참석, 제작물 시안제출 및 합의, 방송국 관련부서 방문, 녹음실, 잡지사, 신문사, 광고 원고 협의, 공장 방문, 청구서 작업 등……. 이제 갓 입문한 어시스턴트 AE로서는 모두가 낯설고 쉽지 않은 것들이었다.

"몇 시에 어느 회의실에서 무슨 건으로 회의를 하겠으니 참석해주십시오." 하고 제작 스태프나 카피라이터실로 통지를 하고 아무리 기다려도 제 시간에 나타나는 사람은 거의 없다. 10분쯤 늦게 와서 힐끔 들여다보곤 "아직 안 모였네." 하고 다시 가버리는 CF PD, "당신 팀장 카피 잘 쓰던데 뭐." 하며 안경 너머로 은근히 찔러오는 카피 실장의 눈빛, CF PD 팀장들은 이 바닥의 베테랑들이다. 이쪽 경력이 짧은 내 위의 AE 팀장도 대놓고 깔아뭉개는 판이니, 그 밑의 신입 AE쯤은 말 붙이기도 쉽지 않았다. 바로 전 입문교육에서의 강사와 피교육생의 신분만큼이나 상대하기가 참 어려웠다.

카피라이터 팀은 그들대로 내 위의 팀장에게 삐딱하게 꼬여 있었다. 카피는 만날 의뢰하면서, 최종 채택되는 것은 영 딴판으로 수정된 것이니 그들 입장으론 자존심이 상했던 것이다. 쓱 아이디어만 받아보고는 AE가 칼질하고 깔아뭉개고 번번이 바꿔버리니 입맛이 싹 가버린 듯했다. 애꿎게 그 분풀이를 간접으로 나한테 하는 것이 분명했다. 사내에서는 그렇다 치더라도 광고주 D사의 담당 부서를 방문해서도 찬밥 신세는 여전하다. 정기회의 때야 국장, 팀장이 함께 들어가니 딱히 내가 감당해야 할 부분이 미미하지만, 팀장마저 빠지고 혼자 들어갈 때면 모든 것이 내 말 하나로 잘못 틀어질 수도 있다. 또 사내로 들어와서는 제작 스태프들로부터는 합의가 안 된 책임을 혼자 뒤집어 쓸 수도 있다.

눈치껏 처신을 한다고는 하지만, 신문광고나 잡지광고의 시안이 마음에 들지 않으면 D사의 선전부장은 입가에 묘한 웃음을 띠고 입술을 가볍게 물면서 핀잔을 했다.

"이 형! 이거 미대 나온 친구들이 만든 거 맞아요? 손으로 그렸나, 발로 그렸나?"

"아니 제품도 모르고 마케팅도 모르고 카피를 쓰니……. 엉터리 치고도 이건 1등급이야. 팀장은 왜 오늘도 안 들어왔어요? 신입 왔다고 요즘 어디 딴 데 가는 모양이네."

그러고 보니, 시안이 좀 아니다 싶으면 우리 팀장이 자기는 슬쩍 빠지고 나만 들어가게 하는 낌새인 것 같기도 했다.

선전부장이 한마디 뱉고는 결재서류를 들고 휙 나가버리고 나면, 과장이 나름대로 분위기를 누그러뜨리려고 한마디 했다.

"내일 내가 그쪽으로 들어갈 테니 제작팀하고 한번 미팅합시다. 이 형한테 화내는 게 아니니까 이해하세요."

가지고 간 제작물이 그쯤에서 끝나고 나면, 마지막엔 P주임의 눈에 이끌려 그의 책상머리에 붙어 앉는다.

아무리 광고회사지만 그의 대학 선배인 우리 팀장에게는 차마 요구하지 못했던 자질구레한 일들이, 내가 오면서부터 엄청 넘어오기 시작했다. 전담 어시스턴트 AE 없이 혼자 뛰는 팀장에게 요구하지 못하고 P주임이 스스로 해오던 업무들이 이제 왕창 내게로 떨어진 것이다.

예를 들면 이런 것들이다. 방송국 별로 TV나 라디오 CM을 운행하면 같은 프로그램이라도 전CM과 후CM에 각각 다른 상품 CM을 내보낼 때도 있고, 같은 상품을 내보낼 수도 있다. CM의 길이도 15초, 20초, 30초가 기본 단위로 정해져 있어서 프로그램 광고냐, 스폿광고냐에 따라 길이가 달라지고, 프로그램마다 시간이 다르게 되어 있다.

그렇기 때문에 한 회사의 아이스크림 광고라 하더라도 프로그램의 성격과 시간대에 따라 광고 상품을 다르게 내보내게 된다. 그렇게 한 달 CM을 운행하고 나면 미스타콘의 노출량(露出量)이 총 몇 초이고, 비비빅의 노출량이 몇 초인지를 하나하나 분석해서 도표로 만드는 일도 내 몫이었다. 그러나 방송이라는 것은 그야말로 생물체여서 편성표에 따라 CM 운행표가 한번 짜인다 해도 매번 그대로 운행되는 법은 없다. 갑자기 특집이 끼어들어 불방(不放)이 되는 경우도 잦고, 임시편성이 되면서 대체(代替)방송으로 사전 통보도 없이 나가는 경우도 많아 하나하나 체크하는 것이 쉬운 일이 아니었다.

또 그 시절만 해도 방송용 CM을 TV는 16mm 필름으로, 라디오는 릴(reel) 테이프로 만들어서 방송국으로 보내던 때였다. 여름철이면 밀짚모자의 차양 위에 멋 내기로 척 감아 두른 영상필름이 바로 그 16mm 필름이다.

TV에서는 1초의 영상을 위해서는 24개의 영상 프레임이 연결되어 있어야 하는 만큼 10초 CM을 기준으로 하면 240개의 컷이 연결된 필름을 넘겨야 했다. 방송국별로 본국과 지방 국 프로그램별로 CM 소재를 계산해서 맞추어 보내야 하고, 또 운행되고 수명이 끝나거나 운행이 종료된 CM은 회수해와야 했다. 박스에 담겨져 회수된

CM들을 일일이 풀어보면서 육안으로 판별해서 버릴 것은 버리고 재사용할 것은 다시 제품별로 소재를 분류하는 작업이 여간 고달픈 것이 아니었다. 그야말로 농업적 근면성이 요구되는 단순노동이었다. 20초짜리 TV CM 필름을 돌돌 감아서 풀리지 않게 테이핑하고 '비비빅 20초'라고 쓴 태그를 달면 지름이 3.5mm쯤 되는 동그란 원형이 된다. 한쪽 사이드는 사운드 트랙이다. 소리가 담겨 있는 쪽이라 찢어지지 않게 조심스레 맨손으로 오랜 시간 감다 보면 날카로운 필름에 손이 베이거나 상처가 나기도 했다.

요즘은 CF 한 편 제작비로(모델료를 제외하고) 억대가 훨씬 넘어가는 경우도 많지만 그때만 해도 2백만 원에서 4백만 원 정도 할 때였다. 그 CF의 20초 프린트 하나 가격이 2천 원이었는데, P주임은 새로 프린트를 뜨는 것을 최대한 억제하고 회수된 것을 선별하여 다음해까지 재사용하도록 요구했으므로 고역도 그런 고역이 없었다.

그 해 여름은 휴가도 못가고 CF 소재 필름 박스를 가슴에 안고 다니다 끝났다. 전혀 시원하지 않은 아이스크림 AE였다.

촬영장 풍경과 에피소드

1976년 5월 OO일, CF 촬영이 있을 때는 AE도 대체로 현장에 함께 있다. 광고주의 책임자나 담당자가 현장으로 오기 때문이기도 하고, 현장에서 수시로 발생하는 상황에 대해서 협의를 필요로 하는 일이 생길 때도 많기 때문이다.

한번은 입사동기 AD(수련 중인 assistant PD. 보조 PD)가 스타일을 팍 구겼다고 투덜댔다. 대학 후배 재학생들을 엑스트라로 150명쯤 동원한 야외 로케이션 촬영장에서 "야 김 아무개!" 하고 자기 이름을 똥개 부르듯 부르는 순간 쥐구멍이라도 찾고 싶은 심정이더라고 두고두고 얘기했다.

그 비슷한 일을 나도 겪게 되었다. 야외 촬영장에서는 일손이 항상 부족해서 서로서로 눈치껏 알아서 움직여야 한다. 한번은 청평 지천에서 CF 촬영이 있었다. 5월 중순쯤이다. 청춘스타 노주현, 김자옥이 말을 타고 얕은 물 위를 달리며 물방울을 튀기는 장면이었다. 초여름의 시원한 풍경 속에 청춘 남녀의 싱그러운 낭만과 사랑을, 달콤한 아이스크림 비주얼로 연결시키는 내용이었다.

강물과 강변 자갈밭 위를 오가는 동작을 수없이 되풀이하며 3시간째 이어지는 지루한 촬영. 액션! 컷! 소리를 연달아 외쳐대던 PD가 주위를 두리번거리다가, 팔짱을 끼고 멀거니 서 있던 나를 보더니 "이 형! 미안하지만 저기 둑 위에 있는 버스에서 촬영제품하고 여자 모델 옷 좀 가져다 줘요." 하는 게 아닌가.

강둑까지는 100m는 족히 되어 보였다. 땡볕 속을 걸어 우리가 타고 온 촬영차로 갔다. 주인의 체취가 물씬 나는 옷을 꺼낸 다음 버스 뒤쪽에 있는 아이스박스를 열고 촬영제품을 들고 내려왔다. 주위에 마땅한 누가 없어서 부탁했겠지만 순간적으로 기분이 썩 유쾌하지만은 않았다. 의상을 바꿔 입을 적당한 장소가 없는 강변이어서 스태프 몇 명이 두루마리 천을 들고 빙 돌아선 공간 안에서 김자옥 씨가 의상을 갈아입었다.

그 사이, 다음 장면을 촬영하기 위해 내가 들고 내려온 제품박스를 열던 PD가 꽥 소리를 질렀다.

"야! AD 이 자식아! 제품 다 녹았잖아? 드라이아이스도 안 넣고 왔었어? 이런 바보 같으니라고! 오늘 촬영 쫑이야. 너 책임져!"

동기생 그 AD랑 내가 서로 얼굴만 멀거니 쳐다봤다. 제품을 공장에서 가져올 때는 분명히 있었던 것 같은데, 인계인수 과정이나 촬영장소로 짐을 옮기는 과정에서 누군가의 실수가 있었던 모양이다. 맙소사! 포장지를 벗기니 손잡이 나무스틱에서 아이스크림이 흐물흐물 녹아내렸다.

| "어! 이건 내 아이디어였는데…"

1976년 6월 OO일, 빨리 들어오라는 연락을 받고 헐레벌떡 들어갔다. 문을 열자 선전부장이 묘한 웃음을 흘리며 손짓으로 불렀다.

묵직한 차트 한 다발이 걸린 괘도걸이를 내 앞으로 돌렸다.

"이 형! 이건 극비사항이니 빨리 베껴 적고, 비고란에 있는 그쪽 액션 플랜은 바로 작업 들어가도록 해요."

첫 장을 넘기면서부터 몸이 뻣뻣해졌다.

'아, 이건 바로 몇 주 전에내가 제출한 기획안에서 표현만 약간 수정된 캠페인 안이 아닌가.'

빙그레 론칭 신문광고(모델 : 김자옥, 노주현)

'퍼모스트'로 유명한 미국 상표를 더 이상 사용하지 못하게 되자,'빙그레'로 바꾸면서 대대적인 홍보 · 광고 전략을 세우게 되었다. 그래서 '웃는 얼굴 밝은 사회'를 콘셉트로 한 '웃는 얼굴 사진콘테스트'를 실시하고 입상작은 전국순회전시 하는 아이디어를 내가 제시했던 것이다.

그때까지도 가타부타 반응이 없다가 이제 와서 마치 자기네 오리지널 아이디어인 양 일체의 배경 설명 없이 베껴 적으라니 어안이 벙벙할 따름이었다.

"이거 제 아이디어 아닙니까?" 하고 확인도, 항의도 할 수 없는 입장이었다.

신문광고가 나가고, 방송에서는 "주고 싶은 마음, 먹고 싶은 마음, 만나면 빙그레, 주고받는 빙그레, 좋은 건 요것, 빙그레 아이스크림~" 하는 조영남의 CM송이 쉴 새 없이 쏟아졌다.

'웃는 얼굴, 사진 콘테스트' 캠페인은 성공적이었다. 엄청난 응모작품 중에서 입상작을 뽑아 전국 주요 도시를 2개월 간 순회전시도 했다.

사내외의 어느 누구도 당신 아이디어 좋았다고 칭찬해주는 사람이 없어서 '야, 이 광고판 정말 한심하구나.' 하고 혼자 씁쓸해하고 말았다. '아, 정말 어시스턴트가 아닌, 내 몫의 광고주를 담당하는 AE가 빨리 되어야지.' 하는 각오를 다졌다.

세월이 한참 지난 뒤, 어느 자리에서 그때의 광고주 담당자 한 사람이 스쳐가듯 실토한 한마디가 오랜 씁쓸함을 조금이나마 씻어주었다.

"그때 이 형 덕분에 두 달간 전국 순회사진전 잘 다녔지. 그 사진콘테스트 이 형 아이디어였잖아요? 부장 그 못난 인간이 자기 아이디어처럼 위로 보고하고 생색냈지만…….”

AE로서의 쓴맛은 비교적 일찍 본 탓에 환상은 빨리 걷어내고 현실 속을 똑바로 걷는 법을 깨달았다고나 할까. 내게는 두고두고 좋은 보약이었다.

| 잡지광고 배경이 된 고급별장 소동

출근하자마자 전화벨이 요란하게 울렸다. 그 달의 하이틴 잡지광고에 나간 배경 컷 때문이었다. 난리가 난 모양이었다.

풀밭 위에 자리를 펴고, 아이스크림을 앞에 두고 빙 둘러앉은 단란한 가족의 나들이 장면이었는데, 배경으로 스위스풍의 이국적인 하얀 별장이 인상적인 사진이었다.

우연하게 이 광고를 본 어느 고위 인사가 노발대발하며 이 별장 사진을 누가 어떤 경로로 찍었는지 알아보라고 하는 바람에 모 기관에서 D유업으로 문의가 왔고, 선전부를 거쳐 우리 팀으로 확인요청이 온 것이었다.

촬영 장소는 어디이며, 촬영 때 어떤 절차를 거쳤는지 확인해서 보고해달라는 요지였다. 오후에는 또 다른 기관에서 연락이 왔다. 촬영을 누가 했고, 누구한테 허가를 받고 촬영한 것인지를 밝히라는 요구였다.

우리 입장으로는 참으로 다행스럽게도 촬영하기 전에 별장의 관리인으로 보이는 분에게 사전 허가를 받고, 또 사례금으로 10만 원을 주고 영수증까지 받아둔 사실이 확인되었다.

나중에 알고 보니 당시로서는 호화별장이었다. 청평 호반 기슭에 있던 그 집의 주인은 권력기관의 높은 자리에 있던 사람으로, 자기 별장이 잡지광고의 배경으로 나가자 행여 쓸데없는 구설수에라도 오를까 봐 지레 화들짝 놀랐던 모양이었다.

그 전후로 유명한 주류회사의 오너가 호화별장 때문에 권력자의 눈 밖에 나서 그 서릿발 같은 후폭풍을 맞게 된 계기가 되었다는 소문이 파다했던 때였다.

어느 식용유 회사 이야기

1976년 여름 끝 무렵, 드디어 독립 AE로 첫 데뷔를 하게 되었다. 그때 톱 브랜드 식용유 회사는 H식용유회사였다. 수입 대두에 압착을 해서 기름을 짜내고 나머지는 대두박으로 포장해 동물사료용이나 비료용으로 공급하는 꽤 이름이 알려진 회사였다.

윗선으로 연결되어온 신규 광고주인데 우리 부서로 오게 되었다.

첫 인사를 가서 담당자를 만났더니, 50대 중반의 총무부장님이었다. 아직 TV광고는 해보지 않았고, 라디오 광고만 하고 있었는데 실무자도 없이 직접 관리하고 있다고 했다. 캐비닛과 이 서랍 저 서랍에 무질서하게 보관되어 있던 관련 자료와 라디오 CM 테이프들을 한꺼번에 넘겨받았다.

첫 주문이 CF 제작이었다. 소위 요즘 용어로는 '제품 콘셉트'가 명쾌하게 제시되지도 않고, 그것을 요구할 계제도 아닌 것 같았다.

다음날부터 학교 앞이나 회사 부근의 웬만한 튀김집이란 튀김집은 다 들러 혼자 시식을 하면서 짬짬이 주방 쪽 사람들에게 얘기를 붙였다.

"어떤 식용유가 좋은 식용유예요?"

혼자 튀김 한 접시를 시켜놓고, 말을 붙이는 넥타이 차림 풋내기의 생뚱맞은 호기심에 가는 곳마다 시큰둥한 대접뿐이었다. 젊은 사내놈이 그걸 왜 묻느냐는 다소 퉁명스런 표정과 함께. 일에 바쁜 그들에겐 도시 흥미 없는 질문이었을 것이다.

요즘처럼 식용유가 여러 회사에서 경쟁적으로 나오던 때도 아니고, 일반 식용유하면 으레 대두유만 쓰던 때였다. 올리브유, 포도씨유, 하는 이름은 서민들은 들어보지도 못했던 시절이지만, 튀김 요리만은 모두가 좋아하던 때였다.

여기저기 기웃거리던 중 신문로의 한 튀김집에 들렀다. 마침 수업이 끝난 하굣길 여학생들이 우르르 들어와 있었다. 마침 비어 있던 주방 바로 앞자리에 앉아 튀김을 주문하며 예의 그 질문을 또 던졌다.

"아저씨, 식용유는 어떤 것이 좋은 겁니까?"

바삐 튀겨내던 아저씨가 힐끗 보더니 말했다.

"빨리 끓어야지."

대답은 짧고 시큰둥했다.

"빨리 끓으면 왜 좋아요?"

이번에는 그것도 몰라서 또 묻느냐는 듯, 이쪽을 보지도 않고 말했다.

"빨리 끓어야 덜 줄어들 거 아닌감."

그래도 명쾌하지가 않았다. 덜 줄어드는 것이 왜 좋은 식용유인지 금방 이해가 되지 않았기 때문이다. 차마 더 묻지도 못하고 멀거니 보고 있던 나를 의식한 때문인지 바쁜 손놀림을 잠시 멈추며 아저씨가 딱하다는 듯이 한마디 더 보탰다.

"아, 이치를 생각해봐요. 기름에 불순물이 적으면 빨리 끓게 되고, 그러면 자연히 덜 줄어들게 되니까 좋은 기름이란 말이우."

아하, 그랬다. 불순물이 최소화되어 있으니 비등점이 낮고, 빨리 끓게 되니 동일한 시간을 비교하면 식용유가 덜 줄어들어 훨씬 경제적이란 말이었다.

"H식용유, 빨리 끓고 덜 줄어들어 경제적이죠."

오랫동안 사용해서 유명해진 이 멘트가 탄생한 배경이었다.

첫 번째 CF는 '증언 편'으로 옛 서린호텔 주방장이 등장해서 직접 실증하는 증언식 콘티(continuity를 줄여서 conti라고 하며, CF에서는 장면의 비주얼이나 오디오, 효과음 등을 기술해놓은 대본을 말함)였다.

두 번째 CF는 '공장방문 편'이었다. 지방의 공장으로 가서, 실제 정제과정과 생산과정을 주부들이 돌아보는 내용이었다.

주 모델과 부 모델은 선정해서 함께 갔지만, 엑스트라 주부 모델들은 현지에서 선정할 수 있도록 준비하기로 했다.

정오쯤 도착해서 엑스트라 모델 10여 명을 선택하러 총무부장님이 나를 이끈 곳은 한 요정이었다. 그곳에서는 그 공장이 당시로는 유일하기도 하고 가장 큰 민간 기업이다 보니, 총무부장은 아주 큰 손님이었던 모양으로, 대문을 열고 들어서는 순간 입이 딱 벌어지면서 눈을 어디에 두어야 할지 모를 지경이었다.

요정 대청마루 끝에 화사한 한복과 양장을 차려입은 아가씨들 20여 명이 일렬로 죽 늘어서 있는 것이 아닌가.

"PD님, 여기 진해에서 가장 예쁜 미인들은 다 모셔다 놓았으니 마음대로 뽑아보세요."

총무부장이 내 어깨를 밀면서 말했다.

이어서 눈을 찡긋하며 입을 내 귀에다 가깝게 붙였다.

"마담한테 내가 부장 PD라고 일러놨으니 그리 알아요. 오늘 저녁 상다리 부러지게 한상 봐놓으라 해놨고! 하하."

내 생애 첫 캐스팅은 이렇게 어이없는 곳에서 이루어졌다.

H식용유와의 결별은 아직도 미안함과 아쉬움이 공존하고 있다.

당시는 동양방송(TBC)의 텔레비전 프로그램 중에서 '쇼쇼쇼'가 최고의 인기를 구가하던 때였다. 그러다 보니 너도나도 그 프로그램의 광고주가 되기를 원했고, 자연 광고단가도 비쌌다. 프로그램의 경우 광고비 단가는 '제작비+전파료'가 기본으로 되어 있다. '쇼쇼쇼'의 경우 제작비는 한 광고주당 1회에 1백만 원 정도였다. 전파료는 10% 미만이었고 90% 이상이 제작비로 계산되어 있었다[(1976년

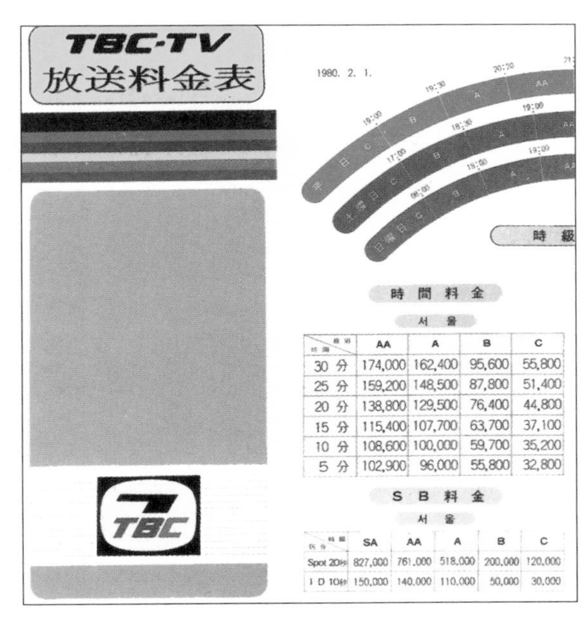
TBC-TV
放送料金表

1980. 2. 1.

時間料金

서울

	AA	A	B	C
30 分	174,000	162,400	95,600	55,800
25 分	159,200	148,500	87,800	51,400
20 分	138,800	129,500	76,400	44,800
15 分	115,400	107,700	63,700	37,100
10 分	108,600	100,000	59,700	35,200
5 分	102,900	96,000	55,800	32,800

S B 料金

서울

	SA	AA	A	B	C
Spot 20秒	827,000	761,000	518,000	200,000	120,000
I D 10秒	150,000	140,000	110,000	50,000	30,000

당시 TBC-TV 요금표

당시 '쇼쇼쇼' 는 5개 광고주가 청약되었고 한 광고주별 1회당 기본단가는 1.092.050원이었다. 〈참고〉 당시 인기 드라마 '부부' (1/4)는 628.275원이었다)].

그러나 문제는 한 달에 한두 번을 빼고는 한번도 정해진 기본광고단가만을 적용하지 않는다는 데 있었다. 프로그램 청약서에 나와 있는 회당 단가는 그저 형식에 지나지 않고 매 주말마다 특집 편성이란 명목 하에 일방적으로 임시 단가를 통보해오는 것이었다. 매체부를 통한 몇 줄짜리 통지문이면 끝이고, 싫으면 언제든지 CM을 빼고 나가라는 투였다.

다음 대기 광고주가 줄을 섰고, 다른 안 팔리는 변두리 프로그램을 끼워서라도 살 테니 '쇼쇼쇼'에 들어가게만 해달라고 매달리며 기다리고 있는 판이니, 그 위세는 참으로 대단했다.

그런 강압적인 군림은 나 같은 광고회사의 AE들에게는 가혹한 형벌과도 같은 것이었다. 어디에 하소연도 못하고 일방적으로 통보받은 '특집 프로그램 방송으로 인한 임시 단가 인상'이라는 내용대로 그때마다 정성들여 공손한 문구로 광고주에게 공문을 띄우며 협조를 구해야 했다.

귀사의 일익 번성을 기원합니다.

아뢰올 말씀은 다름이 아니오라, TBC-TV '쇼쇼쇼' 의 이번 주말 방송이 '패티 김' 봄맞이 특집 그랜드 쇼로 편성됨으로써, 회당 단가가 아래와 같이 임시 인상단가로 적용하게 된 바 귀사의 양해와 협조를 바랍니다.(후략)

항상 답답하고, 새우등이 되어 터지는 것은 '갑'이 아닌 '을'의 신세다. 방송사와의 관계도 '을'이고 광고주와도 '을'이니 어쩔 수 없이 매주 이런 공문을 보내는 것이 짜증나는 일이었다. 사실 특집 프로그램이라고 해봤자 거의 대부분이 '조영남 귀국 쇼', '조영남 작별 쇼', '패티김 신춘 그랜드 쇼' 등의 타이틀을 단 것들이었다. 정규 포맷이 여러 가수들이 출연하는 것이라면 특집은 계절에 맞추어 대형 가수를 등장시키고 무대 위로 드라이아이스를 좀 더 피워 올리는 것이 전부였다. 개런티가 얼마나 더 투입되는지는 몰라도, 전파료는 별 차이 없이 제작비만 광고주마다 1백만 원씩 올리면 거의 100% 인상인데, 어딜 봐도 그건 과도한 인상임이 분명하게 느껴졌다.

우리 눈으로 모니터링을 해도 그런 판국이니 몇 천 원짜리 제품 하나하나 팔아서 광고비를 내는 메이커의 입장에서는 심사가 뒤틀릴 만도 한 일이었다.

"아니, 당신네들 방송국하고 짜고 올리는 거 아니오?"

한번은 CF 시사회를 하는 자리에서 그쪽 회장님이 나를 보면서 질책하듯 던진 말이었다. 내부적으로 불만이 폭발 직전이라는 말은 들었지만, 회장님으로부터 이런 말을 듣고 보니 참담한 심정이었다.

게다가 그날은 괜히 폼을 잡느라고 그랬는지 은연중에 눈치를 줘도 안 듣고, 까만 색안경을 쓰고 영사기를 돌린 선배 PD의 물색없는 처신에도 회장님은 한참 비위가 상하신 것 같아 보였다.

설상가상으로, 같은 그룹에 속한 광고 대행사와 방송국에 미운털이 박힌 참에, 또 같은 계열사 한 곳에서는 식용유 시장에 새로 뛰어들어 론칭 광고까지 시작했으니, 이제 이별은 시간문제였다.

게다가 그 후발 B식용유의 CF 내용이 H식용유를 따라한 것이었으니…….

"새로 나온 B식용유, 빨리 끓고 덜 줄어들어 고소하고 깨끗해요."

이쯤이면 우리 쪽에서 먼저 이별을 통고한 것과 무엇이 다르겠는가. 결별통보를 받은 AE는 끙끙거리며 한동안을 앓는다. 결별통보 공문을 들고 결재라인을 거쳐서 사장까지 대면결재를 받아야 하는 괴로움은 겪어보지 않으면 모른다.

우선 실적이 그만큼 차질이 나니 어떻게든 새로 채워넣어야 하고, 새로운 광고주 개발과 영입을 위하여 치열하게 뛰어야 한다. 공교롭게 인사고과 철이라도 바로 코앞에 있으면 발등에 떨어진 불이다. AE 잘못이 아니라도 아무도 그 구멍이 난 계수에 대한 배려는 없다.

돌이켜보면 이런 작별을 이미 내심으로 하고 있었던 모양이었다. 신년 인사를 위해 국장, 이사, 사장님을 모시고 H식용유의 사장님 방에 들렀을 때, 커피 한 잔도 없이 서서 그냥 어색한 인사만 하고, 내게로 몇 걸음 와서는 어깨를 툭 치면서 "우리 AE 이 형! 오면 내 방에 한번씩 들러!" 하는 게 아닌가.

같이 갔던 사장님께 얼마나 무안하던지. 몸 둘 바를 모르게 당황스러웠다. 그날의 기억은 몇 가지의 다른 의미로 아직도 남아 있다.

공작새, 활짝 편 꼬리를 찍어라

| 프로는 내 일을 나보다 더 잘할 수 있는 사람을 활용한다

1977년 초가을 어느 날. 출근하자마자 S백화점으로 향했다. 사장까지 결재가 떨어진 CF 스토리보드(storyboard, CF 내용을 멘트, 자막, 그림 등으로 종합적으로 구성한 보통 8컷~12컷짜리 시안. 콘티와 같은 개념)지만 최종 진행은 M상무를 만나서 보고하기로 되어 있었기 때문이다. M상무는 불과 1년여 전에 회장님 손에 이끌려 주주총회장으로 데뷔함으로써 그룹 내외적으로 시선을 한몸에 받았던 바로 그분이다.

판촉팀 담당자와 나 그리고 PD, 셋이서 방으로 들어갔다. 골프모자 몇 개를 거울 앞에 두고, 쓰고 벗는 동작을 반복하던 그분이 자리로 와 앉으며 말했다.

"공작새를 실제로 찍을 건가요?"

"네."

"어디서 찍을 건가요? 실제 촬영이 가능할까요?"

우리 쪽 아이디어는 '전통과 신뢰의 백화점'을 이번 기업PR CF의 콘셉트로 잡고, 심벌인 공작새가 우아한 날개를 활짝 펴 올리는 컷을 메인으로 하는 것이었다. 실사(實寫)에서 애니메이션으로 연결되고 공작새를 형상화한 심벌마크로 바뀌면서 '생활 속의 백화점 OOO' 하는 콤마 송(5초, 7초 정도의 멜로디에 슬로건과 회사 이름을 담는 짧은 CM송)으로 끝나게 되어 있었다. 그러니까 지금 M상무가 묻고 있는 것은 그 공작새의 실제촬영을 어디서 어떻게 하겠으며, 기대만큼 결과를 낼 수 있겠느냐는 것이었다.

"지금 공작을 실제로 촬영가능한 곳은 국내에선 창경원(창경궁)하고 자연농원 두 곳뿐입니다. 자연농원은 실제 가봤더니 꼬리털이 많이 손상되어 촬영이 어렵습니다. 창경원은 아침 일찍 촬영은 가능한 것 같고 상태도 괜찮습니다. 그러나 저희가 찍는 것은 커머셜이라고 창경원 쪽의 협조가 불가능하구요. 방송국 쪽이라면 섭외과정에 프로그램이나 자료용 촬영이라고 하면 가능할 것 같습니다."

사전에 우리끼리 입을 맞춘 대로 내가 말씀드렸다. 이제 갓 30대 중반의 M상무는 경영의 핵심보다는 우선 광고나 판촉 같은, 취향에도 맞고 관여하기도 비교적 부담이 없는 쪽부터 업무의 영역을 다져가고 있었다.

"그럼 내가 뭘 도와주면 되나요?"

"방송국 쪽에서 촬영 협조를 해주도록 해주신다면 차질 없는 진행이 될 것 같습니다"

판촉 담당자의 말이 끝나자 바로 비서에게 T방송국 L전무를 전화로 연결시키라고 했다. 상대방이 전화를 받는 것을 확인한 후 비서로부터 수화기를 넘겨받았다.

"예, 납니다. 지금 이 방에 와 있는 A기획 담당자들, 거기 가면 잘 되도록 해주세요."

저쪽 말을 우리는 들을 수 없었지만 딱 용건만 말하고 먼저 전화를 끊는 것만은 분명했다.

단걸음으로 T방송국으로 가서 대기실 소파에 앉자마자, 먼저 와 있던 다른 손님들을 제치고 들어오라고 했다.

커다란 회의실 안에는 낯익은 얼굴도 있었다. 아마 전화를 끊은 후, 바로 관계자들을 모아놓고 기다리고 있었던 것이 분명했다.

"아, A기획 사람인가. 우리가 뭘 도와주면 돼요?"

사진으로만 봤던 그 얼굴의 L전무가 의자를 돌려 앉으며 우리를 건너다봤다. 귀찮고 마뜩찮아 보이는 표정이 얼핏 스쳤다.

"창경원 공작새 촬영 섭외와 촬영 장비, 인력을 좀 지원해주셨으면 하구요. 또 동경사무소를 통해서 혹시 공작새를 찍은 자료 필름이 있는지 자세히 좀 알아봐주셨으면 합니다."

"그래요? 그것만 도와주면 돼요?"

"네."

"어이! 김 차장, 들었지? 이 사람들 요청하는 내용을 최대한 협조해주라고……. 일본에는 빨리 자료 있는지 알아보고."

"거 왜 직접 못하는 것을 한다고 아이디어는 내서……. 우리 할 일도 시간이 모자라는 판에……."

지시를 받은 김 차장이란 사람인지 다른 누군지는 모르지만, 엉뚱하게 끼어든 일이 다소 못마땅한 듯 우리 쪽을 보면서 불만스런 말을 했다.

"김 차장! 지금부터 바로 뛰어. 그리고 잘 끝났습니다, 하는 보고만 해!"

그렇게 탄생한 기업PR CF의 심벌 로고 장면은 그 후 오랫동안 S백화점 모든 CF의 마지막 트레일러로 사용되었다.

콤마 송과 윤형주

그 일은 그렇게 T방송국을 활용해서 끝냈지만 아직 한 가지가 안 풀리고 있었다. 바로 콤마 송이었다.

'생활 속의 백화점, OOO' 이 짧은 5초 정도의 멜로디가 벌써 몇 번째의 오디션으로도 OK사인이 나지 않아 계속 시안을 만들어야 하니 답답할 노릇이었다. 릴 테이프와 무거운 기재를 끌고 오가는 것도 여간 번거로운 일이 아니었다.

네 번째 시안을 듣고 있다가 갑자기 한 가지 아이디어가 떠올랐다. 한번에 여섯 가지 각각 다른 멜로디로 기타 반주에 맞춰 가녹음을 했으니 벌써 스무 가지도 넘어서, 이제 그게 그거 같고 혼란에 빠져 있던 참이었다.

오디오 담당 팀장에게 이번엔 윤형주 씨를 직접 동행해서 M상무 오디션을 하면 어떻겠냐고 제안했다.

동병상련이었던 그도 잠시 망설이더니 "그럽시다. 그거 아이디어인데." 하면서 얼굴이 금세 기대로 환해졌다.

당시에는 스타 가수였던 윤형주 씨나 김도향 씨가 CM 프로덕션을 운영하면서 직접 CM송을 부르기까지 하는 왕성한 활동을 하고 있었다. 그때의 S백화점 콤마 송도 윤형주 씨가 직접 멜로디를 만들고 반주까지 하면서 녹음한 것이었다.

약속된 시간에 말쑥한 양복차림에 행커치프까지 멋지게 꽂고 알맞은 향수 냄새까지 곁들인 그와 함께 M상무 방으로 들어섰다.

공식적인 자리에서 이미 인사 정도는 나눈 사이여서인지 반갑게 인사가 끝나고 오디션 테이프를 틀기 전에 윤형주 씨가 잠깐 멜로디에 대해서 언급하면서 지난 1차에서 3차까지와 이번 4차에서의 차이점에 대해서 설명했다.

반복해서 듣느라 15분쯤 걸렸을까.

"수고하셨어요. 다 좋은데요. 세 번째나 이번 네 번째 것 뭘 써도 되겠는데요. 두 번째 것이 더 좋은 것 같기도 하고……."

M상무의 이 한마디로 모든 것은 끝이었다. 오디오 PD 김 차장과 내가 들고 가서 오디션 할 때는 몇 번을 듣고도 마음에 안 들어하던 똑같은 멜로디가, 윤형주란 스타가 들어가자 바로 상황이 달라지는 것, 이것이 바로 프로의 세계에서 일어나는 일이었다.

그렇다. 똑같은 내용이라도 누가 어떻게 하느냐에 따라 결과는 정반대로 나타나기도 한다. 광고회사의 AE라는 프로페셔널은 누가 이 일을, 나를 돕거나 대신해서 해줄 수 있는가를 찾아서 그에게 맡기면 된다는 사실을 그때 또 한 번 절실히 깨달았다. 진정한 프로는 나보다 내 일을 더 잘할 수 있는 사람을 찾는 능력을 갖춘 사람이다.

탤런트 김흥기 씨, CF에 데뷔하다

CF모델은 스토리보드가 합의될 때 함께 확정되어야지 그렇지 않으면 한참 헤매게 되는 경우가 많다. S백화점은 M상무의 취향에 거의 좌우되는 케이스였다. 방송국 쪽 영향력이 커서인지 한번 알아봐 달라고 하면 줄줄이 사탕으로 추천이 오는 모양으로 도무지 우리 실무 담당자들의 의견이 끼어들 여지가 별로 없었다. 그러던 차에 연말 CF의 남자 주인공은 M상무의 특별한 사전 낙점이 없어서 우리 쪽에서 몇 명을 추천하기로 했다.

내레이션(여) : 뜻깊은 연말을 OOO와 함께 보내세요.

(에코 처리로 멘트)
남자 꼬마 : 아빠! 난 털장갑이야!
여자 꼬마 : 난 털신이구.
부인 : 여보, 전 괜찮아요.

남자 주인공 : 뭘로 한다? (잠시 머뭇거리며)

점원(여) : 사모님 선물은 이게 어떠세요?

남자 주인공 : 허허.

내레이션 : 단란한 가족과 함께 연말을 즐겁게 보냅시다. OOO.

이런 내용의 CF인데 아빠 역할의 남자 주인공이 필요했다. PD가 가져온 모델 프로필들을 보니 고만고만했다. 그때 퍼뜩 한 장의 사진이 떠올랐다.

한두 달 전인가. 다른 부서의 선배 한 사람이 건네준 명함판 사진 한 장이었는데 잊고 있었던 그 사진이 갑자기 생각난 것이다.

선배가 광고회사 다니는 것을 안 그 탤런트의 부인이 남편 몰래 부탁한다며 사진을 가져왔으니 나중에 캐스팅 할 때 참고해주라던 그 사진이었다.

김홍기 씨였다. TBC에 한진희 씨가 한참 주가를 올리고 있었다면 KBS에는 김홍기 씨가 기대되는 탤런트로 주목받을 때였다. 그러나 S백화점은 TBC 쪽 탤런트 선호가 강했던 만큼 마음에 걸리기는 했다. 하지만 나는 한참 때의 최무룡 씨를 어딘가 연상하게 하는 첫인상에다, 부드러운 얼굴선을 가졌으면서도 강한 눈빛에 호감이 갔다. 왠지 이번 CF의 배역을 잘 소화해낼 것 같았다.

한편으로는 M상무 정도의 연배이고 여성이라면 분명 최무룡 씨를 좋아할 테고, 그렇다면 김홍기 씨에게 OK사인을 줄 것 같다는 생각이 들었다. 또 단발 출연료가 40만 원이라면 엄청 싸니 웬 떡이냐 할 것 같은 확신이 있었기 때문이다.

오랫동안 연극배우를 하면서 정통 연기를 갈고 닦은 다음 방송에 진출했고, 이제 막 기대주로 성장한 그였기에, 목돈을 탐해 어디 CF라도 없나? 하고 여기저기 부탁하거나 기웃거리고 다닌 적이 없는 자존심 강한 탤런트였다.

그랬기에 이웃집 부인끼리 몰래 주고받은 사진이 인연이 되어 첫 CF출연까지 하게 되었지만 출연료조차 배팅을 할 줄 모르는 새내기였다. 김흥기 씨 사진을 보내고 얼마 후 예상대로 흔쾌히 결재가 났다. 나중에 담당자로부터 들은 얘기로는, 사진을 본 첫 마디가 "최무룡 씨 닮았네."였다니 내 예측이 적중한 셈이었다.

드디어 촬영이 시작되었다.

백화점 영업시간이 끝난 다음, 필요한 코너를 세팅해서 촬영에 들어가다 보니 자정이 가까워서 시작된 작업이 새벽 3시가 되어서야 끝났던 모양이다. 촬영이 시작되는 것까지만 확인하고 현장에서 빠져나왔던 나는 그 다음날 다른 스태프를 통해 그날 촬영 때 감독이 좀 푸대접을 했다는 사실을 전해 들었다.

그야말로 CF판에는 초짜이고, 감독이 캐스팅한 출연자도 아닌 데다 CF촬영에는 낯설고 요령도 없는 그에게 뺑뺑이를 좀 돌린 모양이었다. 무거운 코트를 입고 식구들 목소리를 연상하며 백화점 진열대 앞을 왔다 갔다 하는 장면을 수도 없이 반복하게 했으니…….

통금이 끝나지 않은 시간이라, 회현동 어느 허름한 여관에서 머물렀다 귀가했다던가.

다음날 퇴근 때쯤, 내가 인사차 전화를 했을 때는 아주 밝은 목소리로 "아닙니다, 좋은 경험을 할 기회를 주셔서 아주 고맙습니다." 했다. 맑은 성품이 무척 인상적이었다. 그것이 계기가 되어 그 뒤 다른 CF에 줄줄이 출연했고 개런티도 엄청 올랐으니, 흐뭇하면서도 한편으론 격세지감이 들기도 했다.

그 김흥기 씨가 2004년 1월 30일 연극 〈에쿠우스〉 공연 직후 쓰러져 몇 년째 의식불명으로 투병하다가 결국 2009년 3월 6일 63세의 아쉬운 삶을 마감했으니 안타깝기 짝이 없다. 특히 KBS 대하드라마 '무인시대'에서 정중부 역을 맡아 카리스마가 번득이는 눈빛을 내뿜던 중후한 명품연기는 오래 우리의 뇌리에 깊이 남을 것으로 생각된다.

'준비—이' 교육보험을 잡아라

| 승진보험이 된 보험 리포트

요즘은 생명보험사들이 제2금융권의 핵심으로 각광을 받는 시대지만 70년대만 해도 정반대의 상황이었다. 대기업에 입사를 했더라도 생보사로 떨어지면 울상이었고, 맞선을 봐도 딱지를 맞기 십상이었다.

그만큼 우리나라에서 생명보험에 대한 이미지는 바닥이었다. 처음 도입기부터 죽고 난 뒤에 무얼 어떻게 해준다는 것이 오랜 유교사상이 요즘보다도 더 강하던 당시의 사회상으로는 환영받을 아이템이 아니었던 것이다. 그러다 보니 같은 보험회사라도 회사 이름에 따라 또 명암이 엇갈렸다.

똑같은 보험 상품을 가지고 있지만 '교육보험사'와 '생명보험사'는 영 딴판이었다. 우리나라의 높은 교육열 때문에 같은 설계사라도 "교육보험에서 왔어요." 하면 의심 없이 문을 열고 맞아주면서도, "생명보험에서 나왔습니다." 하면 문을 안 열어주는 것이 일반적 세태였다고나 할까.

세상이 바뀌어 80년대 중반부터는 심각하게 사명(社名) 변경까지

고려했던 생명보험회사들이 90년대 중반부터는 오히려 기지개를 켠 반면, 교육보험회사는 이제 회사 이름을 바꿔야 할 때가 아닌가 하고 위기의식을 느꼈다. 일반인들이 교육보험회사라고 하면, 거기서 생명보험도 취급하느냐고 되묻는 상황이 된 것이다.

1978년 1월 4일, 호출을 받고 사장실로 갔다.

"아, 군(君)이 D생명 담당 AE인가?"

"네."

"언제부터 맡았지?"

"이제 막 한 달 되었습니다."

사장님은 내가 맡은 기간이 한 달이 되었다는 말에 다소 멈칫하시는 것 같더니 바로 다음 말을 이으셨다.

"그래, 그렇지만 한번 해봐. 사장단 회의에서 부회장께서 D생명이 홍보 마케팅이 좀 부진한 것 같다고 과제를 하나 내리셨어. 우리 회사에서 연구해서 보고해달라는 내용인데……. 일본의 생보사들 현황과 마케

①

①은 잡지광고, ②③④는 신문광고 시리즈물

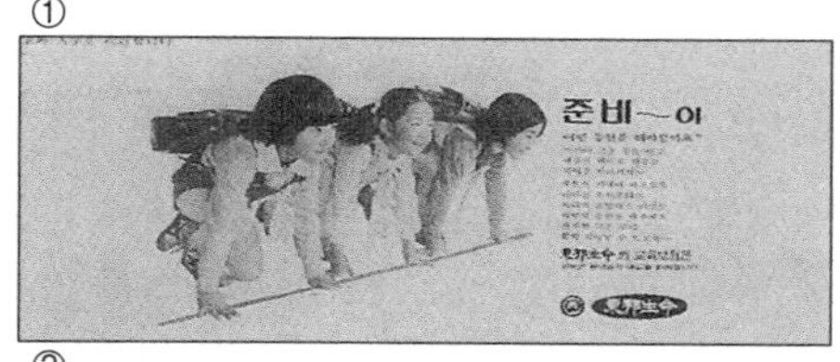

②

③

④

팅 활동과 광고 홍보활동 내용을 분석하고, 우리 D생명은 어느 쪽으로 가야 하는지 방향제시를 좀 해보라는 거야. 어렵겠지만 수고 좀 해봐. 너무 오래 걸려도 그러니까 한 2주쯤 말미를 주겠네."

졸지에 엉뚱한 일 벼락을 맞은 셈이라 황당하고 큰일 났구나 싶었지만 내색을 할 수는 없는 일이었다. 최선을 다하겠다고 인사드리고 나왔지만, 아주 큰 프로젝트를 받은 마음은 무겁기만 했다.

자리로 돌아와서, 대충 시간계획을 머릿속으로 그리면서 '그래, 한번 해보자.'는 결의를 다졌다. 부회장이라는 주목받는 자리에서 대그룹의 막강한 후계자로서의 입지를 다져가는 스타트 라인에 선 황태자의 지시사항이니만큼 사장께서도 무척 신경 쓰이는 일임은 분명했다.

누구에게 부탁을 드릴 사안도 아니고, 여관방을 하나 잡아놓고 1주일을 매달렸다.

오더를 받은 지 정확히 딱 9일 만인 1월 13일을 보고 날로 잡았다. 어느 누구의 간섭도 없고, 중간 점검도 없었다. 직속 부장이나 국장도 배석하지 않고 사장실로 혼자 갔다.

16절지에 정성들여 쓴 미니 차트 형식이었다. 총 50여 페이지에 달했지만 군대시절에 작전을 보면서 이런 종류의 차트 작성과 브리핑에는 이골이 나 있었다고나 할까. 속으로는 자신이 있었다.

① 일본 광고량(생보사별 · 매체별) 분석 및 총 매출액 대비표

② 일본 생보업계의 광고 현황 및 연도별 광고 추세 분석(기업PR, 상품PR, 기업 상품 혼합)

③ 일본 생보 각사의 크리에이티브 분석(콘셉트, 카피, 라디오-CM, CF 등)

④ 국내 생보업계 각 사별 광고현황 및 연도별 광고비 대비 매출액 분석

⑤ 국내 생보업계의 크리에이티브 분석

⑥ 일본 생보업계 여건과 국내 생보업계 비교 및 D생명의 광고방향 제시

이런 순서로 20분쯤 설명이 끝났을 때, 사장님의 표정은 흡족해보였다.

"짧은 시간에 애썼구먼. 됐어. 다시 더 정리할 것 없이 그대로 복사해서 2부를 만들게. 2부는 내게 제출하고 1부는 앞에 공문 첨부해서 D생명으로 바로 보내도록 준비하고……."

어쨌든 이 리포트가 계기가 된 것만은 분명했다. 잡지나 신문에 D생명의 기업PR 광고가 부쩍 늘었다. 보유계약고 1조 원, 2조 원을 테마로 한 광고가 시리즈로 집행되었고, 상대적으로 취약한 '교육보험 상품'을 테마로 한 광고에도 비중을 높였다. 약점인 교육보험 이미지는 강화하면서 경쟁사 '교육보험'은 압박하는 전략을 구사했다.

우리가 어린 시절에 걸핏하면 달리기 경주를 줄곧 하던 것을 비주얼로 활동했다. 갓 입학한 초등학교 1학년 아이들이 가방을 메고 가슴에는 명찰과 손수건을 단 귀여운 표정으로 하얀 출발선 위에서 막 뛰어가려는 모습을 담았다.

헤드라인은 '준비-이!'이고, 서브라인은 '어떤 응원을 해야 할까요?'였다. 아이디어와 카피까지, 입사 때의 사장님 말씀처럼 AE인 내가 아이디어를 낸 것이었다. 이 광고는 '교육보험 상품 이미지'가 상대적으로 취약했던 D보험의 약점을 상당 부분 끌어올리는 계기가 되었다.

한 가지 광고로 근 7년 간 꾸준하게 잡지광고로 게재했으니 아마 국내에서 이 부문 최장기록이 아닐까 싶다.

부여된 과제를 뿌리부터 후회 없이 파헤쳐서 써낸 혼신의 리포트, 그것이 사장님께 묵직한 눈도장이 되지 않았을까. 입사 동기들 중에서 맨 먼저 차장 승진을 했으니 보험 때문에 '승진보험'을 든 격이 된 셈인가.

'좋은 광고는 생명이 길다'는 광고 원칙을 입증한 사례라고도 하겠다.

| 책받침 이야기

또 한 가지 에피소드는 D생명의 '책받침'에 얽힌 얘기다.

일본 생보사들의 판촉활동을 분석한 내용 중에, 어느 한 생보사의 '플라스틱 책받침'이 있었다. 교포 야구선수인 장훈 씨를 한쪽 면에 등장시켜 소위 '부챗살 타법'을 설명하는 것이었다. 판촉물의 참고용으로 함께 제시했는데, D생명도 그런 '책받침'을 만들기로 했다고 했다.

책받침에 들어갈 잡지광고의 원고만 만들어 넘기고 그 일은 까마득히 잊고 있었다. 몇 년 세월이 흐르고 그때 담당자였던 B형이 다시 언론사로 복귀한 다음, 어느 날 함께 술을 한잔 했을 때였다.

"이 형! 아, 그때 그 플라스틱 책받침 아주 히트였어. 처음 만들 때도 백화점 학용품 코너 가서 가장 품질 좋은 걸 골라서 그것 만든 곳을 어렵게 찾았더니 만리동 언덕배기에 있는 영세 가내 공장이더라고. 거기다 몇만 개 만들어 한 달 내에 납품할 수 있느냐고 했더니 입을 딱 벌리더군. 한 달에 겨우 기천 장 만들던 곳이니 안 그랬겠어요? 그뿐인가. 각 영업소로 내려 보냈더니 서로 더 보내달라고 하지 않나, 그냥 더 못 주면 대금 줄 테니 보내달라고 막무가내로 나오지 않나. 그러더니 어느 날은 비서실에서 연락이 와서 깜짝 놀라고 사장까지 난리가 났어. 내용인즉 부회장님께서 초등학교 다니는 자녀들이 공부하는 모습을 옆에서 보고 있는데, 애들이 글씨 쓰면서 공책을 넘기는데 플라스틱 책받침이 있으니까 보셨던 모양이야. 아, 그런데 D생명이 찍혀 있어서 이거 어디서 났냐고 물으니 학교에서 친구로부터 얻었다고 하더란 거야. 이렇게 좋은 걸 왜 보고하지 않았냐고 하시면서 한 100개쯤 부회장실로 당장 보내달라고 하셨다는 거야."

술이 한 순배 돈 터라 그의 눈빛은 더욱 그윽해졌다. 그는 계속 말을 이어나갔다.

"아, 말이야 바른 말로, 일은 이 형 하고 나하고 둘이서 다 한 건데 허수아비로 있기만 했던 J과장이 칭찬은 혼자 다 받았지 뭐야. 그런 게 계기가 되어 J과장이 홍보 아이디어가 많고 일을 잘한다고 비서실 홍보팀으로 갔지만 결국 헛물만 켰지 뭐야. 그런데 J과장이 신문기자 술 접대한다고 하다가 말이야, 욱해서 술판을 엎지르고는 다음 날 출근해서 안절부절못하다가 나한테 SOS를 쳤더군. 헤어질 때 윗선으로 항의하고 목 잘라버리겠다고 협박하면서 기자가 갔으니 오늘 어떻게 해야 하느냐고 하면서……. 내가 그랬지. 시침 뚝 따고 먼저 전화해서 잘 들어갔냐고 안부하고, 취해서 필름 끊겼는지 아무 생각이 나지 않는다고 좀 너스레를 떨면서 벌주로 다시 한 번 자리를 만들겠다고 선수 치라고 했지."

결국 그 J과장은 그 자리가 적성에 맞지도 않았고, 그쪽 능력에도 문제가 있었던지 오래 있지 않고 떠났다.

| 오발탄이 된 헤드라인

'人材를 찾습니다'

5단 1/3 사이즈 신문광고였다.

D생명의 경력사원을 모집한다는 내용의 원고를 넘겨받고, 나는 고개를 갸웃했다. 척 보는 순간 인재라는 말이 마음에 걸렸다. 그룹 관계사들의 광고 패턴이 그냥 '경력사원 모집'이었지, 이런 다소 다른 뉘앙스가 있는 헤드라인은 좀 아닌 것 같았기 때문이다.

그러나 D생명 인사팀 쪽에서 '담당 AE가 뭔 그런 것까지 우려하느냐, 동판(銅版)이나 만들어서 제 날짜에 게재하기나 하지.' 하는 투의 반응이었다.

아니나 다를까. 광고가 나가자 바로 반응이 왔다. 그 광고를 본 비서실 최고위층에서 진노를 했던 모양이다. 우리 그룹이 어디 인재가 없어서 경력사원 인재를 공개적으로 찾는다고 광고를 하느냐고 질책이 떨어져 담당임원이 경위서를 쓰고 난리를 떨었다.

'만들라는 대로 만들기만 하면 그게 무슨 전문가이고 광고회사냐? 잘못된 것은 고쳐줘야지.' 하는 불똥이 우리 회사로, 또 AE인 내게로 떨어질 뻔했지만 미리 문제점을 지적했던 연유로 비껴날 수 있었다.

5. 스스로에게 보내는 커튼콜

'국방일보' 와 내가 공동으로 펼친 다소 이색적인 캠페인 기록이다. 앞의 4개의 장이 한 직장에서의 23년간의 기록들이라면, 이 5장의 기록은 그로부터 한참 뒤인 2000년에 있었던 기록이다. 또 앞의 기록들이 특정 기업이나 특정 개인을 위한 것이었다면 이 기록은 공익적 프로젝트였다고 할 수 있다. '스스로에게 보내는 커튼콜' 이라고 표현한 것은, 이 캠페인은 혼자서 북 치고 장구 친 진행이었지만 지금까지의 온갖 노하우를 동원하여 만들어진, 마치 조형물 같은 이벤트였기 때문이다. 즉 스스로에게 큰 박수를 보내며, 저만큼 뒤돌아서 있던 나를 다시 불러세운 뜻깊은 이벤트였다.

'사랑의 편지' 캠페인

가까운 문구점에서 두꺼운 하드보드 몇 장을 구해 왔다. 사무실의 정남향 통유리에는 8월 한낮의 자글자글 끓는 햇빛이 부딪혀 내리고 있었다.

제도용 자와 커터로 신문전단 크기로 두 개를 잘라냈다. 하드보드를 자르고 트레이싱페이퍼를 덧씌우고 청 표지를 붙이는 그래픽 디자이너들의 작업과정은 눈만 뜨면 보던 일이었지만, 내 손으로 해보기는 처음인 것 같았다.

광고회사 사람들이라면 책상 위에 이 하드보드에 그려진 광고물 시안(試案) 몇 개가 없는 날이 없다. 그러다 보니 AE나 디자이너의 손에는 군인들 손에 총이 안 떠나듯 시안이 떠날 날이 없다.

보더 라인(border line)을 긋고 본격적인 시안작업에 들어갔다.

카피는 이미 다 완성되어 있었다. 생판 초짜 디자이너의 눈물 나는 시안 디자인이 시작된 것이다.

2000년 2월 8일, '검 · 군 병무비리 합동수사반'이 설치되었고 며칠 뒤부터 본격 수사 착수에 들어간다는 요란한 보도가 쏟아졌다. 1998년 5월부터 시작된 병무비리 수사는 그 중심에 있던 박노항 원사의 잠적으로 사실상 지지부진해 있었다. 냉소적 여론이 팽배해지면서 '안 잡나' '못 잡나' 하는 말들이 공공연하게 터져 나왔다.

그런 부정적 여론 형성에 부담을 느낀 정부 당국의 적극적 수사 착수 두 달여 만인 4월에 박노항 원사가 검거되었다. 수사대상으로는 전 · 현직 국회의원 54명(자제 75명)을 비롯한 기업인, 관료 등 사회 유력인사들이 대거 포함되어 있었다.

연일 터져 나오는 이 병무비리 뉴스를 보면서 내 머릿속을 스치는 아이디어 하나가 있었다. '연극 속의 라이브 CM'과 거의 비슷한 시기에 떠올랐던 아이디어였다. 뭔가 새로운 매체나 이벤트는 없을까 하고 생각하다가 군대시절의 〈전우신문〉이 떠올랐다. 젊음의 푸른 정거장에서 60여만 장병이 읽는 그 신문을 이용한 캠페인 아이디어였다. 그러나 실무담당자들로부터 올라온 검토 내용은 부정적이었다. 신문의 제호도 〈국방일보〉로 바뀌어 있었고 신문사 측의 반응도 미온적이라고 했다. 결국 아이디어는 사장되고 말았다. 그런데 그 아이디어가 다시 떠올랐던 것이다.

마침 접촉했던 국방홍보미디어나 국방홍보원의 반응은 사뭇 긍정적이었다. 캠페인 기획서는 일사천리로 만들어졌다.

캠페인 타이틀은 '사랑의 편지 보내기', 캠페인 슬로건은 '병영과 가정과 사회를 하나로 잇는'으로 했다.

처음 이 캠페인을 기획할 당시의 내 머릿속에는 국민개병제에 대한 심한 불신과 특권층의 병무비리에 대한 분노가 팽배해가던 사회 분위기를 염두에 두고 있었다. 일부 계층의 지탄받을 사례도 있었지만 대부분의 사회지도층 자식들은 우리 필부필녀의 자식들과 똑같이 병영생활을 하고 있는 전우라는 사실을 보여주고 싶었다. 그 실제 모습과 사연을 생생한 현장의 목소리로 보여줌으로써, 사실보다

국방일보

제10876호 THE KOOK BANG ILBO http:

국방일보 캠페인

밝은 병영 건강한 사회를 위한

'사랑의 편지 보내기'

국방일보가 밝은 병영과 건강한 사회를 만들기 위한 캠페인을 펼칩니다. 국군 장병들의 영원한 벗인 국방일보는 병영과 가정, 그리고 사회를 사랑과 신뢰로 이어 주기 위한 '사랑의 편지 보내기' 캠페인을 전개합니다.

오는 25일부터 3개월간 펼쳐질 '사랑의 편지 보내기'는 국군 장병들이 군 생활을 하면서 겪었던 경험이나 진솔한 사연, 또는 고향의 부모님이나 친지에게 보내는 따뜻한 이야기이면 됩니다.

친구나 애인, 그리고 선·후배들이 국군 장병에게 보내는 격려나 당부의 편지를 보내 주셔도 됩니다. 엄격한 심사를 거쳐 당선된 편지는 주 1회 국방일보 '장병문예'란에 게재하며, 게재된 편지에 한해 월 1회 3편의 우수상을 선정해 시상도 합니다. 가장 많은 편지를 보낸 부대(연대급 단위)에는 세탁기 1대를 단체상으로 수여합니다.

국군 장병을 비롯한 많은 분들의 적극적인 참여를 기대합니다.

감동적이고 진솔한
진중사연 받습니다

▲기 간 : 2000년 10월 25일 ~ 2001년 1월 25일 (3개월간)
▲대 상 : 국군 장병 및 가족, 친지, 지인(知人) 등
▲보낼 곳 : 서울특별시 용산구 용산동 2가 산2번지 국방일보 취재B팀 (우: 140-833).

보낼 때 편지 겉면에 붉은 글씨로 '사랑의 편지 원고'라고 명기할 것.

※게재용 얼굴사진(컬러 명함판) 한 장과 소속부대(일반인은 주소와 인적사항)를 명기해 보낼 것.

▲분 량 : 200자 원고지 5매(답장과 함께 보낼 때는 200자 원고지 10매).
▲게 재 : 입선된 편지에 한해 주 1회(매주 목요일·조간기준) 국방일보 '장병문예'란에 게재.
▲시상 및 상금(상품)
· 입선작 : 게재된 편지는 모두 입선작으로 하며 상금은 3만원.
· 우수작 : 입선작 가운데 월 3편의 편지를 선정하며 상금은 20만원.
· 단체상(부대) : 매월 가장 많은 편지를 보내 온 부대(연대급)를 선정하며 상품은 10kg 짜리 세탁기 1대.
· 발 표 : 매월(2000년 11월, 12월과 2001년 1월) 마지막 주 목요일(조간기준).

주관 국방홍보원·국방홍보미디어 (주)밀레니엄 커뮤니케이션

국방일보 '사랑의 편지 보내기' 캠페인 社告

더 크게 벌어지는 계층 간의 간극을 메우고 싶었다.

물론 이 작은 일이 커다란 반향을 불러와서 대단한 효과를 거둘 것이라는 생각은 하지 않았지만 소중한 하나의 계기는 되지 않을까 하는 바람은 있었다.

캠페인 계획은 받아들여져서 2000년 10월 24일자 국방일보 지면으로 첫 캠페인 안내 사고(社告)가 커다랗게 나갔다.

국방일보가 밝은 병영과 건강한 사회를 만들기 위한 캠페인을 펼칩니다. 국군 장병들의 영원한 벗인 국방일보는 병영과 가정, 그리고 사회를 사랑과 신뢰로 이어주기 위한 '사랑의 편지 보내기' 캠페인을 전개합니다.

오는 25일부터 3개월간

펼쳐질 '사랑의 편지 보내기'는 국군 장병들이 군 생활을 하면서 겪었던 경험이나 진솔한 사연, 또는 고향의 부모님이나 친지에게 보내는 따뜻한 이야기이면 됩니다.

친구나 애인, 그리고 선후배들이 국군장병에게 보내는 격려나 당부의 편지를 보내주셔도 됩니다. 엄격한 심사를 거쳐 당선된 편지는 주 1회 국방일보 '장병문예'란에 게재하며, 게재된 편지는 월 1회 3편의 우수작품을 선정해 시상도 합니다. 가장 많은 편지를 보낸 부대(연대급 단위)에는 세탁기 1대를 단체상으로 수여합니다.

국군 장병을 비롯한 많은 분들의 적극적인 참여를 기대합니다.

· 기간 : 2000년 10월 25일~2001년 1월 25일(3개월간)

· 대상 : 국군장병 및 가족, 친지, 지인 등

· 분량 : 200자 원고지 5매(답장과 함께 보낼 때는 10매)

· 게재 : 입선된 편지는 주 1회(매주 목요일) 국방일보 '장병문예'란에 게재

· 시상 및 상금(상품)

게재된 편지는 모두 입선작으로 하며 상금은 3만 원이고, 입선작 가운데 월 3편의 편지를 선정하며 상금은 20만 원임. 단체상(부대)은 매월 가장 많은 편지를 보내온 부대(연대급)를 선정하여 10kg 세탁기 1대를 보냄.

캠페인 안내가 나간 1주일쯤 후부터 응모편지가 오기 시작했다. 전국에 산재한 육 · 해 · 공 전군(全軍)의 남녀 장병들, 연대장인 대령 계급에서 훈련병까지의 온갖 사연들이 쌓여져 갔다.

훈련 중에 짬을 내어 구겨진 갱지에 쓴 것부터 산뜻한 색지에, 그

국방일보 캠페인 **'사랑의 편지 보내기' 성황리 막내려**

국방일보가 밝은 병영과 건강한 사회를 만들기 위해 지난해 10월 26일부터 3개월여 동안 펼쳐온 '사랑의 편지 보내기' 캠페인이 장병 여러분과 많은 국민들의 성원 속에 18일로 대단원의 막을 내립니다.

캠페인에 참여해 주신 많은 장병들과 국민 여러분, 그리고 협찬에 응해 주신 업계 관계자들에게 감사드리며, 아울러 오는 10월부터 또다시 3개월간 보다 알찬 기획과 다양한 상품으로 2차 '사랑의 편지 보내기' 캠페인을 전개할 것을 약속드립니다. 올해 1월 '사랑의 편지 보내기'에 참가한 사랑의 편지 가운데 우수작 및 입선작, 그리고 단체상을 다음과 같이 선정, 발표합니다. (편집자 註)

1월 입선자 **우수작에 임수민 병장외 2명**

■ 단체상(10kg짜리 세탁기 1대) : 육군미추홀부대 해안2대대 6중대

■ 우수작(상금 20만원) : 육군57사단 기동대대 임수민 병장, 공군8988부대 정비대 이창휘 일병, 육군승리부대 헌병대 신광현 이병

■ 입선작(상금 3만원) : 육군56사단 포병대대 안재훈 병장, 육군8966부대 본부중대 배효진 상병, 육군동해충용부대 375포병대대 박대혁 상병, 육군청성용문산부대 이상용 상병, 공군5전술공수비행단 박종범 병장, 미8군본사 지원대 이충환 상병, 〃 신화찬 이병, 육군전격부대 본부포대 김경진 일병.

※ 2000년 12월 27일 발표된 11월~12월 사랑의 편지 '입선작' 중 누락된 육군미추홀부대 해안대대 6중대 홍래순 일병, 해군군수사 보급창 유효진 상병, 육군이기자부대 보급중대 배수홍 이병, 해병대 청룡부대 12대대 황선영 병장 등도 상금을 전달해 드리겠습니다.

■ 전달방법 : 우수작과 입선작은 우체국 전신환으로 본인에게 전달하며, 단체상의 경우는 부대사정에 따라 작품 또는 쿠폰으로 전달합니다. 해당자와 해당부대는 다음 문의처로 정확한 주소 등을 반드시 알려 줄 것을 당부합니다.

※ 문의처 : 국방홍보미디어(02-796-0080)

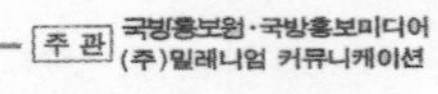

'사랑의 편지' 입상자 발표 기사

'사랑의 편지' 캠페인에 입상한 글과 그 외의 우수한 글들을 모아 출간한 단행본 표지

리고 비뚤비뚤 눌러 쓴 볼펜글씨부터 컴퓨터로 쓴 깔끔한 편지까지 각양각색의 모양과 규격이었다. 그리고 그만큼 사연도 갖가지였다. 부모님과 주고받은 편지의 원본과 함께 동봉한 빛바랜 사진, 편지를 읽다가 눈물을 떨어뜨렸던 흔적까지 고스란히 담긴 편지, 애인에게 받은 편지이니 꼭 돌려달라는 추신을 단 애절한 사연까지 있었다.

11월 말이 되면서 캠페인 한 달 간의 첫 결실을 발표했다.

'사랑의 편지'가 어느덧 한 달이 되었습니다. (중략)

보내주신 편지는 한 통 한 통에 각별한 사연이 담겨 있고, 따뜻한 채취가 살아 있는 소중한 내용이 많았습니다. '사랑의 편지'는 무슨 문예작품을 뽑는 것도 아니고, 화려한 수사와 유려한 문장력을 높이 사고자 한 것도 아니며 무슨 지식자랑이나 지성적 몸짓을 보고자 한 것은 더욱 아니었습니다. 캠페인 안내문처럼 병영과 가정과 사회를 따뜻한 정과 신뢰로 잇는 소박하고 진솔한 이야기를 소개하여 '너의 이야기이면서

한편 나의 이야기'이기도 한 공감의 장을 마련하고자 한 것이었습니다. (후략)

연일 쇄도하는 편지들을 전달받아 그 깨알 같은 사연들을 일일이 읽으며 나 혼자 별별 상념에 다 빠지기도 했다. 발랄하고 기쁜 사연엔 덩달아 흥이 났다. 슬프고 가슴 아픈 구절에는 내 일처럼 빠져들었고, 연인들의 풋풋한 사랑의 모습에는 저절로 빙긋이 웃음이 나기도 했다.

어법이 틀리거나 맞춤법을 파괴한 채팅 언어나 부호, 또는 팔도(八道)의 방언으로 버무려지는 등 하나하나가 모두 귀한 사연들이었다.

많은 편지들을 읽다가 선정하는 본래의 목적도 잠시 잊어버리고 그 내용에 빠져 일희일비하기도 여러 번이었다.

이 캠페인이 계기가 되어 밖에 있는 가족이나 친지, 이성 친구, 선배나 스승과 진솔한 마음의 교감을 나눴다는 후일담도 많았다. 훈련병의 어려움이 부대장에게 알려지는 계기가 되기도 했고, 특별휴가를 얻어 투병 중이시던 부모님의 마지막 임종을 지켰다는 찡한 사례도 있었다.

또 한 번은 지휘관 회의 참석차 국방부에 왔다가 그 날짜 국방일보에 게재된 해군 사관생도들의 '사랑의 편지'를 본 해군사관학교 교장 선생님이 부관을 통해 격려의 전화까지 주신 일도 있었다.

국방일보로 전화를 걸었다가 이 모든 실무 작업은 캠페인을 공동으로 주관하는 곳이 따로 있다며 공(功)을 우리 쪽으로 돌린 담당부서의 설명이 있었던 모양이다.

이 캠페인은 2001년 1월 18일자 지면까지 3개월에 걸친 게재 끝에 막을 내렸다. 최종 접수 분까지 5천 통이 넘는 다양한 편지들 중에서 가려 뽑은 몇 편만 발표한 아쉬움이 너무 컸다.

응모기준에 맞지 않게 너무 길거나 짧은 편지, 군(軍)이란 특수성 때문에 제약이 있는 내용 등의 편지는 소개하지 못한 아쉬움이 컸다. 또한 매주 몇 편이라는 주어진 제약 때문에 부득이 제외됐던 경우는 더욱더 안타까웠다.

캠페인을 마치는 경과의 글을 쓰면서 나는 덜컥 약속을 하고 말았다. 그냥 묻어버리기에 아깝고 소중한 사연들은 이다음에 꼭 다른 방법으로 소개하겠다고.

어느 누구로부터도 강요당하지 않은 개인적이고 자발적인 그 약속은 부메랑이 되어 온전한 내 몫으로 돌아왔다.

5천 통이 넘는 편지를 다시 하나하나 읽기 시작했다. 1주일 넘게 밤낮없이 읽었다. 한쪽으로 가려낸 편지들을 다시 또 읽으면서 출판을 염두에 두고 꼭 필요한 부분만 손질했다.

이런 과정을 거쳐 최종 118통이 뽑혀졌다. 그대로 두면 영원히 아무도 볼 수 없는 사연들로 사라져버릴 내용이었다.

그해 6월에 〈사랑의 편지〉라는 아담한 한 권의 책으로 묶어졌다. 애초에 이 캠페인을 구상하고 입안하고 제안해서 실행까지 한 내 입장에서는 확실한 마무리의 의미도 있었으므로 뿌듯하고 기뻤다.

책을 그냥 좀 보내줄 수 없느냐는 여러 요청에는 거의 대부분 보내드렸다. 처음부터 무슨 베스트셀러를 꿈꾼 것도, 그럴 성격의 책도 아니었지만, 출혈을 이미 감안하고 출발했던 만큼 영리적 이해는 생각 밖이었다.

이 자리를 빌려 그땐 충분한 감사의 마음을 드리지 못했던 협찬 기업인 코리아나 화장품, 삼성전자, 동아 오츠카, 교보생명과 그 담당자들께 거듭 고마움을 표하고 싶다.

그러나 가끔 생각하면 아쉬움이 더 큰 캠페인이었다. 어떻게 보면 혼자서 북치고 장구 친 격이었다. 응모되어 온 편지를 읽고 선정하랴, 선정 사유를 쓰고 책을 만들랴, 협찬 스폰서 섭외하랴……. 주객이 바뀐 느낌을 못내 지울 수 없었다.

군 장병의 사기를 진작하고, 편지를 통한 상호 친근감 조성으로 군에 대한 부모 친지들의 신뢰도를 높여, 안정된 병영생활에 도움을 준다는 예상 효과에는 얼마큼 도움이 되었는지…….

캠페인 초기에는 최초의 기획 의도대로 사회 고위층의 참여 움직임도 있었으나 끝내 성사되지 못한 것은 미진한 기억으로 남아 있다.

누가 시켜서도, 개인적인 영리를 위해서도 아닌 스스로 좋아서, 하고 싶어서 펼쳤던 '사랑의 편지' 캠페인은 AE로서의 광고 인생이 골고루 버무려진 주조물(鑄造物) 같은 것이 아니었을까 생각된다.

어쩌면 한때 새 빌딩마다 의무적으로 설치해야 했던 조각이나 조형물처럼, 그것도 눈에 잘 띄지 않는 한쪽 구석에 있는 조형물 같은 존재인지도 모르겠지만. 비록 텅 빈 객석이더라도 스스로에게 보내는 커튼콜의 목소리를 한 옥타브 더 높이고 싶다.

"어머니! 사랑합니다."

장병들이 가장 하고 싶다는 말, 그러나 그들이 가장 하지 못한 말 또한 이 말이란 사실을 '사랑의 편지'를 읽으면서 처음으로 알게 된 수확이었다.

'마이클 게이츠 길' 처럼…

이제 또 내년 4월이면 선거의 계절이 돌아온다. 지난 18대 총선이 끝난 거리에는 당선인과 낙선인의 플래카드가 여기저기 나란히 걸려 있었다.

'당선사례!'나 '성원에 감사드립니다' 같은 옛날식 인사는 사라지고, 개성적인 카피로 저마다의 특성을 드러내고 있다. 정치야말로 광고, 마케팅, 이벤트, 홍보의 모든 기법과 수단이 총동원된 곳임을 점점 더 실감하게 된다.

인물이나 정당이 상품이 될 수도 있고 브랜드가 될 수도 있다. 정책 마케팅이 아닌 특정 브랜드 마케팅이 더 위력을 펼칠 수도 있다.

마케팅에서의 브랜드의 의미는 제품과 서비스에 대해 고객이 연상하는 속성과 이미지의 결합을 뜻한다. 브랜드는 제품에 대한 고객의 인식을 항상 대동하고 다닌다. 어떤 고객이 구매현장에서 제품을 기억하게 만드는 리마인더(reminder)로서의 기능도, 제품의 가치를 부여하는 것도 브랜드의 힘이다. 브랜드를 통해 만들어진 인식은 '좋다' '나쁘다'의 태도를 유발해 구매를 하겠다, 안 하겠다는 구매의 사까지도 결정하게 한다.

지난번 총선에서는 박근혜라는 브랜드로 박근혜 마케팅을 펼친 '친박연대'나 '친박 무소속'의 성과가 크게 부각됐다. 박근혜라는 브랜드의 총화적 자산이 이루어낸 힘이다.

박근혜라는 브랜드 인지도, 브랜드의 정체성, 인지된 가치, 정서적 반응, 태도의 경향 등의 핵심 요인들이 튼튼한 브랜드 자산을 형성하고 있었다고 생각된다.

그러나 마케팅에서 위기는 순간에 닥친다. 성공을 이어가지 못하고 몰락한 브랜드들의 한결같은 이유는 순간의 방심, 자만심, 새로운 트렌드의 외면이다.

성공에 도취된 나머지 방심하고 자만하게 되면, 손쉽게 브랜드 확장(brand extension)이라는 함정에 빠지게 된다. 강력한 브랜드를 정립했다고 판단한 기업들이 제품 속성상 그다지 연관이 없는 것에까지 브랜드를 확장해서 적용시킴으로써 오히려 악영향을 끼친 소탐대실의 결과를 초래한 경우다. 박근혜가 패밀리 브랜드라면 '친박연대'나 '친박 무소속'은 엄브렐라 브랜드(umbrella brand), 그에 속한 국회의원(후보나 당선자 포함) 한 사람 한 사람은 확장된 브랜드라 할 수 있다.

한때 그 확장된 브랜드군(群)인 비례대표들의 자질이나 선정과정이 곱지 않은 시선 속에 있었다. 그런 무원칙하고 질이 떨어지는 브랜드 확장은 필연적으로 패밀리 브랜드의 장력까지 떨어뜨리게 된다.

'브랜드는 고무줄'이다. 당기면 당기는 만큼 순간적으로는 늘어나지만, 그만큼 끊어질 개연성이 높아진다고 할 수 있다.

이제 또 선거의 열풍이 불어오고 있다. 전혀 면식이 없는 정치인들의 출판기념회 초청장까지 줄지어 오는 걸 보면…….

우리가 마냥 피안처럼 동경하던 유수의 국가들도 연일 재정적 어려움에서 허덕거리고 있고, 최강국 미국의 형편도 예전 같은 모습을 회복하려면 상당한 시간이 흘러야 할 것으로 보인다. 작년(2011년) 상반기 기준으로도 18세에서 24세까지의 젊은 세대 네 사람 중 한 명은 부모와 동거하고 있고, 여러 세대가 함께 사는 '다세대 가구(multi-generational homes)'도 5천1백만 명으로 늘었다고 한다. 18세에서 29세 인구의 실업률은 38%에 이른다는 보도다.

들여다보면 우리의 사정도 심각하긴 마찬가지일 것이다. 경제적 양극화의 갈등이 큰 폭발력으로 잔존하고 있고, 미국과의 FTA 비준안이 국회에서 전격 처리되자 국론은 더 분열을 보이고 있다. 청년층의 질 낮은 고용과 실업의 고통은 높기만 한데도 복지에 대한 접

해외에서 업무수행 중 한 컷

근은 조금씩 성급해지고 있다.

이것이 정치의 몫일진대, 리더십 있고 책임감 있는 목소리는 어디에서도 분명하게 들리지 않는다. 정치가 외래종 가시박 덩굴처럼 성한 나무들을 에워싸고 줄기까지 고사시키는 것은 아닐까 우려스럽다. 막스 베버가 꼽은 정치가의 3가지 덕목처럼 책임감이나 균형적 판단을 갖춘 큰 리더가 필요하다.

마침 최근의 마케팅 키워드(key word)도 진정성(authenticity)이다. 소셜 미디어를 통한 개인적 직접적 소통에 익숙한 소비자들은 진짜와 진심을 추구하는 변화된 양태를 가지고 있다. 이제 정치의 영역에서도 기껏 소셜 미디어라는 하드웨어의 표피에만 맴돌 것이 아니라, 국민의 마음속으로 들어가는 거짓 없는 진정성으로 시대정신을 말해야 할 때다.

오길비(Ogilvy)는 〈어느 광고인의 고백(Confessions of an Advertising Man)〉에서 광고에 새로 입문하는 이들에게 AE보다는 다른 전문 직종을 권하고 있다. AE로서는 자신의 능력이 발휘된 기회가 거의 없지만 전문파트에서는 노력만 한다면 그 효과가 당장 눈에 띄게 된다는 이유다.

만약 자기 아들이 있어 광고계에서 일하겠다고 한다면 카피라이터, 리서치, 촬영기사직 등의 전문적인 파트에서 일하라고 충고할 것이라고 했다. 전문직은 대개 고유 영역이 존재하므로 동료들 간의 경쟁도 덜 치열하고, 일상적인 일로부터 벗어날 기회가 보다 많이 주어지며, 또 능력 여하에 따라서 경제적으로도 충분히 안정된 생활을 할 수 있으며 빠른 승진도 보장된다는 장점을 내세웠다.

AE를 지망하는 젊은 사람들에게는 AE의 업무수행에 따르는 잦은

여행과 여흥의 매력에 빠지는 어리석음을 경계하는 충고를 남겼다. 고급 레스토랑에서 식사를 한다 하더라도 수플레(soufflé. 거품을 낸 계란 흰자에 치즈와 감자 따위를 섞어 틀에 넣고 오븐으로 구워 크게 부풀린 과자나 요리)를 먹으면서 클라이언트에게 시장 점유율이 떨어지고 있다는 등의 변명을 해야 한다면 그것은 전혀 즐거운 일이 아니라고 했다. 또 어린 자식이 병원에서 앓고 있는데도 불구하고 광고효과 분석을 위해 야밤중에도 전국 각지의 시장을 돌아다녀야 한다는 사실은 생각만 해도 괴로운 일이라는 이유도 덧붙였다.

그래도 자기의 아들이 이런 충고를 무시하고 굳이 AE가 되겠다고 한다면 이런 조언을 꼭 해주겠다고 했다.

그의 열 가지 조언을 요약해보자.

첫째, AE는 클라이언트로부터 욕을 먹더라도 참고 견뎌야 정상급 광고인으로 성장할 수 있다는 점을 명심하라.

둘째, 손님과 주방을 왔다 갔다 하는 웨이터 같은 단순한 중개자 노릇에 그치지 말고 회사의 경영자라는 보다 높은 견지에서 충분한 전문지식을 가지고 일을 하라.

셋째, 최소한 35세가 되기까지는 독립적 AE로서 인정받기는 어렵다. 연륜을 쌓아 책임자가 될 때까지 인내심을 갖고 노력하라.

넷째, 훌륭한 프레젠테이션이 일류급 AE의 요건임을 잊지 말라.

다섯째, 클라이언트 회사의 파벌싸움에 절대 휘말리지 말고, 누가 실권자가 되더라도 계속 광고를 맡을 수 있도록 엄정중립을 유지하면서 친밀한 관계를 유지하라.

여섯째, 언제나 사소한 것을 양보하고 큰 것을 취하는 태도로 일하라. 그러나 사소한 문제에도 지나치게 양보하는 습관을 갖게 되면 큰 문제에 부딪혀 자신의 뜻을 관철시킬 수 없게 되는 경우를 간과하지 말라.

일곱째, 클라이언트와의 비밀은 철저히 지켜라.

여덟째, 카피라이터나 조사부장 등 실무 파트에 어떤 아이디어를 알려줄 때는 다른 사람이 눈치 채지 못하도록 살짝 귀띔해주라.

아홉째, 클라이언트나 동료들에 대한 자신의 과오는 솔직성, 객관성, 공정성을 가지고 솔직히 시인하는 자세로 일하라.

열째, 보고서 등 사내문서를 요령 있게 작성하는 방법을 터득하라.

물론 이는 거의 반세기 전 미국의 광고환경 속에서 오길비가 한 지적이지만 아직 우리에게도 유효한 충고라고 할 수 있다. 다만 오길비의 고백을 쓰던 당시는 세계의 6대 광고회사의 최고 경영자들 중 카피라이터 출신이 4명, 매체나 조사 파트가 2명에 AE는 단 한 명도 없었다는 점이 오늘의 우리 환경과는 매우 다른 점이긴 하지만…….

옛말에 '선생 똥은 개도 안 먹는다'는 말이 있다. 완전한 인격을 갖추고 또 다른 인격체인 상대를 가르친다는 것이 얼마큼 어려운 일인가를 가리킨 말일 것이다. 이 말을 'AE 똥은 개도 안 돌아본다'로 바꾸어 말하곤 한다. 요즘은 똥을 먹는 개도 드물지만, AE 똥은 먹기는커녕 와보지도 않는다는 자조적인 표현이다.

현실은 아직도 유능한 많은 젊은이들이 광고 일을 지망하고 AE를 지망한다. 특히 외국어 실력이 출중하고 성취욕이 강한 인재들이 AE직종에 몰려든다. AE에 대한 깊은 이해와 사전 조사도 없이 뛰어드는 것이다.

광고의 화려한 외양과 AE의 다채로운 활동에 대한 피상적 지식

어느 광고대상 수상식 장면

만으로, 인생의 큰 방향을 결정지으려 하는 것으로 보여 걱정스러울 때가 많다.

AE라는 직업은 '겨울나무' 같은 인내의 연속이다. 단시일 내에 커다란 보람을 느끼거나, 누구로부터 존경받고 대접 받거나, 그야말로 끗발이 있거나 하는 것과는 거리가 멀다.

그 어떤 당장의 성과물(成果物) 앞에도 내 이름을 건다는 것은 피해야 한다. 책임은 크고, 스스로 '마이 볼(My ball)' 하는 솔선수범이 관습이 되어야 하지만, 성공은 스태프들의 바구니에 재빨리 골고루 담아줘야 한다.

통금 시간은 다가오는데도, 같이 마시고 같이 취하고도 동료들 한 명씩 택시를 태워 다 보내고 나서 맨 뒤에야 내 갈 길을 허둥대는 사람이 AE다.

돌이켜보면 스스로도 참 많이 부족하고, AE로서 적합하지 않은 구석이 많다는 것을 새삼 깨닫게 된다. 만약 오길비의 충고를 진작 알았더라면 인생이 바뀌었을지도 모른다. 그의 열 가지 오래전 충고에도 걸리는 항목이 많다.

그래서 그런지 주변의 누가 AE가 되겠다고 하면 적극 말린 적이 많았다. 끈기, 오기, 인내, 열정, 헌신 같은 쪽의 성향이 두드러지지 않는 경우는 더 그랬다.

나는 개인적으로 AE가 되려는 사람보다 AE가 되어 있는 사람들에게 충고하고 싶다. 어떤 경로로 AE가 되었고 10년차 전후의 경력이라면 이제 그 시점에서 엄격한 스스로의 중간점검을 해보라고…….

아니라는 결론이 내려지면 하루라도 빨리 털고 일어서라고 하고 싶다. 요즘 '폴리페서(polifessor)'로 지칭되는 정치성향의 교수들이 도마 위에 올라 있고, 정치지향의 언론인들 또한 곱지만은 않은 시선을 받고 있다. 교수나 언론인이라는 직을 정치가가 되기 위한 디딤돌로 여기는 폐해가 크기 때문이다.

그러나 그들과 달리 AE의 변신은 환영받을 일이다. AE의 몸가짐으로 AE의 눈으로, AE의 끈기로, AE의 서비스 정신으로 새로운 영역에 도전한다면 성공 못할 분야가 없다고 확신하기 때문이다. 세상은 '을'의 성공시대가 더욱 활짝 열렸다.

지금으로부터 2년 전에 우연히 소설 한 권을 읽었다. 원제는 '스타벅스가 내 목숨을 구한 사연(How Starbucks saved My life)'인데 우리말 번역본 제목은 〈땡큐! 스타벅스〉다. 처음엔 그렇고 그런 상업용 소설쯤으로 심드렁하게 읽기 시작했으나 몇 페이지를 넘기지 않아 책을 바짝 끌어당기게 되고 밑줄까지 긋게 되었다.

특히 '광고계는 피라미드 구조를 기본으로 채용하는 곳이었다. 거기서는 오로지 극소수의 사람만이 인정받을 수 있었다. 그러나 스타벅스에서는 모든 사람들이 존중받았고, 대부분까지는 아니어도 많은 사람들이 인정받을 수 있는 곳이었다.'는 구절은 강한 울림으로 와 닿았다.

저자인 마이클 게이츠 길(Michael Gates Gill)은 예일대학교를 졸업하고 미국 굴지의 광고회사 JWT(J. Walter Thompson)에 25년간 재직하며 이사까지 올랐던 인물이다. 갑자기 해고되면서 겪는 숱한 좌절과 '자아 찾기'는 감동 그 자체였다. 두려웠지만 물러나지 않았고, 망설였지만 도피하지 않았으며 좌절했지만 포기하지 않았던 그의 꿋꿋함에 커다란 힘을 얻었다. 더욱이 자기의 불확실한 미래를 고민하는 광고인이라면 그 감동의 폭이 더 실감나게 클 것이라고 여긴다.

'애드버타이징(Advertising)'은 라틴어 'adverter'가 어원으로, '돌아보게 하다', '주의를 살핀다'는 뜻을 내포하고 있다. 라틴어 'clamo'는 '부르짖다'는 뜻을 가진 것으로 광고를 뜻하는 독일어 'Die reklame'와 프랑스어 'reclame(반복하여 부르짖다)'의 어원이라고 한다. 어원적으로 보면 광고란 '반복해 부르짖음으로써 주의를 끌게 하는 것'이란 뜻을 가지고 있다. 그러나 오늘날의 광고에 대한 일반적 정의는 좀 더 길고 구체적이다.

'광고란 명시된 광고주가 특정한 상품 또는 서비스나 해당 기업의 이미지에 관한 정보를 비대면적인 대중매체를 유료로 이용하여 불특정 다수의 소비자나 고객, 일반 대중에게 전달하여 이들의 태도를 변동시켜 구매행동을 유발함으로써 판매를 추진하는 설득적 마케팅 커뮤니케이션의 한 형태이다'라고.

그렇다면 잘된 광고는 어떤 것일까?

좋은 광고는 고객들에게 아직 해결이 안 된 문제가 있다면 그 문제를 해결하기 위한 전략이 담긴 처방전이 제시되어 있어야 한다. '아! 그렇구나.'라는 처방전 속에는 그 상품이나 서비스를 구매함으로써 고객의 문제를 해결할 수 있다는 확신을 제공해야 한다. 그것이 광고를 집행한 최종의 효용이고 결과라야 한다. 좋은 광고가 태어나기까지는 수많은 과정을 거쳐야 하지만 리뷰가 가장 고통스러운 순간이다. 모든 변수와 가정되는 상황을 염두에 두면서, 점점 반대의 입장에서까지 질문을 던지고 논리를 점검하는 리뷰는 가혹한 저승사자처럼 느껴질 때도 있다.

'Devil's advocate'라는 말이 있다. 남의 약점을 잡아 시비하거나 반대 또는 그릇된 견해를 짐짓 옹호해보려는 역할을 맡은 사람이란 뜻이다. 미국의 레이건 대통령 때, '존 포스터 델레스' 장관이 가끔 이 역할을 맡았다고 한다. 장관의 충실한 역할 때문에 대통령이 오히려 화를 냈다는 일화도 있는 것을 보면 검증을 받는다는 것은 무한한 인내가 필요한 일임을 알 수 있다.

지난 30여 년의 자료와 수첩을 뒤적거리면서 인생의 리뷰를 한 셈이다. 부끄럽기도 하고 후회스럽기도 했다. 바닷물이 빠진 철 지난 백사장 같은 쓸쓸함이 있기도 했고, 겨울 숲을 거닐다 가지 사이로 문득 보이는 새들의 둥지처럼 허전하기도 했다.

지극히 조그마한 귀퉁이에 지나지 않는 나의 영역에서 일어났던 일들이지만 조금이라도 자신의 당위성에만 매달리거나 정확성을 벗어난 기록은 하지 말자는 원칙 아래 썼다. 그리고 보는 앵글에 따라

달라지겠지만 편견을 벗어나려고 애썼으며, 다양한 삽화들이 상호 관련성이 있기를 바랐다. 영원히 묻혀버려도 아무렇지도 않을 하찮은 어제의 일일지는 모르지만 나에게는 인생이었고 역사였다. 누군가에게 조그마한 도움이 되는 기록이 된다면 큰 보람으로 받겠다.

영국의 유머 작가 '스티브 리콕'은 〈욕망의 연금술〉에서 '광고는 돈을 뜯어내는 데 필요한 시간 동안만 인간의 지성을 붙잡아두는 과학'이라고 삐딱하게 찔렀지만, 오늘 우리 모두의 하루하루는 마케팅과 이벤트와 프레젠테이션의 바다에서 헤엄치다가 잠드는 일의 반복이다.

정치도 종교도 학교도 마케팅으로 움직이고, 만나고 먹고 나누는 대화도 바로 이벤트이며 프레젠테이션이다. 상대를 움직이려는 의도로 이루어지는 모든 자기표현 속에는 마케팅, 이벤트, 프레젠테이션의 요소들이 담겨 있다.

맨 앞의 프롤로그에서 광고는 설득커뮤니케이션의 대표적 한 형태라고 했었다.

이제 누구를 미워하고, 원망하고 싶지 않다. 미진하고 부족했다면 그것은 다 상대를 설득해내지 못한 내 책임이었다.

짧지 않은 나의 광고 AE 인생—. 마이클 게이츠 길처럼 용기 있고 꿋꿋하게 새로운 보람을 찾아 누군가를 위하는 일에 다시 도전하려고 한다.

이근호의 리얼 다큐
아이스크림에서 대통령까지

초판 1쇄 인쇄__ 2012년 1월 10일
초판 1쇄 발행__ 2012년 1월 15일

지은이__ 이근호
펴낸이__ 이종천
펴낸곳__ 오늘
등록일__ 1980년 5월 8일 제 10-104호

주소__ 서울특별시 마포구 마포동 35-1 현대빌딩 1203호
대표전화__ 719-2811 팩시밀리__ 712-7392
E-mail__ oneull@hanmail.net
인터넷 홈페이지__ www.oneull.co.kr

ISBN 978-89-355-0462-6 03890

* 책값은 뒤표지에 있습니다.
* 잘못 만들어진 책은 구입하신 서점에서 바꾸어 드립니다.

Please suggest your opinion about our products under the guideline of KFDA

Bacctan C&I Iodide

In daily life, people are fear of radioactivity. To begin with, from a cell phone to X-ray devices and from environmental perspectives: extensively radiation contamination of food, water, air and soil. Since researchers recognized the benefits and effects of kelp might have which reduce and neutralize radiation to human body and the main component of kelp is iodine, so alternatively we came out with the new concept of health tonic mainly formulated with iodine. Iodine is to prevent thyroid cancer in the period of high exposure to X-ray and radioactivity.

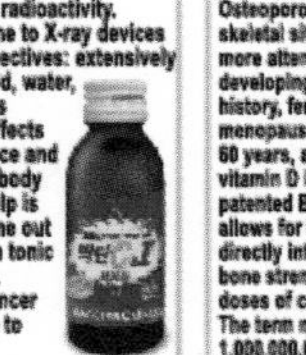

Bacctan C&I Nano Calcium

Osteoporosis is a loss of bone tissue of a specific skeletal site. As the fact osteoporosis is drawing more attention in Korea. The usual risk factors for developing osteoporosis are family history, female gender, Asian ethnicity menopausal women, age more than 60 years, and inadequate calcium or vitamin D intake. With nano-technology, patented Bacctan C&I Nano Calcium allows for fast effective absorption directly into the body cells to contribute bone strength without taking mega doses of calcium supplements. The term nano means 1 divided by 1,000,000,000 thus very small.

Pure white collagen

For healthier skin, this drinkable whitening cosmetic is to moisturize skin and brightens skin tone. It contains fish collagen, L-cystein, plant extract of artichoke and vitamin C as antioxidant. Especially, the fish collagen has a great effect on skin without any concern of allergy. Compared with the pigskin collagen, the fish collagen has small molecular weight; therefore, it is effective for digestive absorption

Popping C

The new concept of Popping C® is formulated with collagen, vitamin C and pomegranate extract in order to solve fatigue and to provide insufficient nutrition to today's people. The moment it enters your mouth it pops because it is carbonated.

Garcinia B

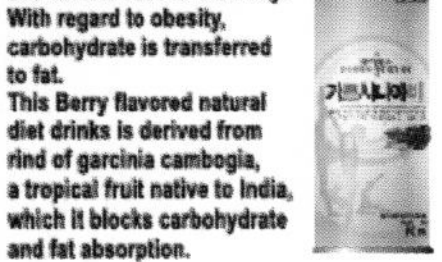

Most of people know the main component of rice is carbohydrate and what it does to the body. With regard to obesity, carbohydrate is transferred to fat. This Berry flavored natural diet drinks is derived from rind of garcinia cambogia, a tropical fruit native to India, which it blocks carbohydrate and fat absorption.

Garcinia L

This lemon flavored natural diet drinks is derived from rind of garcinia cambogia, a tropical fruit native to India, which it blocks carbohydrate and fat absorption.

Ya!

Aiming for Red Bull®, flavored with melon and lime, the foremost Korean energy drink Ya is mainly formulated with guarana, red ginseng, royal jelly and taurine. As a dietary, guarana, a fruit native to Brazil, boosts the sexual function and energy, and it contains about twice the caffeine found in coffee beans thus it has a great effect on unbearable drowsiness.

Ya Gold!

First born in Korea with the new concept, mixed fruit flavor of Ya gold is not just an ordinary energy drink. Formulated with guarana and taurine, and it has almost same effect as original Ya. This energy drink will surpass Red Bull® in Korean market.

Red Ginseng Blue

Using pure deep-sea water formulated with red ginseng extract and other oriental supplements, this drink is an excellent source of nutritive salts. Deep-sea water exists under the sea deeper than 1,000m, and it is abundant with various minerals and organic nutrients

Vita Blue

Using pure deep-sea water formulated with vitamin C, vitamin B_2, propolis and royal jelly, this drink is also excellent source of nutritive salts. Deep-sea water exists under the sea deeper than 1,000m, and it is abundant with various minerals and organic nutrients

Cornelian cherry alpha

Mainly formulated with cornelian cherry, this powerful drink is also contains L-arginine. Cornelian cheery is well known for strengthening the function of kidney and enhances sexual function for men.

Drinkable Glucose & Red Ginseng

Energy supplementary drink formulated with red ginseng and especially glucose added to regain vigor especially designed for sick patience.

Placen R4

Restorative drink formulated with high concentration of pig placenta, vitamin C, B_1, B_2 and B_6. Placenta is effective in menopause disorder and liver function improvement. Placenta contains various amino acids, active peptide, protein, fatty acid, sugars, muco-polypeptide, vitamins, nucleic acid and enzymes. Therefore, it controls autonomic nerve system and endocrine system.

Coffee Ya!

Non-Carbonated energy drink formulated with vitamin C, vitamin B complex, L-carnitine and coffee. It is for the coffee lovers who want to regain energy and to be alert.

Vitamin Cola Voke!

Pineapple flavored vitamin cola drink formulated with the mineral, taurine and vitamin C for fatigue recovery

Panto Flu (Powder)

Powder type of cold medicine with lemon flavored vitamin C, in the symptoms of body aches, chill, muscle pain, fever, nose flu and throat pain, just pour into a cup of hot water and stir it. And drink it like a cup of tea. It is the best and effective way to replace lost fluids, and at the same time it helps to recover from a fatigue quickly.

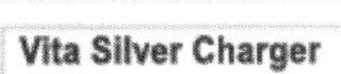

Vita Silver Charger

Western and oriental mixed supplement for the health of elderly people, it enhances immunity, improves memory and facilitates blood circulation. It is a jump-starter for the next golden age.

Vita Nutri-energy

Nutritional supplement for young adults. This product is the multivitamin based on the mixture of western and oriental formula that key to sound health of middle-aged people. It enhances immunity and stamina, normalizes liver function and maintains physical balance

Vita High-Teen Specia

Formulated in western and oriental nutritional supplement is for teenagers. It enhances immune system, strengthens eye health and provides physical balance.

Vita Focus

This nutritional supplement in mixture of western and oriental formula is made for the test-takers who need to improve their concentration. It is for immunity enhancement, eye health, focus reinforcement and memory improvement.

Dongeuimyungsoo (Meat Eater)

Carbonate-Free first-aid digestive for meat eaters, and it works very fast.

• We'd like to hear from advertising practitioners, so please send a message.

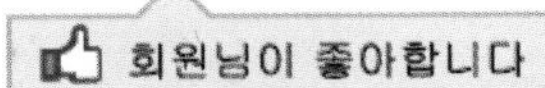

삼성제약(주)님과 친구가 되기를 요청합니다